福建师范大学文学院文学创作丛书

谨以此书献给

母亲何少英女士 (1957-2014)

父亲林振文先生 (1953-)

城乡·漂浮

林 强 著

海峡出版发行集团
THE STRAITS PUBLISHING & DISTRIBUTING GROUP | 海峡书局

图书在版编目（CIP）数据

城乡·漂浮/林强著. —福州：海峡书局，2015.9
（2024.7 重印）
（闽水泱泱：福建师范大学文学院文学创作丛书）
ISBN 978-7-5567-0133-9

Ⅰ. ①城… Ⅱ. ①林… Ⅲ. ①散文集-中国-当代Ⅳ.
①I267

中国版本图书馆 CIP 数据核字（2015）第 221415 号

责任编辑　任　捷

城乡·漂浮
CHENGXIANG·PIAOFU

著　　者	林　强
出版发行	海峡书局
地　　址	福州市台江区白马中路 15 号
印　　刷	三河市兴博印务有限公司
厂　　址	河北省三河市杨庄镇大窝头村西
开　　本	710 毫米×1000 毫米　1/16
印　　张	14.5
字　　数	210 千字
版　　次	2015 年 9 月第 1 版
印　　次	2024 年 7 月第 2 次印刷
书　　号	ISBN 978-7-5567-0133-9
定　　价	59.80 元

序一

　　相对于中原而言，无论是经济还是文化，福建都是开发较迟的区域。然而，经过唐、五代的发展，至北宋、南宋时期，随着文化南移，处于东南海疆的福建在文化投入方面令人注目，整个宋代福建就出了五千多位进士。宋代的福建文化处于崛起的状态，州县学、书院的兴办，科举的发达，刻书业的繁荣，让福建一时文化精英荟萃。北宋著名词人、婉约派代表人物柳永就是今天的武夷山人，南宋著名词人张元干、刘克庄也是福建人。时间发展到近现代，冰心、庐隐、林徽因、郑振铎、高士其等闽籍作家影响广泛，他们的作品成为经得住考验的"长销书"，用今天学术界的话来说，就是他们的许多作品都"经典化"了。

　　我无意过分强调福建的灵秀山水对孕育出一代代文人墨客的不可替代作用。地域文化的某些特征有时能让人发挥天赋，有时则制约人的创造力和洞察力。我只是说，从福建这片碧水青山走出来的读书人，他们对世界的思考，他们的审美创造，随着近代伊始"放眼看世界"的时代潮流不断涌动，表现出地域性文化与世界性文化的消化、融合大于冲突的特征，同样，他们的审美书写，既有博大的胸怀，又不乏细腻的精致。而这些特点在福建师范大学文学院创作文库的诸多作品中，亦能得到有力的印证。

　　福建师范大学文学院培养的学生相当部分已经是福建省语文教学的骨干教师，培养优秀的师范类大学生无疑是教学方面的重点。同时，不少博士、硕士、本科毕业生也走上了大学教育、文化传播或行政管理等岗位，与师大文学院有着学缘关系的各类人才活跃在教育与文化建设的各个层面，他们的工作在毕业后已经有了很大的差异，但有些能力的不断强化依然是他们的共同点：一是能写，二是能说。

如果是一位语文老师，能写意味着老师的下海作文要能为学生作出示范，示范性意味着难度性。语文老师的高素质表现之一就是老师写出的文章学生不但能服气，无论是议论文还是记叙文，而且具有带动、启发的作用。近在咫尺，且与学生形成教学共同体的语文老师若"能写"，其为"班级订制"的作品通常能发挥教材上的文章所无法替代的作用。如此，文学院的学生写诗歌、散文、小说、随笔，不是一种"业余行为"，而通过写的"游戏状态"达到写的"专业状态"。这是因为这种"游戏之写"，不是通过必修性的学分制度让学生受约束，而是通过鼓励性的氛围创造来推动进步。一位学生只有通过写小说、写散文、写诗歌才会有耐心琢磨自我情感如何通过文字获得有效而别致的表达，一个运动员光看教学录像无法成为运动员，只有参加训练和比赛，才可能锻炼体魄，习得技术和战术。文学院从2009年开始举办一年一度的文学创作大奖赛，得奖作品汇编成正式出版物，展现学生的创作才能，通过"作品会操"提升创作水准，检讨作品得失，活跃创作氛围。如此持续多届，为形成创作批评与学术研究积极互动之特色打下基础。这样，从"运动员"到"教练员"，今后师大文学院的毕业生无论是从事教师工作，还是当新闻记者，或是从事其他文字工作，不但自己要写得好，更由于自己有了对写作的深切体验，懂得教他人写出一手好文章，而不是只会用几个既有的概念或术语来敷衍出几则写作方法。能力的培养，许多是习得性的，而不是概念性的。方法的"懂得"不见得会写，从方法学习到应用学习，有一大段距离要去亲自经历，也就是说，写作能力的习得具有不可替代性：只有体验过，受挫过，豁然开朗过，积累了一定量的写作体验，懂得自身的天赋如何通过写作发挥出来，才可能找到属于自己的表达路径。光说不练，写作体验是不可能达到深切的。从这个意义上说，此次创作文库的出版，对鼓励性的创造氛围的进一步形成，将起到明显的推动作用。其影响也将是长期的。

此次文学院创作文库的推出，其特色除了学生作品系列，更有教师与校友系列。我们知道，福建师范大学文学院的历史可追溯到 1907 年清宣统帝的老师陈宝琛创建的福建优级师范学堂的国文系科，是全国较早创办的中文系学科之一。历史上，叶圣陶、董作宾等著名作家曾在此任教。著名的翻译家项星耀也曾任教于师大中文系。创作、翻译、研究、教学，这在诸多现代文学人那儿，多是相得益彰、相映成趣。我们无意倡导高校中文系教师在教学、研究与创作诸方面的全能化，但至少应该欢迎有创作才能的高校教师发表文学作品。文学作品创作不像体操比赛，上了年纪的体操教练很难与年轻的运动员一比高低。创作可类比射击运动，经验丰富的老教练亦可充任赛手，与年轻运动员同台竞技，有时还能获得不俗成绩。此次教师系列与校友系列的创作者，既有名家，又有年轻的教师作家、散文家、诗人，说不上洋洋大观，但济济一堂，第一次如此集中地推出在文学院工作以及在外就职的知名校友的文学作品，既是文学院教师群体创作实力的阶段性总结，亦通过作品的共同展示，了解知名校友的创作现状，深化知名校友与母校的学缘纽带联系，构建以师大文学院为出发点的创作共同体，让在校与校外的文学院文学创作者的各种作品，从各个侧面体现文学院历史与现阶段教学的成果性、成长性与标志性。

文学院这三个创作作品系列，从年龄的角度看，也可视为老中青三代的不同生活与思想情感面貌的差异性汇合，他们都与师大文学院有着种种"不得不说的故事"，他们的作品也或多或少反映了在母校生活的各种情感痕迹，当然，这是小而言之。就大处看，这三十年来，在我们这片土地上发生了各种变化与各种故事，然而，无论如何变化、如何不同，这三个系列的创作群体至少有些共同记忆密切地联系着福建师范大学，紧紧地联系着他们共同拥有的中文系和文学院。除了这一颇有意趣的共性之外，他们各自的生活与情感面相更可以让我们激动地发现，我们的同学、教师、校友通过他们的笔，对生活有着怎样的发现，又提供了什么样的思想与审美的景象,这犹如一系列的精神橱窗,让我们漫步其中,驻足品味,或会心一笑,或沉思感慨,或退后打量,或移情投入,说一声:"看看,毕竟都是师大文学院的人,他们有些地方太像了。"或是"怎么都是师大文学院出来的人,他们的风格真是千差万别,争奇斗艳。"也许,这正是中文系、文学院应该有的写照,他们为了一个共同的爱好、趣味曾经或现在正走在一起,他们以各自的思想与表达呈现各种看法,同时,又以他们的笔,共同表达对世界、祖国、家乡以及文学艺术的热爱。

福建师范大学副校长　汪文顶

序二

1988 年,我进入福建师大中文系,从那时起,我和文学的不解之缘就开始了。

那是文学创作的黄金时代,文科楼教室和宿舍楼里永远闪着不愿熄灭的日光灯,紧蹙的额头和双眉,格子簿上黑色的笔迹,一簇簇橙红明灭的烟头,都在暗示着文学风尚在那个时代是多么为人尊崇。我记得,中文系的《闽江》文学社云集了一大批文学爱好者。当年的文学爱好者,大多数现在已成了作家、评论家,他们将爱好做成了事业;更多的人,他们在工作岗位上发挥中文专业的特色和优势,在柴米油盐中眺望自己的理想,尽管当年的爱好已默默沉潜到生活的褶皱里,但毫无疑问,我和他们一样,用四年的时光培育了一生的情怀。

我们为什么需要文学?每个人都有各自的判断。毫无疑问,文学让我们更清楚地看见人生和世界,我们在艺术的视距里"看见"从来没有看见到的,这也许就是文学永恒的意义。因此我们说文学是一项不朽的事业,所有曾经和正在进行文学创作的人们都值得嘉许和崇敬!

热爱文学的方式有多种,一种人以文学创作为终生的事业;另一种人持续阅读文学作品并关注文学的发展,用读者的身份和阅读的力量来影响文学的发展。大学毕业后,我曾经在莆田一中当过语文老师,经常鼓励和指导学生多写作文,写好作文,不断提高写作能力。如今虽然沉浮商海多年,但我依旧对文学创作怀有深深的情结。我愿意做后一种人,虽然放下了文学创作,但永远不离开它!

福建师大中文系是一个文学人才荟萃之地,这里有很多优秀的文艺创作者,有的作品还对当代中国文学的发展产生过重要影响,而我也因之受益良多。今天,欣闻《福建师范大学文学院文学创作丛书》即将出版,我非常荣幸能为这套丛书的出版尽自己一份绵薄之力,一方面表达我作为一名中文学子的拳拳之心,另一方面我也想对那些依然在进行文学创作的老师和同学们表示敬意!持续关注福建师大文学院的文学创作和研究发展情况,并能有所助益,这是设立"文学创作与研究基金"的初衷,《福建师范大学文学院文学创作丛书》的出版不仅是福建师大文学院老师和学生文学创作成果的一次重要结集,更是一次集体展示,它不仅总结过往,更预示着将来。我想,福建师大文学院的文学创作传统也必将因之迈上新的台阶,继续发扬光大!

福建师范大学文学院 88 级　林　勤

目录 CONTENTS

第三辑 纪实与虚构

第一辑 这一世

题 记

记忆，是一棵巨大的树，枝叶纷披，根须错杂。每一片树叶，每一条根须，都是一部活生生的个人史。它们彼此相连，血脉相通，你中有我，我中有你。

记忆，是如此复杂。当我试图抓住一片树叶，攀住一条根须，探寻记忆深处母亲浮动的身影时，我却总在恍惚之中迷失了她的所在。在那晦暗之地，母亲已成为我永远都无法探明的黑洞。

然而，我还在不断地书写。我想激活任何一丝声音、一缕眼神、一帧身影，唤醒我的母亲，让她重新从记忆的暗角中走出，笑意连连地向我走来。我想永远留下我的母亲。

于是，我一次又一次地与母亲相遇，每次她都带给我久违的温暖和安全感。我无数次地听到母亲叫唤："弟——你回来啦。"

无数次的相逢，也意味着无数次离别。我无法长久地留住母亲，她从我的身边走过，又走远。

以前，我们一家人，曾经多么幸福地走在一起。彼时，虽然时有分离，但团聚总是可以预期的，那是一次次让人放心的离别。而如今，记忆中的每一次相会，都意味着这样的聚首不会再发生。每一次的相会便成为独一无二的最后一次。

因为，母亲的那条路，在尘世，已经断了。

而我们的这条路，虽在继续，也已经失去了平衡，失去了方向。

为了弄清这一切的来龙去脉，我逼着自己不断地写，不断地搜寻母亲在另一个时空的所在。

然而，所有的努力，都只勾稽出我和母亲生命中互相重叠的部分。我的童年、我的青少年、我的成年，与母亲共度的那一段段时光。在追忆这些日渐模糊的岁月时，我才真正地意识到，不光我的生命是母亲给的，连我的精神气都

有母亲的影子，而成长中的各种叛逆和出走丝毫不能斩断我与母亲的精神维系。

这就是我们这一世的母子情。天注定。

尘世中的我们，在慢慢老去。最后，连记忆也会化成蝴蝶，片片逃逸。模糊的今生，都将成为一个谜、一片背影，谁都猜不透，谁也无法追上。

这一世的最后一次离别

一

以前，从来没有感受到"弃世"二字如此沉重。如今，这二字却如乌云压顶，无法逃避。

时至今日，这种沉重感越来越真实，也越来越具有梦幻感。在我的生活中，母亲时刻在我身边转动；在我的记忆里，母亲离得越远却越清晰。

是的，母亲以另一种方式活着。

然而，母亲，真的已经撒手人寰。

2014年农历正月十一下午三四时，母亲被运往医院抢救。晚六七时，我赶到镇医院，母亲已然静静地躺在急诊室的木板上。周围是乡邻，是哭声。我愕然，反顾，而后号啕大哭。

这是我的母亲吗……

她僵硬地躺着，看不见，也听不见。她再也不会微笑地说："弟——你回来啦。"

我抱着母亲，她的身体还是热的。我能感觉到母亲还在，她并未远去。我甚至想，这样抱着，我能给她温暖，她就不会离去。也许，她会悠悠醒来，呻吟着，然后发现这一切只是一场梦。

然而，没有奇迹。

母亲被抬上车。我握着母亲的手，一路伴她回家。母亲闭着眼，任车颠簸摇晃，她太累了，睡得安稳。

车在黑暗中奔突，转折，仿佛正犁开死神设置的种种障碍和陷阱。

母亲躺在灵床上。周围摆满了鲜花。灵幡在风中摇摆。人影杂沓。

我想静静地跟母亲待在一起。我们一家，最后一次，再圆圆满满地待在一起。

灵幡摇动。母亲，你想说什么？

哥哥躲在外面的墙角失声痛哭。

姐姐，在电话的另一头，在地球的另一边，哭着说："弟弟，等我回来，一定要等我回来……"

父亲，躺在医院中，生命垂危。

我们一家，再也不能在一起，美美满满的。

雨，淅淅地下。没有月光。

收拾母亲衣物的时候，我们没有发现一件贵重物品。除了她手上戴的极小的金戒指。

母亲曾经说："弟，有钱的时候，给我买个玉镯。"

我说："行，合适的时候。"可到最后，我都没在合适的时间买一只合适的手镯。

母亲的衣服，我也只给她买了两件，都不太合身。

母亲走了，没有带走一件贵重物品。

火光熊熊。晃动，明灭。漆黑的夜，失魂的人，沉重的板车，摇摆不定的步伐。

母亲，躺在冰棺中。静静地等待姐姐归来。

日光灯模糊而寒冷，凄凉地照在祖堂之上。

隔着玻璃，我抚摸母亲的脸。这张脸如此慈眉善目。苍天为何如此狠心？

我盯着母亲，母亲似乎睁开了眼。先是眯缝着，然后张开，笑了。

母亲，动了动，在恍惚的灯光中。她要起来。冰棺太冷。

可是，母亲，依然静静地躺在冰棺里。白布盖到了鼻子上。

母亲，还是原来的母亲。只不过，她不愿意再理世间的纷扰。她断然地闭上眼睛，漠视所有的哭喊、哀告。

暗夜中，灵幡似有人牵动。

我睁开眼，静静地看。它却无声止歇。

我闭上眼假寐。再睁眼，灵幡飘动，片刻，复归静止。如是者三。

是你么？母亲。你一直在我们身边。久久徘徊不去？

你在哭么？母亲。为何你要选择离开我们？

你在看着我们么？母亲，你想最后看一眼你的儿子，你的家人，还有你未归家的女儿？

你在抚摸我们么？母亲，你能感觉到我们的哀痛、天崩地陷般地惊恐么？

可是，我们看不见你，感觉不到你温暖的手。

怎么一瞬间，我们竟天人永隔！

灵幡，兀自摆动。呜呜的风声，隐隐悲鸣。

母亲，决然远去。

二

夜，黑得可怕，静得可怕。

急促、慌乱的脚步声从屋后响起。一团黑影闯入，如一只受伤的兽。

父亲从医院挣扎着回来。跪在母亲身旁，以头撞棺。

"无［mau²¹］煞嘎……无煞嘎。"父亲绝望地呜咽，浊泪伴着清涕，模糊了几十年的患难情。

母亲临走时，以手抚肚，死神正贪婪吞噬她的身体。那时，母亲已无法言语，她是否看到了仓皇失措的父亲？看到了惊恐万状的哥哥？那时，她是否还有意识？是后悔，还是一个都不原谅？她情愿闭上眼睛，什么都不愿见？那撕肝裂肺的哭声丝毫不能惊扰她远去的身影。

神志不清的父亲，曾以死相殉。此时，黄浊的胃液里正隐藏着罪魁祸首。父亲呕吐，俄而不支，被强行抬往医院，沿路洒下末世的喘息。

外公外婆年事已高，外婆几近瘫痪且言语不清。舅舅本想瞒着二老。但每日悲戚之色，早已被二老发现，追问之下，舅舅只得告以实情。想不到行将就木之年惨遭丧女之痛，外婆只能发出呜呜之声，眼泪早已干涸，只有迷茫而绝

望的眼神。外公以头撞墙，瘫倒地上。一会儿惊觉，便挣扎着要来看母亲最后一眼。

二老是被抬着进灵堂的。他们伏在母亲身上，抚摸着母亲的脸，抚摸着母亲的头发，抚摸着母亲的手……这是他们的女儿，从小吃尽苦头的长女，从小孝敬父母的爱女，从小爱护弟妹的女儿。他们要摸摸母亲，摸摸母亲身上的每一个地方，这是他们的骨肉啊。

外公紧紧抱住母亲的头，脸贴着脸。眼泪滴在母亲的脸上，顿时化成冰晶。母亲竟然流下了鼻血。母亲，你是否尚有感知？你的灵魂是否还在我们的身边？你是不舍吗？你是不忍吗？母亲，如果你还在，能不能托梦给我，跟我说说话，哪怕是一句也好。

然而，没有梦。只有不眠的夜和沉重的心。

姐姐远在地球的另一边，十年未归。母亲在时，常念叨姐姐何时归家。我们都盼着这一天，一家人能够坐在一起，吃顿安安稳稳、圆圆满满的团圆饭。可如今，一切都如梦幻泡影。

惊闻噩耗，姐姐只得万里奔丧。其实，恶灵早在事发前一晚就埋伏在她的周围，警告着她。可世人谁知，一切的不祥征兆，竟是亲人离去的消息？

姐夫的两首诗，可见当时情状：

黑狗街前如狼嚎，阿人道是不祥兆。
一夜醒来传噩耗，妻子悲号路途遥。
看得吾心如刀绞，为何狠心走得早？
万里犹记亲切貌，而今思念只坟草。

人生世事多无常，一夜醒来噩耗传。
惊天霹雳妻哀号，山崩地裂心剜痛。
十年思念盼归家，而今万里赴家丧。
一念之差想不开，空余儿女悲与恨。
逝者已驾黄鹤去，存者为戒多珍重。

横跨地球南北，两天一夜，姐姐只能以泪洗面。面对碧空，面对浮云，她想到的该是五味杂陈的悠悠往事。

夜是如此漫长。灵幡兀自摇动。

来了，终于回来了。

姐姐跪倒在半途，瘫在地上，哭声早已冲破沉静的黑夜。我和哥哥架着姐姐，跌跌撞撞，几米的距离，竟成生死界线，如此难以跨越。

面对冰冷的母亲，姐姐摇晃着，哭喊着。

"依奶〔ŋei²¹〕，爬起。依奶，爬起……"可再怎么摇晃，再怎么呼喊，母亲都已听不见，感觉不到了。

"依奶，你怎么这么狠心，就这么走了？……依奶……你都不等我回来，见最后一面啊……依奶……"

"依奶，你爬起。你每次都问我什么时候回来，现在我回来，你爬起啊，依奶……"

"依奶，你知道么？我刚生了个女孩，还没满月，还没告诉你啊，依奶啊……"

"依奶，你竟然是这样叫我回来的啊，依奶……"

……

十年思亲，顿时化作滴滴泪珠，湿了母亲的脸，湿了乡邻的衣袖，湿了祖庙的灯光，湿了暗夜的天。

然而，哭已无济于事。当晚，我们就得送母亲到火葬场。

灵车，在黑夜中奔袭，沿路是姐姐幽幽的哭声。车在盘山路上左突右转。灯光所及之处，似乎都有母亲的身影悄然闪过。

焚化炉口。我们与母亲的最后一面。母亲依然如昔，慈眉善目，只是她睡了太沉，身上冰冷、僵硬。

抚着母亲两鬓的银发、冰冷的脸，母亲再也不会睁开眼睛了。我们再也听不见母亲爽朗的笑声、亲切的呼唤，再也看不见母亲微胖的身影、笑开花的脸，再也摸不到母亲厚实却长满茧的双手，再也抱不到母亲宽厚的肩膀了。我们没了母亲，世上没了一个善良的人、一位慈爱的母亲。

烈火焚身。在火中，母亲的灵魂解脱了，她上升，飞翔，飞向光的所在。

此时的母亲，应该是幸福的，她即将到我们所不能到的天堂里去，到我们所不能到的西方极乐世界里去。此时的母亲，应该是快乐的。没有了人世的愁苦，没有了人间的艰难与辛酸。

三

母亲的骨灰躺在小小的木棺中。

天下着雨，沉重，阴冷。

木棺不能再抬进祖堂，只得放在门口，等第二天的葬礼。一座灵轿，成了栖身之所。母亲静静地躺在灵轿中，任凭风吹雨打。

第二天一早，雨停了。天更沉了。

灵轿摆放在广场中央，哀乐响起。

熙攘的人。嘈杂的声音。世俗的葬礼。想不到，这回竟然是属于母亲的。

以前，看别人的葬礼，哀乐与我无关。棺木里躺的人，也与我无甚关系。而如今，母亲，就躺在那小小的木棺里。

站在棺木旁，我无法直面，也无法想象。这难道是真的吗？一切，都将以死亡的方式化为乌有。

天塌了，家毁了，我的母亲竟然真的去了。

我号啕大哭。苍天如此不公，为什么让我的母亲如此早地离开我们？为什么偏偏是母亲？

棺木两旁跪着哥哥、姐姐、嫂子、侄儿、侄女。每一个都在掩面哭泣。这是什么日子？是世界末日吗？

这是我们家的世界末日。

母亲，你临走之前，真的希望看到这一幕吗？

没有追悼词，只有哀乐和哭声。

灵轿沿着村里的大路，绕了一圈。这是母亲熟悉的一条路。路边有太多母亲站过、坐过的地方，有太多母亲问候过、聊过的乡邻。灵轿缓缓前行，向沿路的乡邻告别；沿路也站满了相熟的乡邻，为母亲送行。

这条路竟也是母亲生前走过的最后一条路。她就是顺着这条路，走到了荒野，走完了自己的一生。

母亲，你是否预见了这次葬礼，所以你预先走了一遍。那时你在想什么？

我们只是木然地走着。走一段，跪一段。无论是僵硬的沙地，还是坑洼的泥地，我们跪着，走着，这是我们送别母亲的最后一程。走完这一程，这一世的母子情就这样断了。

到了墓地，小小的墓穴早已挖好。母亲将长眠于此。

一铲一铲的泥土洒下，如点点眼泪，如片片哭声，如一幕幕如梦的人世。

母亲远飏，继续着她在宇宙中的造化，只不过她走得太孤单。而我们，望着母亲渐行渐远的背影，只能将思念与愧疚化为块垒，独自长叹，无以慰藉。

最后一次

一　最后一句话

母亲的死如晴天霹雳。

当电话那头传来哥哥惊恐的哭声时，我还未真正意识到，母亲真的要离我而去。

在我的脑子里，母亲是那个嗓门奇大、身体硬朗的人。她的眼神、她的语言、她的身影，与死亡绝不搭界。

然而，当我进入医院时，我傻眼了。我看到躺在木板上的母亲时，我本能地回了回头。我要找找哥哥，我要看看父亲，我想问他们，这是真的吗？可是，当我看到落泪的乡邻、哀号的阿姨，我知道，这就是我的母亲。我的母亲，她已经去了。她身上没有插一根管，没有氧气，没有心电图，没有输液。什么都没有，只有僵硬的身体。

我回过神来，失声痛哭。我扑上去，抚摸着母亲的脸，叫唤着："依奶，依奶。""你爬起，你爬起。"我想拉她起来，可母亲只是木然地躺着。我的拉扯、摇晃，她不管不顾，她只是照样冷漠地躺着。

我哭着，觉得这一切都是梦。然而，哭声，如此刺耳；灯光，如此刺眼；乡邻，如此之多！所有的一切，都在告诉我，这不是梦，这就是现实。你的母亲，已经走了。

我瘫坐在地上，脑子一片纷乱。恍惚间，我突然想起。就在前一天晚上，母亲打来电话。那时我正在朋友家，母亲说了很多话，我都无心去听。最后竟然对母亲说了句："我无插［mau²¹isʌk²³］汝两个！"这句话竟然是我对母亲说的最后一句话。

母亲只能默然地挂断电话。

现在我才明白，那天晚上，母亲打电话给我，是要来诉苦的，是要来求救的。她要看看这个世界上谁还会挽留她。可是我没有。非但没有，我还给她最致命地一击。"我无插汝两个！"这句话竟然斩断了母亲唯一的求生欲望，斩断了几十年的母子情。

是我害死了母亲。我用双手击打自己的头。是我害死了母亲，是我。母亲会如此决然地离开我们，肯定是因为我们的绝情。

哥哥说，母亲在最后时刻曾打电话给他，只说她要走了，叫哥哥做工小心。当时，哥哥正在工地上忙碌，竟然责怪母亲无事瞎闹什么！最后，将信将疑地去找母亲。等找到了，一切也都晚了。

哥哥太忙了！责备竟然成为母亲离世时听到的最后的声音。

我也太忙了！留给母亲的最后一句话竟然也是无情的责备。

母亲，在她两个儿子的责备声，绝望离世。

我们太忙了！忙得都无暇聆听母亲最后的倾诉，最后只好将母亲推给了死神。

二　最后一眼

母亲走后，记忆中母亲的每一个眼神都在道别。

犹记得，母亲在时的最后一眼。她站在家门口，目送我们开车北上。我在观后镜中看见母亲。母亲默默地望着我们，充满了慈爱。可是，在那温暖的眼神中，到底酝酿着什么？也许，我一直都没读懂母亲的眼神，一直一厢情愿地认为那些都是慈爱。其实，在那脉脉的目光中，还蕴藏着压抑与忧郁。就像看似平静的湖面上，底下竟然有旋转不停的漩涡、有不知通向何处的无底洞；而我们只看见湖面上粼粼的水波和温煦的阳光。

犹记得，正月初一，母亲那较真的眼神。那天早上太阳极好。我搬张凳子坐在院子里晒太阳。母亲从外面回来，站在门口，背对着阳光，一圈莹白的光晕笼罩着母亲。见到我，母亲的脸漾开了笑，若有所思的眼神也跃出一丝喜悦。坐定后，母亲的眼睛又静如湖水，有些黯然。她跟我商量着，什么时候将自己的积蓄买些金戒指，准备分给儿孙。愚蠢的我竟然没发觉母亲在悄悄地布

置自己的后事。平时，母亲总爱笑。爽朗的笑声分散了家人的眼神，让谁都没有发觉眼底的那抹云翳。

犹记得，正月初四。哥哥带着嫂子娘家人去动物园。平时会晕车的母亲竟然也要跟着去。她默默地坐在副驾驶座上，眼睛注视着前方。直直的眼神，我以为她只是在欣赏沿路的风景，却不知她在心底筹划着这一生最后一次决定。那眼神应该透着一股决绝。

人们都说，眼睛是心灵的窗户。可我们都没有好好观察过那一双暗藏玄机的眼睛。我们都被窗户边上的纹饰所吸引，而无心窥探窗户里隐微的动静。

最后一次，正月十一。母亲已经躺在冰棺里，紧闭着双眼。隔着玻璃，我才发现母亲的眼角皱纹竟然如此之多、之深。这是无情的岁月一刀刀刻下的痕迹，也是母亲一生备尝艰辛的证据。然而，这些，当母亲还在的时候，我们都无暇去瞧一瞧，用手去摸一摸。我想，如果早摸一点，母亲也会舒坦一点，她离别人世的脚步也会慢一点。

可是，这一切都太迟了。

梦中的母亲

母亲，这几天梦见你几次。每次你都很安详，如往昔的你。

那晚，梦见你。梦中依稀，只是你跟父亲，一个是夜晚，一个是白天，永不相见。没有爱也没有恨。你们是两个永无交织的时空。

有一次，你说父亲的茶喝完了，什么时候再带一盒回家。母亲，你还在挂念父亲，对吗？

有一次，我在晃动的人影中看见你。依然是那副微胖的身形。你担着喜糖、喜饼，要跟乡邻去分。只是你静静地站着，没有言语。母亲，我是如此意外地发现了你。梦中，我突然意识到，原来母亲并未离去，你还活着。看，你就在那儿。梦中，我感到家人俱在的安稳，久违的幸福感又回来了。可是，梦醒后，这一切显得如此真切，却又如此虚幻。这就是梦，如此真实地存在于另一个时空。

梦到你的时候，我们没有哀痛，也没有对话。你是往常的母亲，我还是你的儿子。尽管相会短暂，但这聊以安慰我充满悔恨的心。

那天，父亲说，他感觉你还活着，你一直在他身边。说完，父亲惨然地笑了笑。父亲说，有一次，你在梦中对他一直笑。他想，你是不是收到他给你的东西了？还有一次，他梦见你用白布蒙住自己的眼睛。他问你，是不是眼睛痛？……我想，父亲每个夜晚都会梦见你。只不过，其中的凄苦、悔恨、爱与温暖，只有他自己才知道。

母亲，父亲一直在思念着你。现在，只有在梦中才能见到你，这是他余生唯一的安慰。

姐姐说，母亲走后，好几天都睡不着，也无法梦见你。她是多么想梦见你，听听你的呼唤，抱抱你敦实的肩膀。奔丧期间，姐姐一直睁着你赋予她的那双大眼睛，不停地搜寻，不断地记忆。她要在残酷的现实中追逐着如烟似梦的过往，重温属于母女的那一段段温暖和甜蜜。诸事停当之后，姐姐回到了阿

根廷，也许是太累了，姐姐进入了沉沉的梦。在梦里，点点滴滴，都该是母亲的微笑、母亲的呼唤、母亲的怀抱、母亲的身影。姐夫告诉我，姐姐常常在梦中痛哭，每每从噩梦中醒来，暗自呜咽。母亲，你是在梦中与姐姐相会吗？往常，你念叨着姐姐，问她、埋怨她，为什么不能找个时间回来？整整十年，你该是无数次梦见姐姐和你的未见面的外孙、外孙女吧？可你为什么不能再等等，在现实中，与他们团聚？你为什么偏偏选择梦境这种残酷的方式会面？

中元节前夕，姐姐梦见她长跪在外婆家门口，失声长哭。舅舅对姐姐说，母亲深爱着爸爸，深爱着我们这一家。可谁也无法逆料，母亲会选择在那个时候离开我们。我们真的不懂母亲的爱、不懂得母亲的深情付出。我们都太无视母亲的存在和感受。

丧礼后没几天，我们按照民间习俗，为母亲超度。那晚午夜，无法入眠的姐姐竟然听到大门哗啦响了一声。随后，便听见哥哥在梦中呓语、哭泣和含糊的叫唤。母亲，你真的地下有知，来与哥哥诀别？第二日，妻子发现，原本披在椅背上的衣服，盖在了女儿身上。虽然，后来知道是嫂子盖的，但我宁可相信，这是母亲盖的，如往昔一般，替寒夜中的我们，悄悄盖上。

有一次，三岁的女儿突然说到母亲。我觉得奇怪，问她是否梦到奶奶。小小年纪的她竟然明白我的问题，非常肯定地说："有。""你梦见奶奶在干什么？""奶奶在陪我玩游戏呢。"说着，她坐到了木马椅上。往常，母亲就是这样坐着，笑着看她的孙女在木马椅上摇晃。

昨夜，我又梦见你了，母亲。我站在老屋里，你意外地从门外现身，还是那副笑盈盈的神情，还是那副敦实的身影。我看着你，禁不住号啕大哭，久久地。我有着一种神奇的幸福感。母亲，你还活着！那次的死，原来是一场噩梦！可是，今早醒来，发现那只不过是又一次幸福的梦罢了。

母亲，你真的走了。梦成了我们唯一能够看见对方的方式。它是如此真实，如此触手可及，如此让人流连。如今，梦成为我的第二度人生。在那里，我们一家可以重新团聚；在那里，我向母亲道尽我所有的爱、思念和悔恨。

2014 年 10 月 22 日

相　　片

母亲的遗像挂在老屋的墙壁上。这张照片翻拍自母亲几年前的证件照。

犹记得那晚，摄像师要母亲的遗照，我们愕然许久。

"没有遗照。单人照也可以。"摄像师见状，善意提醒着。

侄子在家里找了很久，只拿出几张照片，竟都是一家人的合照，没有一张是母亲的单人照。

摄像师看了看，连说："没关系，没关系，我可以从合照中剪辑出来。"他挑了张眉目比较清楚的，拿回去加工。

第二天一早，遗照送来。可大家都说一点都不像。

摄像师辩解说："合照人比较小，放大了只能修成这样。"

我只得再到家里，翻箱倒柜，试图寻找母亲的单人照。印象中，我给母亲照过不少照片，怎么会没有单人照？

可是，翻遍每一个抽屉，找遍衣柜的每一个角落，打开每一页的相册，都没看见母亲的单人照。奇怪，我照的照片都到哪去了？我呆坐在母亲睡过的床头。

打开手机里的图片库，里面有几张母亲的照片，也是合照。而且手机分辨率太低，不太适合。一帧帧相片从手机屏幕上滑过，我突然明白了，我们很少给母亲照过单人照，而且我们只照不洗！相片都存进了电脑上，多少年了，竟然一张都没洗出来！

我很懊恼。我们竟是这般不孝。印象中，母亲是个爱照相的人。每逢照相，她都兴冲冲。

记得第一次照全家福，那时我才五六岁，听说要照相，好像要过节。父母也特别兴奋。我们家还从未照过全家福呢。父母换上干净的衣服，母亲还特别用香水抹了抹头。母亲帮我脱下身上的脏衣服，换上她亲手织的毛衣。不知怎的，毛衣下我的肚子竟然鼓囊囊。简单整装后，母亲边走边唤邻居："三婶，

走，去照相。"我们三兄妹早已经跑到树下，好奇地看着架子上的照相机。在照相师的数数声中，我们一家紧张地咧开嘴，笑了。这是我们家第一张全家福。父亲、母亲那么年轻。

后来，我们又陆续照了几张全家福。哥哥结婚时，全家人照了张；姐姐结婚时，全家人照了张；爷爷去世前几年，在老屋后头也照了张。这几张全家福中，父亲、母亲好像一下子老了，而年幼时肚子鼓鼓的我一下子变成了高中生、大学生。每张全家福中，父母都笑得很开心、很满足。然而，每一次照相，我们谁也没想过给母亲、父亲各照张单人照。

我结婚后，有了女儿，请母亲到城里带小孩。从此，照相机和手机中满是女儿的照片。偶尔有一两张母亲抱着孙女眯眼笑的照片。女儿两岁多，我带着女儿和母亲到乌山公园游玩。看到游人在"第一山"巨石下留影，女儿也嚷着要照。母亲牵着她的手，站在那儿，留下了与孙女的最后一张合影。

有一次，母亲跟我讲，什么时候把照片洗几张带回去，让她看看，我随口应承。但这件事被我轻易忘掉。直至母亲去世，我竟一张都没洗出来。

前几年，母亲还要我买个大相框，好让她把想看的照片放进相框里，挂到墙上。这样，她就能躺在床上欣赏墙上的照片了。可是，等了几个月甚至更长时间，不见我买回，母亲索性就将想看的照片用透明胶布黏在墙上。一张张照片，整齐地排着，竟然都是孙儿辈的。有侄儿侄女小时候的，有姐姐自阿根廷寄回来的外甥女的，有我家女儿的。

对着墙上已经落上薄薄一层灰的照片，我不禁泪下。现在，我连一张母亲的单人照都找不到，这如何对得起母亲？

擦去眼泪，我又默默地在抽屉里仔细翻寻。终于在母亲的医保合作簿里找到母亲的半身证件照。这是前几年农村办医保时照的。照片中，母亲严肃地看着，似乎在责备我什么。

最后，这张照片就变成了母亲的遗照，挂在老屋的墙上。而我也只剩下无尽的悔恨。

母亲的病

母亲，极能吃苦耐劳。她年轻的时候，家里种的水稻、花生的亩数，总在村里数一数二。每次收成后，在晒谷场上，村里人便会问："四嫂，今年有收十几、二十担花生吧？"母亲总是笑着说："哪有？都在这了。"顺手指了指。其实，家里还有很多。

母亲一生的辛劳却换来一身的病。先是颈椎病。每天晚上，母亲躺在床上，半边的肩膀几乎不能动弹，而且疼得令她难以入眠。她用了很多偏方，但终不见好转。而后是腿疼。某个早晨，母亲醒来竟发现一条腿不能动弹，经过一番揉搓之后，那腿渐渐有些知觉，然而下地时双腿已无力。此后，母亲甚至连坐在椅子上都站不起来。最后是头痛，母亲说头像被针刺一般，痛。

母亲曾将这些症状告诉我，我却想不出办法。有段时间，我自学按摩，拿母亲练手。母亲的颈椎病，经我点揉后症状有所缓解；但过段时间，又会复发。母亲住在乡下，她不会因为自己的病痛叫我回家。只有等我抽空回家，她才会叫我帮她揉揉。如此这般，虽能减少些许疼痛，终究断不了根。渐渐，母亲也不叫我揉了。可能，她觉得效果不大，费事。有次问她，她竟然说已经好了。我知道母亲怕麻烦。母亲腿疼也有很长时间。电话那头，母亲总是忧心忡忡，担心自己会瘫痪。我只能在另一头宽慰，教她怎么泡脚、怎么按摩。可是，我知道母亲不会去做的。每次回家，我只按摩片刻，母亲便说好了。看来，她已不太相信按摩。至于头痛，母亲听说了一个偏方。她竟然拿白酒浇在头上，用手按摩。据她说头再也不痛了。可谁知道？我曾多次叫母亲来福州检查，她总不肯。我知道，她怕花钱，也怕麻烦。如今，母亲走了，这些病痛跟她到最后。

现在想来，自己真的未尽人子本分。总是因为事情太多，没空回家看望母亲；总是因为怕麻烦，未曾带母亲到大医院做一次彻底的检查；总是因为母亲不肯，未能强行带她前去治疗。总是有太多的理由，使我忽视了母亲的病、漠视了母亲切身的疼痛、浇灭了母亲心中未道出的渴求。最后酿成今天的结局，母亲撒手人寰，我则抱憾终生。

是的，我太不关心母亲了。我是家中唯一一会读书的，本该更加尽孝才是，可偏偏因为我的疏忽、冷漠，冷落了辛苦一辈子的母亲。

回首想想，我对亲情的迟钝和冷漠，从初中时就初见端倪。

初一升初二那年夏天，母亲得了莫名其妙的病。先是人不舒服，浑身无力；继而呕吐，母亲吐出一条很长很长的蛔虫。那天，父亲在采石场，哥哥在工厂，姐姐在市里。家里只剩我和母亲。村里的医生到家给母亲挂瓶，走时嘱咐我挂完要帮母亲拔掉针头。我慌忙答应，心理却莫名地胆怯、怕事。医生走后，我竟然借口上学，叫来隔壁五婶帮我照看母亲，自己径自上学去。路上，我隐隐约约意识到自己做错了，怎么能将生病的母亲一个人扔在家里？然而，上学的脚步并没有因为亲情的萌动而停止。如今思之，我何以冷血至此？

想起小时候，某个深夜，在外婆家，我突发高烧。母亲背着我，摸黑走在陌生狭小的巷弄中。外婆打着手电筒，昏黄的灯光晃动，人影绰约。在医生家里打了针，我安然睡去。那晚的灯光、人影，还有母亲的肩膀，至今仍不时浮动在我面前。这就是母亲给我的温暖和爱。然而，我对母亲做了什么？我竟然如此辜负她！

近几年，母亲到福州帮我带小孩。可是，母亲没来几天就生病。这既令我过意不去，又让我十分懊恼。母亲的体质属于农村，她的双脚只有踩在土地上才有力气，她的嗓门也只有在空旷的田野间才会响亮。虽然我知道她是由于不接地气而水土不服，但家累急需母亲来纾解。母亲只能苦撑。有一次，母亲告诉我，晚上睡觉嘴巴干涩难耐，整晚睡不着，她甚至觉得自己的小舌头太长了。我以为她又感冒了，让她回家休息几天。可在家，症状依然如故。这次，我强迫母亲到附一医院检查。可现在的医院，人满为患。看一次病，早早去，晚晚回，等一个上午算是侥幸的。更糟糕的是，医生的医术实在不高明。好的医生需要特约门诊，一般的主任、副主任医师，治鼻子只会治鼻子，看喉咙只会看喉咙。你要让治鼻子的医生看下喉咙，他会不懂装懂，给你用上各种仪器，让你做各种检查。不幸的是，母亲正遇到这种情况。我们没有特约门诊，也没找到一个会看喉咙的医生，就被护士胡乱分配到一个看鼻子的医生那。那个蠢医生胡乱照了照，说是小舌头有点增生，会让嘴巴干涩没有唾沫。至于晚上睡不着觉，要带上睡眠监测仪看看。我们无法判断这个医生说得对不对，但我们能直觉到那个医生不专业。这次看病也就不了了之。母亲对福州的大医院一向不满：看个病排队要等半天，看了还不能治！所以她经常用方言说："福州是个冒草的地方。"意思是福州不是个好地方，她待都不想待。要不是看在孙女的分上，她早就偷偷溜回家了。每次来福州，邻居都会羡慕地说："又去福州享福了。"虽然母亲脸上笑开了花，但只有她自己知道心里多苦。其实，这次看病经历也怪我。由于平时很少涉足医院，我不太了解看病的程序和专家门诊排班情况，导致晕头晕脑搞不清楚状况。当时如果稍微留意下，预约一下好的专业医生，情况可能不会那样。那次看完病，母亲对福州的大医院彻底失望。她觉得还是农村的小诊所好。感冒发烧，吃点药打个针立马解决问题，还不用等。可是小诊所看不了大病，这是个问题；小诊所滥用药物，这也是个大问题。可母亲不管这些。看病，能见效，省时，这是她关心的。所以，在看病这个问题上，我经常与母亲闹矛盾。可是，母亲却依然我行我素。

最终，母亲还是带着这些病走了。火化那晚，我和哥哥跪在焚化炉前，看着烈火中的母亲，我们没有哭喊。千言万语都道不尽我们兄弟对母亲的歉意。

我们这一生都愧对母亲。

古　厝

古厝已经老了。

木制的楼梯怎么如此单薄？踩上去咚咚作响，颤巍巍几乎要塌下去。厝里的灯光怎么如此灰暗？蜘蛛丝怎么爬满了墙角？

原来，我已经好几年没踩进古厝，好几年没登上楼梯，像儿时一样站在窗户边远眺。

一

记忆中，古厝一直是温暖的家。父亲、母亲，是这个家的支柱。他们用微曲的脊梁支撑着，用瘦弱的肩膀负担着，用温暖的怀抱守护着。有了父母，这个家历经风雨而不倒；有了父母，我们兄妹才能把根安安稳稳地扎入故乡的泥土中，生根发芽，然后勇闯天涯。

小时候的古厝，是一个安全的所在。春天，露重雨湿，乍暖还寒，我们躲在温暖的被窝中，享受着喷香的煎面饼；夏天，烈日酷热，暴雨倾盆，我们缩在凉爽的屋里玩弹珠、看蚂蚁，躺在母亲的臂弯中听蝉鸣；秋天，稻谷盈屋，花生满地，我们在收获后的快乐中跳跃、戏耍，捡拾饱满的长生果，做着长生不老的梦；冬天，电闪雷鸣，风雨交加，我们围坐在晕黄的灯光下，听风听雨，听楼下油锅中的吱吱声，翘首企盼父母炸的松脆油条。小时候的古厝，不用担心它会出什么故障，就连午夜地震，都可以安心地围在父母身旁，信赖震颤中的古厝。

犹记得，孩童时，只要不下雨，晚饭总会在厝前开始。在灰埕上，摆上一张矮矮的四方桌，放上五条小木凳。一家人围坐在饭桌前，吃着地瓜稀饭，配着青菜、鱼干和虾米。隔壁三婶、五婶的家也是如此。大人们聊着当季的作物、矿上的情况。小孩子匆匆扒饭，饭后在埕上跳绳、跳房子、捉迷藏。夕阳西沉，明月东升，碗碟声隐隐响起，呼唤孩子归家的声音，此起彼伏，声震屋瓦。

厝前是大人们聊天场所。摘菜的时候，端张凳子围坐一起，东家长西家短，偶尔窃窃私语，继而轰然大笑。小孩子躲到了厝后、墙边，掷弹珠，摔啤酒瓶盖，压花蛤壳，大汗淋漓，忘乎所以。偶尔争吵，扭打一块，几方俱哭。大人们闻声赶来，各打几下屁股，责令回家。孩子永远是哭了挨骂，骂后心思蠢动。不一会儿，偷偷聚在一起，笑声、惊呼声，如春雷乍响，一派天然。

我家古厝，厝后总是散落细碎的花蛤壳。那是我们三兄妹和伙伴们共同制造的。每到春夏之际，花蛤鲜肥，母亲买上一斤半斤，割上一点肉，煮上一大锅油丝光亮的碱面。肉味、花蛤和空心菜，杂拌一起，清香扑鼻。兄妹仁各自端上一碗躲到厝后。肚子饿了，狼吞虎咽，吃上两碗。渐饱后，哥哥总有奇思妙想。来个石头剪刀布。赢的人，可以从三碗中挑肉挑花蛤吃，输的人则只有喝汤、吃面的份。如此这般，赢的人大多是哥哥。花蛤壳随手丢弃，风吹日晒后，色彩夺目、洁白无瑕。伙伴们在厝后翻着花蛤壳，看谁的大、谁的花纹漂亮，最后以压花蛤壳一决雌雄。各人挑出自己满意的，或巨无霸或坚硬如堡垒。外壳对着外壳，用力压上，嘎的一声，总有人先破。输的人，不服气，再挑一个，压上。欢呼声总在屋后的阴影中绽放。日复一日，年复一年，屋后的花蛤壳变得细碎、洁白，像小沙滩。

二

古厝外墙上嶙嶙黑斑，犹如记忆的鳞片，剥落了又生长，循环不已。每一座古厝都是一具苍老的灵魂。悲欢离合，生老病死，都烙在古厝的墙上、屋顶上、角落里。它的每一块泥土，都散发着某个生命的幽微气息。或者说，古厝自落成之日起，就与那一家人连在一起，须臾不可分离。每一座古厝都记载着一个家庭的传奇故事。

我家古厝始建于 1969 年。那年头，乡间起厝大都夯土垒墙，极少数富贵人家用得起齐整结实的方砖。一担担黄土从田间地头被挑到宅基地，散落全村墙角旮旯的碎瓦片也被搜罗干净。黄土杂拌着碎瓦片，四面土墙由此筑就，上

梁架桁，铺以新瓦，两间小屋历经年余方始落成。未几，伯父结婚，入住新居；父亲年方十六，外出打工，直至二十四岁，回乡娶亲。那时彩礼：金耳坠一副、金戒指一枚、金发箍一枝，总计几分重而已。未过几年，母亲将这些变卖以补家计。

说起与父亲结婚后的困窘，母亲总有忧戚之色。

她曾忆及，怀哥哥时，父亲在外打工，家中无人，诸事只能靠自己。有一次，母亲血崩，呼救无人。隔壁阿巴婆闲来串门，发现母亲躺在血泊中。幸好抢救及时，这才捡回母亲一条命。生活困难时，母亲也曾向爷爷借五毛钱，但只借到两角五分。提起往事，诸般感念、怨尤化成莹莹泪光，都被母亲忍下。

父母可谓白手起家。父亲年轻时辗转外地采石。他曾经身患疟疾，寒战不已；又曾泻痢，针药不止；更曾惨遭电击、断指之痛。每次，父亲拖着伤痛之躯回家休养，最后都能逃过劫数。父亲能安然度过如此多难的前半生，多赖母亲坐镇家中，汤药服侍，尽心尽力。那时的古厝，该是父亲休养生息的温暖港湾。

好多年，母亲既要在外赚钱又要拉扯我们兄妹仨。农忙时节，母亲上山下田，无事不举。每日又到采石场打石子，一车六元。烈日中，母亲埋首敲碎石子。可以想见，仅凭一人之力，敲满一车碎石，并独立装车，要耗费多少时间和体力。每日上午九时许，母亲还要骑自行车返家，为劳动强度极大的父亲准备餐点，也为即将放学归来的我煮好午饭。家距采石场单程四五公里，母亲每日往返四次。她都任劳任怨，勉力支撑。那时的古厝，既是我们一家食物的补给站，也是母亲呕心沥血倾力护佑的家园。

如今，母亲已逝。只有那残破的古厝还记得母亲生前丝丝缕缕的辛酸往事。

三

我家古厝，既见证母亲含辛茹苦的一生，又不无慈悲地凝视着我们的成长。

我家三兄妹，小时候都不怎么会读书。有一次，父亲无奈地说："你们三个读书，怎么家里一张奖状通无？"说了我们兄妹仨羞愧地低下头。隔壁弟弟妹妹上学拿了那么多奖状，都是成排贴在墙上的，而我家却连奖状的影子都没有，墙上只剩下主耶稣的十字架。我想，当时的老屋也应感到孤单和尴尬。上五年级时，我竟然开窍。第一张奖状被父亲贴到卧室的墙壁上。第二张、第三张……奖状越来越多，笔记本和相簿之类的奖品堆到了衣柜上。一天早晨，熟睡中的我被父亲唤醒，眼前意外地出现一块手表，金黄的表带、绿色的表盘，还有夜间荧光的刻度。这是父亲买给我的第一件礼物。父亲高兴时，早上起床，会对着窗外碧绿的田野哼唱革命歌曲。那时的古厝，应该是快乐的。

上大学后，我不再与古厝日夜为伴。然而，看似渐行渐远的距离，反而将我的情感与古厝连得更紧密，它成为我躲避伤害的安全港湾。

我家地处侨乡。村里人大多在海外打工挣钱，在家盖别墅。而我家则一直蜗居在古厝里。爸爸是采石匠，工资低微，还要供我和姐姐的学杂费，能勉强维持生计已算不错。哥哥年轻时在外闯荡，后来成家，工资也仅能维持生计。父亲曾想偷渡海外，但思虑再三，觉得风险太大，万一出事，这个家就彻底垮了。他大半辈子都勤勤恳恳，风里来雨里去，与石头为伍，与铁錾为伴。

望着村里一座座欧式别墅傲然挺立，慢慢长大的我开始有些苦闷、有些自卑。走过那些高墙大户，望着偶尔开阖的铁门，总是在猜想那里头乡邻的生活，该是多么富足、多么幸福。

大学寒暑假，偶尔会带同学回家。几经转车，到了村外路口，走进弯弯曲曲的小路。两旁是气势逼人的别墅，我沉默或者故意大声说话。屋后，两三朵牛粪，公然躺在路中央，如袒胸露腹的乡野村夫，迎接远方来客。此时，颇有些尴尬。同学之中，多有些来自乡村，见怪不怪，我也释然。某次，一位女生来。当我领着她跨过牛粪，绕过柴堆，登上我家昏暗的土楼，对着窗户望着野景时，我这才发现，原来我家的窗户如此之小、如此之陋。远方是绿意盎然的菜田，我却觉得那女生眼中暗了一丝光亮。大二那年，一厢情愿地谈起恋爱。电话那头是剪不断理还乱的欲语还休，丝丝甜蜜杂着点点苦味，最终酿成一杯浓酽的苦茶。心灰意懒的我，躺在床上。楼下是外婆、阿姨和母亲的欢聚。外婆见我一人躲在楼上，竟盈盈然上来闲话，此时的外婆如此善解人意。大四那年，也在古厝，我结束了第一次不算恋爱的恋情。奇怪，古厝成为我几次失败恋情的最终见证者。最后一次，我坦白地跟一个女孩说："我家住的是土房子，一家人挤在一起，你能受得了吗？"那女孩竟然勇敢地回答："我跟你在一起，

不在乎别的。"不无倾情纾困的气概。最终，我牵着那位女孩的手走进婚姻殿堂。这一切，我相信，古厝都记得。

2007 年，我家正式搬离古厝。村里的别墅越盖越多，越盖越豪华。父亲最终同意让哥哥远赴海外。没几年，哥哥攒下的钱足够盖四层别墅。父亲、母亲商量着：盖吧，不盖，太落人后，被人瞧不起。于是，历经了多少辛酸，一座别墅矗立在村西头。终于要离开古厝了。父母选择在一个漆黑的夜搬家，大概是不想让古厝伤心，不想让它清清楚楚地看着我们从它的怀里离去。想当年，父母攒了一小笔钱，在古厝后头盖两间石头房，与古厝紧紧相连。那时，一家是多么兴奋。如今，一家人为了住得更宽敞，只好离开。

搬离古厝后，我就很少踏进去过。不是我无情，而是不忍。总是听父母讲，古厝泛潮了，打开门总有股霉味。窗棂生锈了，窗户长久不开，也坏了……我们一走，古厝才真的老了。我想，古厝必然会像厝后更老的古厝一样，在某一个漆黑的风雨之夜，轰然倒下。

然而，谁也想不到，倒下去的不是古厝，而是我的母亲。母亲，在一个春光明媚的下午，作别了人世。灵堂就在我家古厝后头。那天，天空是灰色的，落着雨。古厝在绵绵春雨中沉默寡言。我望着，望着，不敢踏入。那里已经有爷爷的遗像。

处理完丧事，父亲捧着母亲的遗像，踏入古厝。霉味，锈迹，一切都是死亡的迹象。那一堵曾贴着我的奖状、贴着耶和华十字架的墙，潮湿，残破。遗像里的爷爷，目光忧郁，发出慑人的光。母亲的遗像被挂上了，脸上似乎不那么严肃了。

告别古厝的母亲，最终回到了古厝。她应该觉得温暖吧。这里有她的青春，有她的奋斗，有她的温馨甜蜜，也有她的悲苦辛酸。这是属于母亲的古厝。

母亲走后，我更无意踏入老屋。它像一座尘封已久的坟墓，埋藏着我的记忆；它也似一只沉默寡言的兽，蹲伏着，欲语还休。

母亲的味道

母亲走了，属于她的食物的味道也消失了。

那是些什么样的味道？是羊肉泡面的味道，海蛎饼的味道，还是薯粉面的味道？幸福的味道，该是所有味道的底色。母亲，是味道的调制者，更是幸福的制造者。她在的时候，所有的食物，就连每日的稀饭、地瓜干、白饭，都带着幸福的香甜。她走后，这些食物像少了盐，失了魂，也没了味，再也无法唤起幸福的感觉。

每年春节，母亲的味道散发得最为淋漓尽致。大年三十的晚餐，海鲜薯粉面、金针菇炖鸭、清蒸红鲟、海蛎滑粉……品类众多，幸福的味道也最为浓郁。鲜美的汤汁配上清爽的海鲜，香气氤氲得让人迷醉。爷爷在的时候，母亲总会叫我去扶他来吃团圆饭。祖孙三代，在热气腾腾的餐桌前，说着祝福的话，聊着愿景，每个人心里都喜滋滋。

初一清晨，母亲早早地在门外喊："阿哥、阿姊、弟——快爬起。吃面咯。"等我们睡眼惺忪地爬起来，洗漱完，坐在餐桌前，每个人面前已摆上一大碗的鸭肉线面。金黄的金针菇错杂其间，让人垂涎欲滴。这时，母亲会说："先吃面，再喝汤，一年顺顺利利。"有时候，我们嘴馋，早就喝了一口浓香的鸭肉汤，母亲也不以为忤。家里养羊以后，鸭肉泡面就换成了羊肉泡面。吃的时候，母亲会加上一句："羊肉泡面当当好。"母亲煮出来的羊肉，吃进嘴里软嫩香甜，虽然有点膻味，全家人却都喜欢。吃完面，母亲还会将煮好的蛋装进小网兜中，我们三兄妹一人一个，挂在脖子上。出去拜年的时候，肚子饿了拿出来吃，蛋的清香让人特别满足。

海蛎饼和海蛎煎，是家乡传统小吃，几乎每个主妇都会，而且各有秘籍，各有风味。母亲炸的海蛎饼堪称一绝。每次炸海蛎饼，好像在过节。母亲平时跟父亲到采石场打石子，农事又忙，平日煮饭时间都是挤出来的，做小吃是一种奢望。

炸海蛎饼这一天，母亲早早起来，骑着自行车到集市上切上肥瘦适中的三层肉，买点刚撬出来的海蛎和未泡水的土黄蛏。回家后，把肉切成长条薄片，用酱油、老酒腌上；再将自家种的白菜切成丝，拌上碎碎的紫菜，调上味，装满一大盆；然后剥去蛏壳，洗净海蛎；再调出一盆浓稠的面粉糊。一切准备就绪，差不多已是上午八九点。此时，在大锅里倒上自家炸的花生油，灶里架上柴火。不一会儿，油锅就噼啪作响，金黄的花生油在锅里翻滚，不时炸出一两滴油，溅到身上，钻心的疼。母亲不慌不忙地拿起一根长柄的浅勺，在勺底均匀淋上一层面粉糊，然后铺上一层夹着紫菜的大白菜，放上几片肉、几粒海蛎、几只蛏，再浇上一层面粉糊，一个海蛎饼就成形了。"嗞……吧嗒吧嗒……"，声音从油锅里响起，一股油烟腾出，厨房里顿时弥漫着香味。一两分钟后，油锅中的海蛎饼已经定型，母亲抖抖长勺，海蛎饼乖乖滑入锅底。再过几分钟，吃饱了油，憋足了气，海蛎饼肚子鼓鼓地浮上来。此时的海蛎饼外壳已经硬了，颜色也逐渐变成金黄，在油锅中再滚几番，就可以起锅。这也是我们最着急、最兴奋的时刻。因为，刚出锅的海蛎饼太烫，拿不得，只能眼睁睁地看着它慢条斯理地往下滴油，等它渐渐冷却。那时，每个人都已经口水连连，只等母亲一声令下，让我们尝尝味道。我们心急火燎而又小心翼翼地捏住海蛎饼硬硬的边缘，试探性地咬上一小口。薄脆的硬皮在牙口间酥酥响起。我们早已吃成精了。要不然，看着刚炸出来的海蛎饼，个个饱满，外皮酥脆，毫无顾忌地咬上一口，暗藏其中的热油必定烫得你嗷嗷乱叫。此外，饱满的菜汁、油汁还会偷偷地冒出来，蹿上你的手指，流到你的臂弯，等你发现时，那油已经偷偷粘上你的衣服，让你后悔不迭。刚出锅的海蛎饼，金黄的硬壳下是白嫩的面粉，白嫩的面粉里裹着清甜的白菜和紫菜，而在油丝发亮的白菜间则藏着海蛎饼最重要的秘密味道：三层肉、海蛎和蛏。吃到海蛎饼中间的时候，酥脆中漾着清甜，清甜中暗藏鲜美，再加上三层肉的肥瘦搭配，海蛎饼的味道会尽情释放。我们三兄妹总是吃了一块又拿一块，一连可以吃上六七块，个个吃得肚子鼓鼓的，像一只只刚吃饱油的海蛎饼。大多数时候，我们大快朵颐时，母亲在炸海蛎饼；我们出去玩了一趟回来再吃海蛎饼时，母亲还在炸。一直要到十点、十一点，母亲才会炸完一大盆的面粉糊。有时候，菜不够了，还要临时增加，这就更让母亲忙得不可开交。至今犹记，夏日炎炎，厨房一片烟火气，母亲一个人站在灶台边炸海蛎饼，额头不时垂着汗滴……直至炸完海蛎饼，收拾完工具，擦完灶台，母亲才端出一碗早上的稀饭坐下来吃。看着这般景象，我们才想起母亲还没有吃早饭呢。她就是这样饿着肚子，一个早上像陀螺一样，不停地转，不停地忙，不得片刻歇息。想到这，内心充满了歉疚之情。我们的口腹之欲竟然是建立在母亲的空腹和忙乱之上。

然而，一大盆的海蛎饼很快就会不见的。不是被我们吃了，而是母亲将海蛎饼分给邻里。每家几块，用铁盆装着。有时候母亲自己送，每一家都会响起母亲爽朗的笑声；有时候母亲叫我去送，我有点难为情，怕别人推托，一到邻居家里，放下盘子拔腿就跑，惹得背后"弟弟——弟弟"的连声叫唤。当然，这美味的海蛎饼总不会忘了爷爷和外公外婆。外公外婆住得较远，母亲会在午饭前自己骑自行车送去。到中午时分，一大盆的海蛎饼便只剩下孤零零的几块。之前层层叠叠的群英会，早已消失得无影无踪。剩下的几块也就有点失魂落魄。

其实，每家每户一有空炸海蛎饼，主妇都会像母亲一样，将海蛎饼分给各家共享。油香随着海蛎饼飘进各家的屋里，欢笑声也会随之荡漾起来。炸海蛎饼的时光，不就是每家在共同度过一个忙里偷闲的节假日吗？

海蛎饼是母亲的拿手好戏，也是母亲的味道中最让人念念不忘的。长大后，海蛎饼依然是我的最爱，就连妻子、女儿也都非常喜欢。女儿两三岁时，便会双手捧着海蛎饼，津津有味地啃着海蛎饼酥脆的面皮。吃完一块，举着油腻的双手再要一块，竟然跟我们小时候一样。看着这幅场景，母亲总会呵呵笑。母亲知道我们爱吃，我们每次回家，第二天准有海蛎饼吃。

可是，苍天不仁。母亲竟然飘然远去。失去母亲的厨房，顷刻间变得空空荡荡的，毫无人气。办完丧事的那天晚上，父亲、哥哥、姐姐和我默默地坐在厨房里，看着惨白的灯光下熟悉的餐具，件件都是母亲操持过的家什，不禁涕泗连连。泪眼婆娑之际，我们似乎都看见母亲在厨房四处转动、忙碌不已的身影。

母亲不在了，那个原本属于母亲的厨房，也像失去了精神，整日晦暗不明。我们也不敢轻易踏入，怕勾起往日的点点滴滴。

丧礼过后不久，嫂子的妈妈曾经用母亲操持过的厨房炸海蛎饼。我猜，她

们是想用食物来唤醒我们，让我们重温家的感觉。然而，虽然有海蛎，有蛏，有瘦肉，嫂子母女做出的海蛎饼已经不是母亲亲手调制的海蛎饼了，连味道都如此不同。父亲、姐姐和我，对着满盆的海蛎饼，难以下咽。那个属于我们的海蛎饼永远地消失了。

母亲去后，我回家的次数也少了。有一次，走回老屋。碰到隔壁的三婶。三婶是看着我长大的，见我便招呼："弟弟回来了。"随后快步走近，低头，叹息："哎，你每次回来，四婶（指母亲）都会做好吃的给你。现在……"说完，潸然泪下。我无语以对，只好反过来安慰她。人走了，留下皆是无语凝咽的伤心人。

母亲走了，属于母亲的味道也永远飘逝了。

食物的忧伤

一

秋日的阳光晃眼但没有温度，眼前的一切都过于明晰，明晰得有些不真实。道路好像浮在空中，苍绿的树木静默如秋水中的倒影。置身在这种鲜明的景色和恍惚的光线中，人不由得虚浮起来。多少次，在这秋的萧瑟和明净中，我无声地踏入村中土黄的小径，穿过灰白苍老的土屋，然后站在铁钥孤悬的苍灰色大门口，感到无比孤单；仿佛整个村庄只有我一个人，鸡鸣狗吠，剧烈地摇撼着这座不明来历的村庄。

母亲在的时候，这种凄凉之感总是可以瞬间排解的。因为我知道我的母亲在这世界的某一个角落，或是在西风萧瑟的山坡，或是在某个屋门敞开的邻家。活着的母亲，以她敦实的肩膀挡住着秋的寒意，扛住了虚浮得几乎要塌陷的天空。现在，母亲远逝，秋的萧瑟依旧，世界的不真实感让人无法承受。

人世总是在虚幻和真实的模糊地带摆荡。有时，真实虚幻得让人痛心；有时，虚幻却温暖得让人不堪回想。世事苍茫，谁又能够在虚幻和真实中如意穿梭？也许，我们永远只能在失去中把握到真实的虚幻之美、之伤。

今年的秋，因为母亲的离去，显得异常凄惨和虚幻，甚至连日常的饮食都闪露着秋天的明澈与哀伤。

二

深秋里，食堂的食物永远是那种瑟缩的样子，丝毫唤不起温暖感。

一日午时，当我无意中咬上一口豆腐泡时，久违的感觉震慑着我，眼泪止不住泅满眼眶。对着众多的食客，我赶忙埋首慢嚼，让眼泪黯然化去。

豆腐泡,这是母亲曾经做过的食物。它的味道早已遁入味蕾的深处,我以为我已经永远失去了它们,想不到在食堂中我会再度与它相逢。瞥了一眼窗外明晃的秋光,透亮的玻璃给人一种冰凉的感觉。我知道,在不真实的秋天里,一种真切的味道唤醒了我最真实、最温暖也最令人神伤的记忆。

同样在这样一个萧索的秋天,母亲为归家的我制作小吃。她切开金黄的豆腐泡,塞入腌好的肉糜,原本干瘪的豆腐泡被撑得几乎涨破了肚皮。母亲用面糊封上开口,放在油锅中炸。豆腐泡在油锅中吱吱飘动,一点点变大,颜色金黄,表皮也硬了起来,显露出坚硬的棱角。半熟时,母亲给豆腐泡翻了身,将其炸至全熟。每次,母亲总会将刚炸出来的几块豆腐泡端到我的面前,用闪亮的眼光看着我,说:"弟——,尝尝咸淡。"咬着表皮酥脆、内里软嫩而且鲜美的豆腐泡,幸福总是那么实在。那时,门外的秋光,瑟瑟的秋风,并不让人觉得晃眼与寒冷,仿佛外面的秋日,与我无关。我可以躲在厨房,安心地品尝母亲为我制作的美食。

往事历历。如今,那熟悉的味道在我嘴中慢慢扩散,绵远的滋味也在舌尖漫漫泛开。原以为,豆腐泡只是母亲突发奇想发明出来的一种小吃,想不到,食堂中的某双手同样在制造着这种似乎只有慈母才能创造出来的食物。不知道,食客当中是否也有人吃出这种豆腐泡蕴含的温暖。环顾四周,饥饿的人们只是埋首吞咽,幸福与哀婉只属于那些别有心事的人。因为,深深的感动定然只在记忆的最深处,而最深处的记忆恰恰只附着在看似简单的食物上。

三

也许是闰九月的缘故,今年的秋尤其来得迟,来得寒,仿佛夏日的酷烈刚过,深秋已在人们的惊愕中骤然而至。萧瑟的秋意总让人有种凄惶之感。

母亲去世已近一年。一年里,除了第一次说不尽凄凉的清明扫墓之外,我再也没有踏足过母亲的墓地。如今,母亲的墓草该已在寒风中瑟瑟发抖了吧。我一直不明白,为什么祭奠亲人不是在深秋而是在清明?也许只是因为世人难以在万物凋败之时再次承受亲人离世时的剧烈创痛,故而有意将时间延后,让和煦春风治疗受伤的心灵。然而,我却愿意在深秋来祭奠我的母亲。因为,只有刺骨的寒风才能让祭奠变成一次真正的冷暖参半的追思。

　　以前，对于儿孙辈而言，因为一年一次难得的团聚机会，清明扫墓无疑具有大家希冀的温暖感。爷爷、伯伯和父亲忙着扫墓用品，略微严肃的表情不时漾起笑容，几十年的人世沧桑似乎已经模糊他们的伤痛。伯母、母亲和嫂子们忙着中午的美食，欢笑声总会从烟气缭绕的厨房中腾起。外地归来的我们，正惬意地等待到田野踏青的时刻。那时的扫墓与哀伤无涉，馋嘴的我们在田间大口撕咬裹着三层肉的光饼夹。阳光、微风，和着略有些油腻的食物，便是无知而无情的我们最真实的记忆。如今，这一切都显得如此邈远和滑稽。今年的清明节，只有父亲一人准备着祭奠用的食物。煎鱼、三层肉、花蛤、蛏和光饼。父亲一样样地从市集采买回来，用他干裂、坚硬的手和一颗充满爱、悔恨、思念、苦楚和孤独的心。我们无法插手，默默地看着父亲一个人忙碌着，瑟瑟中流着清涕。上坟的路，满是泥泞。母亲的坟尚且披着一块块干枯的草皮。纸钱烧起来了，冷风扬起燃烧未尽的冥纸，薄而柔的灰在空中勉强漂浮，然后碎裂，撒落在黄土枯草间，像一场寒冷的雨。父亲用模糊不清的语言祈祷着。对于尚处于丧亲之痛的我们，这番祈祷不啻于一枚枚锐利的钢钉，把父亲和我们一个个钉在忏悔柱上。父亲的话竟然鲜血淋漓。我们只能默默承受，这残酷的现实竟显得如此虚幻。去年、前年、大前年乃至更久的过往，母亲都曾经默默地站在爷爷奶奶的墓边为我们装光饼夹。香，在风的吹拂中明灭。烟，是否在阴间和人世架起了一座桥，让母亲能够在我们的身边徘徊？只有风知道。我们已无心像往年一般咀嚼光饼夹。此时的任何食物都让我们感到残忍与恶心。

写于 2004 年秋

童年往事

时至今日，母亲已走一年多了。童年往事还像碎片一样在记忆中不时闪现。每到动情处，我则默默垂泪。母亲是乡间农妇中极平凡的一个。她匆匆地来，匆匆地走，没有丰功功业，世间也不会有多少人记住她。但对我们而言，母亲含辛茹苦将我们兄妹仨养育成人，这已是恩重如山。

每次回乡，偶尔会在路上碰到身影极似母亲的农妇匆匆而过，我一时惊喜，继而愕然，最后失落。我一厢情愿地认为，在未来的某个时间，在乡间的某个角落，我还能不经意间碰见母亲。这是多少失恃孩子永远不灭的梦。

今天，我将记忆所及的童年往事一一写下，重温彼时的喜怒哀乐。我以这种方式祭奠母亲，祭奠我们逝去的童年，怀念我们曾经拥有过的时光。

一　摘花生

孩童时，春夏之际，满山都是绿油油的花生和番薯。一到七八月，花生熟了，乡邻要趁着落雨拔花生，而后在酷烈的太阳底下摘花生、摔花生。每家每户会投入所有的劳力。

当年，母亲正跟父亲到采石场打石子，家里的农事会稍后于乡邻。我和姐姐两人在家没事干，经常跑到四叔公家玩。四叔公是个精明的人。他会掷骰子，会掏鸟窝。他的孙子和我们一般大，经常让我们羡慕不已，因为他们手上经常有冰棍和试飞的小鸟。时值农忙，四叔公眨着狡猾的眼睛，说道："弟——过来摘花生，一个下午给你两毛钱。"两毛钱，对我和姐姐而言，可是笔不小的数目。那时一根冰棍五分钱，两毛钱可以买好几根。

摘花生是件无聊的事。摘时，先抖落泥土，捋顺花生粒。这一抖，沙砾掉满全身，燥极的尘土兜头兜脸罩住人，钻进鼻孔，沾满嘴唇。细小的沙砾还会随着舔嘴的动作偷偷钻入嘴巴，硌得慌。时间长了，摘花生的人像在泥土堆里滚过一样，满头、满脸、满身都是土。更何况，一连几个钟头机械性的重复动作，脑子早已麻木，人极易犯困。然而，为了两毛钱，我们姐弟还是忍了下来。要知道，为自家摘花生可是没有赏钱的。

傍晚时分，母亲归来，发现我们像土人一样从花生梗间仓皇站起。母亲不动声色地叫我们回家，领我们到家门口的水沟边洗澡。那时的水沟，水底是萋萋水草，游鱼不时翻身闪过，偶尔会有一两只小鱼跃出水面，溅起水花。母亲默默地脱去我们的衣服，用清凉的水浇我们的身子。原本土黄色的身体立马变成纵横交错的黄白色，沁人心脾的凉意浸透全身。黄黄的泥土流进水沟，一道道慢慢洇开。我们静静地站着，任母亲浇洗。原以为，把衣服弄脏了会挨骂；没想到，母亲只说了句"以后别去摘了"，说完就埋首继续洗。母亲的沉默，让我们突然意识到了什么。我们似乎瞬间长大，看到母亲眼底那一抹心酸和忧郁。

二　卖油条

我读小学四年级的时候，家里开始炸油条卖。

做油条既繁琐又辛苦。每天晚上，父亲从采石场回来，吃完饭洗完澡，就开始和面。几斤面加上定量的小苏打和矾，父亲不停地拌着、揉着，身影起伏不定。一条晕黄的毛巾搭在肩上，已经湿透。半夜，父亲还要起来再揉一次，这叫醒面。只有醒过的面团才能炸出蓬松酥脆的油条。第二天凌晨三四点，父母就起床炸油条。母亲切出一块面团，抻长，再切成小块，两两叠起，用筷子从中压过，提起两头，拉长，旋转，顺势放入油锅中。父亲拿着长竹筷，等油条浮出，不时翻滚它们。油条越炸越大，颜色也由浅白变成金黄，散出浓郁的油烟气和油条的香味。

我们睡在楼上，经常被油烟熏醒。朦胧中，刀切的梆梆声和油炸的吱吱声，声声入耳。父母要炸到天亮。等他们喊我们起床，厨房里已经排着好几篮码得齐整的油条。匆匆洗漱，我们三兄妹就各自上阵。哥哥年纪比较大，他负责骑车到邻村店铺、学校寄卖。我和姐姐，则在本村一路叫卖。

"油条有递么？……油条有递么？"

叫卖声此起彼伏。姐姐走东头，我走西头。同一个地方来回好几趟，还有人买。母亲收拾完，也会提上一篮。她嗓门大、中气足，声音传得远。有时候，明明在村东头听见母亲的声音，想在路上等她，可转眼间，母亲的声音又隐约从村西头飘来。

"油条有递么？……油条有递么？"

我们的叫卖声成为乡邻起床吃饭的号角。

多少年过去了，我和姐姐依然对第一次卖油条的经历记忆犹新。

第一次卖油条，我和姐姐颇不情愿，觉得沿村叫卖，有伤自尊。那时我九岁，姐姐十二岁。我们提着刚出锅的油条，各奔东西两头。沿路走去，乡邻们好奇地看着我，我却羞怯地低着头，一语不发快步走过。耳朵被早晨的太阳晒得通红，隐约还听见风声和笑声。我快速走完半个村落，把半筐油条原封不动地送回家。姐姐和我一样，一条都没卖出去。母亲见状，说道："油条拿出去要叫。不叫谁来买？"说完，她自己提着篮子出去。"油条有递么？……油条有递么？"喊声便从屋后乍响。母亲的叫卖声听得我们惊心动魄，羞愧难当。没过一会儿，喊声停了；片刻，叫卖声又亮起来了。不到半个钟头，母亲提着空篮子，风风火火赶回。

原来，乡邻见母亲卖油条，竞相购买。某些嘴巴大的，边咔咔吃着油条还边对母亲说："刚才见你家小孩提着油条出来，伊看见我们，什么话都没说就走了。"母亲把原话传给我们，让我们无地自容。父亲一向严厉，训道："做生意，没什么好怕的。卖油条就应该有卖油条的样，再把篮子提出去。"母亲的激将法，加上父亲不容商量的口气，逼得我们只好再度出征。这回再卖不出，真的无颜回家。

所幸，母亲的试验和"油条有递么"的样板，壮了我们的胆气。第二次出门，我先走在一条没有人的小路上，小声喊道："油条有递么？……"声音小，自然传不了多远，但肯定钻进附近几座老屋的窗户里。有了第一声，第二声就顺理成章了。这回走到大路上，对着人家的大门高喊："油条有递么？……油条有递么？"

"卖油条的，一条多少钱？"

"两毛钱。"

"来两根。"

第一笔买卖就这样成了。我卖油条的生涯就此开始，从小学四年级一直到五年级。村里人给我和姐姐取个绰号——"卖油条的"。如今，有些长辈见到我们，还会说："哟？卖油条的都这么大了。"

三　姐姐

家里除了卖油条外，还做点心，如炸三角糕、茶食等。母亲还学会了做豆芽。姐姐上初一那会儿，每天除了卖油条之外，还要负责给人送豆芽。

然而，有一天，姐姐出事了。

那天早晨，一位村邻冲着我家大喊："四婶，快去，你女儿出代志，伊掉桥下了。快快。"母亲听毕，顿时魂飞魄散，匆匆赶往村卫生所。姐姐正被她的老师抱着，两腿血肉模糊，她正呜呜地哭着。见此情景，母亲"哎呀"地叫了声，眼泪奔涌而出。

姐姐本是要骑着自行车到邻村给店铺送豆芽、给老师送油条的。路上要经过一条较宽整的桥，可姐姐那天突发奇想，她想抄近路，也顺便考验下自己的车技，竟鬼使神差地骑上了一条落差较大的小石板桥。这座小桥，由两块长石条拼接而成，两边没有护栏，人走上去尚且需要倍加小心，何况是自行车。结果，姐姐的自行车撞到了桥头高突的石头，连人带车冲到桥底下。桥下到处都是碎啤酒瓶和玻璃碴，姐姐的双腿直接扎入其中，豆芽、油条撒落一地。幸好早市人多，乡邻们把姐姐抱到了村卫生院，叫来老师和母亲。玻璃碴扎得深且长，姐姐的双腿被缝了不少针。瑟缩在母亲怀里，姐姐低声啜泣；母亲也只能心痛地搂着姐姐，软语宽慰。如今，姐姐的膝盖和小腿处依然有几处长长疤痕。

说起姐姐的腿，那是一段又一段的伤心事。它们被玻璃碴扎过，也被东西烫过。而后者的罪魁祸首就是我。

那天，家里的煤炉上煮着一锅满满的猪食。母亲临走时吩咐姐姐，煮熟后要她和我一起抬下来。可那时我太贪玩，在隔壁玩得太尽兴，根本不理会姐姐的呼唤。等我玩累了，跑回家，竟然发现煮熟的猪食撒了一地。姐姐不见踪

影。我叫着："阿姊，阿姊!"姐姐的啼哭声随即从楼上传来。等我跑上楼，才发现，在厚厚的棉被下，是姐姐那两条被猪食烫得通红、起泡的双腿。原来，姐姐叫不动我，又怕锅里东西糊了，竟然自己去搬。那一大锅的猪食岂是她一个人搬得动的？毫无疑问，一整锅的猪食砸到地上，滚沸的水和猪食倒在姐姐腿上。姐姐的惨叫，无人听见。她只能哭着拿酱油往腿上抹，疼痛难忍时，悄悄地躲到被窝里独自啜泣。我傻傻地看着姐姐痛苦的表情，才开始后悔自己没有及时回来帮忙，然而一切都晚了。

傍晚时分，爸妈从采石场回来。见到姐姐起泡的双腿，惊怒不已。他们立即采取紧急措施：让姐姐站在桶里，往烫伤的双腿处倒尿。姐姐一边抹，一边哭，一滴滴眼泪啪嗒啪嗒往下掉。母亲看着心疼，爸爸看着生气，但他们都不知道要去骂谁。我偷偷地站在一旁，深深自责。如果我懂事一些，姐姐根本就不会遭此劫难。幸好，后来医治得法，姐姐被烫伤的部位好了，但留下了几块红肿的肉。

四　学杂费

初中毕业时，我以保送生的资格考取市重点中学。对于我家，这是一件值得庆贺的事。然而，读高中需要缴更多的学杂费，一个学期七百多。那时姐姐正在读师专，第一年的委培费七千多，每学期学杂费一千多。我们姐弟俩每个月的生活费各要两三百。这对于一个并不宽裕的采石匠家庭而言，是个不小的负担。那时，父亲一天的工资四五十块，一年工作两百五十天左右，一年挣个一万出头。即便碰到年景好，石料值钱，一年挣的也不会超过两万。何况，父亲的工资不是每月拿，他只能等到石场与买主结清款项时才能拿钱回家。而我们姐弟俩一年的学杂费和生活费就不少于七千，且每个月都要回家拿钱。可想而知，那几年父母每月必为我们的生活费想破头，每学期必为我们的学杂费发愁。当时，我和姐姐虽已能体会家中困境，但没去细想这个账。直到母亲去世后不久，跟母亲要好的十三婶跟我说起一件事，才让我惊愕内疚不已。她说："有一次，你妈跑到我家，向我借钱。我给她五百块钱，伊很高兴，笑了。"说完，我们相对泫然。

上高中要住校，吃是个大开销。那时候家里种了很多水稻。每月，我们都会拎上一袋米去学校。每餐抓上几把，装在饭盒里，由食堂统一蒸。每天早上，我们都能听见食堂锅炉房发出呼噜噜的声音。白烟从高高的烟囱腾起，弥漫整个宿舍楼。米是自家带的，所以当时一斤米多少钱，我一直没留意，食堂卖的米饭，一碗两三毛。每顿，我都会买上一碟青菜，五毛钱。有肉的菜或者鱼，动辄一两块钱，得有节制地买。光伙食费，一天下来也要三四块，一月平均一百出头。剩下几十块，买些日常用品，也就所剩无几了。

对于大半辈子苦惯的父母而言，一分钱都是血汗钱。记得母亲曾回忆说，刚跟父亲结婚头几年，借两毛钱都借不到。可是，有一次，我竟然把两百块钱弄丢了。

以前，老人家出门，钱总是贴身藏着。取钱时，用大拇指和食指在裤腰处掏寻半天，好不容易挖出几毛钱来，还连带着翻出白白的小口袋，尴尬地垂在裤腰上。母亲怕我藏不住钱，照样给我做了几条类似的裤子，不过小口袋上装上拉链，先进些。本以为万无一失，想不到那次丢钱，罪魁祸首也正在于此。也许，是我偷偷装上钱，没把拉链拉好，钱从小口袋里溜出去；也许，是拉链坏了，大号时，这些钱光荣捐躯。农村有种说法："崭新的百元大钞会走路，要小心。"此话不假。

没了一个月的生活费，我惊慌异常。在可能丢钱的路上，来回寻了不知多少次，凡有片纸必会赶上前去仔细端详；但都没有发现钱的踪影。生活费没了，我不敢告诉父母，一怕挨骂，二怕他们发愁。只能偷偷告诉姐姐。乍听之下，姐姐非常吃惊；但发现无可挽回后，她却表现出非凡的决断。姐姐把自己的生活费拿给了我。拿着钱，我问道："那你怎么办？"她自在地说："我有办法，我还剩些钱，够花。"姐姐的从容打消了我的顾虑。事后，我才渐渐发觉此事蹊跷。姐姐上师专时正处青春期，花销肯定比我大，哪里会省下钱来？后来，我想明白了。姐姐可能是先向别人借钱，熬过一个月，然后每个月再省下点，慢慢把钱还掉。这就是我的姐姐，一个有决断的姐姐。

其实，姐姐像母亲。心地善良，为家人可以倾其所有。如今，姐姐一家远在阿根廷。此前，姐姐已经连续生了三个女孩，为了夫家有个香火，她毅然扛住压力，任劳任怨，最终生了男孩。就在她万里奔丧的当晚，对着躺在冰棺中

的母亲，她说出自己又生了个女孩尚未满月的实情。母亲在的时候，她怕母亲责怪，把所有的事情都瞒下了。而今，母亲走了，她只能对着毫无知觉的母亲说出实话。这是我傻得可怜的姐姐。她像母亲，坚强，仁慈，却傻得一塌糊涂。

五　大祸临头

很长一段时间，我都认为自己不是上苍眷顾的对象。我被一种神秘的力量不断玩弄着。相比之下，很多小孩则是非常幸运的，他们只要会读书，就能获得学校、家长的诸多奖赏；而自己，却是一个动辄得咎的小孩，意外、事故、惩罚，永远在等着，恐惧接连发生，有时连自己都会觉得自己是个十恶不赦的罪人。

七八岁的时候，我似乎已经是个懂事的孩子了。我可以早上牵着一大群的羊上山；可以跟着母亲到稻田里去戽水；可以在酷热的太阳下抱着满怀的花生梗在田地上纵横奔走。可是，我又是个极度顽皮、又运气不佳的小孩。

一天傍晚，我跟着哥哥和很多玩伴玩弹弓。两队人马分成敌我双方，各拿弹弓对射。子弹自然是随地捡拾的石子、沙砾。在大人看来，这是极其危险的游戏。然而，对于孩童而言，这里有的是惊险和刺激。由于距离较远，彼此又在追逐，所以很难被打到，即使不幸中弹，也不会造成重大损伤。多次的游戏经历，让我们驾轻就熟，没有丝毫顾虑。然而，不幸的事还是发生了。

那时，哥哥抓到了我的小伙伴，躲在他的俘虏身后大叫："不许动，缴枪不杀。"我们岂能听从要挟。此时，我的脑子突然想起一副电视画面：一个歹徒用枪指着人质的头要挟警察。此时，人质机智地向警察眨下眼睛。警察随即开枪，打中人质的一条腿，人质应声倒下。正当歹徒毫无防备之际，枪声大作，警察瞬间把歹徒打成马蜂窝。也许是这个场景太经典，戏演得太完美，它让我产生了一种错觉。我认为，只要我手中的弹弓能够打中人质的腿，那个人受伤倒下，哥哥就成为我们的靶子。于是，我毫不犹豫地向人质射去。然而，随之发出的一声惨叫，不是发自人质，也不是发自哥哥，而是来自一个从巷子里突然走出来的女孩。那女孩捂着自己的眼睛，蹲下，大哭。大伙愣在那里，不知道发生了什么，也不知道该怎么办。我的心突然往下坠，然后剧烈地跳动。我知道，我打到她的眼睛了。可是，我怎么想都想不明白，我明明射向人质的腿部，沙砾怎么会不偏不倚打中那人的眼睛？灭顶之灾的感觉淹没了我。那个女孩的眼睛要是瞎了，我不知道后果将会怎样，也不知道该怎样面对父母，怎样面对这个并不宽裕的家。当那个女孩被家人紧急扶走时，我已经吓得大汗淋漓。我独自一人回家，躲到楼上，看着墙，突然感觉人生没有意义。那是一种因恐惧产生的绝望感。现在想来，当时有一种可怕的想法在我脑际回荡，但我年纪太小了，不知道怎么去结束自己。我躲在墙角发呆，不知道后面会发生什么。没过多久，父母就拖着疲惫的身子回家。一到家，他们就被邻居告知我闯祸了。无暇顾上我，他们直奔那个受伤女孩家。那也是一个极其贫穷的家庭。时间一分一秒地过去，黑暗渐渐吃掉了所有了光，我依然在幽暗的地带蹲着，脑中想着各种可能的结局。不知过了多久，老屋后门嘎吱一声开了，脚步声杂沓响起，而后是父亲愠怒的声音："弟弟——!"我没有回答。出人意料地，父亲并没有接着叫唤，也没有到处找寻。厨房却响起了锅碗瓢盆的声音，父母像平时一样交谈着。过了一阵，听见母亲喊："弟——要爬下吃饭么？"口气似乎并没有太多责备。我依然赖在楼上。然而，时间特别难熬，一分一秒，都在蚕食我的神经。终于熬不住了，我想一探究竟，要面对的终究是要面对的。我一步步往下挪。父母和哥哥在吃饭。"吃饭。"母亲冷冷地说。我依然站在他们身边，惊恐得不敢坐下。"快吃。"母亲有点生气。我这才坐下一口一口喝着稀粥。奇怪，他们竟然没有一句责备，也没有一句提到受伤者的情况。父母的这种沉默，让我莫名其妙，但我心里也稍稍有点活气。我祈求着：要是没出大事，我一定不玩弹弓了，我一定好好做人。吃完饭，父亲对母亲说："明天拿上钱，付下医疗费。再买几斤蛋去看下人家。"母亲"嗯"地应了声。看来是没什么大事，我那一颗绝望的心开始正常跳动。我有种如释重负的感觉，我甚至庆幸自己，没有闯下无法弥补的罪过。第二天，我照常赶着羊群上山，回家的路上，正好碰到母亲和伤者的母亲在聊天。对方言语多怒气，但并不悲伤。母亲只能好语道歉。那人走后，母亲颇有些颓唐和无助。我俩站在碧草萋萋的田垄间，母亲望着远方，对我说："弟，做人要争气，别再玩了。"那时，我好像突然听懂母亲这句话后面隐藏的所有意思。我彻底释然，

也似乎顿悟了。我知道，此后我将不会再是个毫无顾虑肆意顽劣的小孩了。我也由衷地感激母亲，感谢父亲，感谢他们不是通过责骂、威胁、痛打等方式，给陷入绝望的小孩以致命的一击。感谢他们用一种宽容、理性和适时点拨的方式让我感悟人生中至关重要的东西。

现在想想，虽然那次上苍戏弄了我，戏弄了我玩弹弓的准头；但上苍只是略施薄惩，好让我快点长大。父亲经常讲："生孩子容易养孩子难。"所以父母几乎很少打我。他们用更具力量的体谅、温存和善良，告诫我不可再犯错，即使无意中犯错也要勇敢面对。

这就是我平凡而伟大的双亲。

改于 2015 年 6 月

农事三章

一　水稻

（一）育秧

春分前后，春耕就开始了。

村里人纷纷到村前几个大水沟里挖淤泥，作为育苗的肥料。黑黑的淤泥挖出后，堆在灰埂上，一堆、两堆、三堆……像一座座坟墓，上面还蠕动着水蛭、蝌蚪、线虫和各种不知名的爬虫。经过春阳曝晒后的淤泥，隐隐散发出一股臭味，那是经年的残根败叶、死鱼死虾腐烂后沤出来的气息。这是秧苗难得的养料。淤泥晒干后，乡邻就把它们摊成长两三米，宽一两米的方块；而后，均匀地撒上稻种（这些稻种已然在药水里浸泡过，白白的芽头正窥探着万物萌动的世界）；再撒下几簸箕的黄土、谷壳，像给稻种盖上一床温暖而厚实的被子。从集市上裁回来的透明塑料膜，一直都在春风和阳光的逗引中顽皮飘动，只有乡邻用土块、砖头压上，它们才会老老实实守护这娇弱的稻种。

温室做好后，乡邻每日定时翻开薄膜，以便让稻种透透气、晒晒太阳；早晚浇浇水，保持湿度。过几天，秧苗大都顺利抽长身段。起初是疏疏落落的嫩黄色；继而是一大片齐刷刷、绿油油的矮小丛林。淤泥很肥，这些秧苗个个像骄傲的士兵，昂首挺胸。傍晚时分，村里人聚拢在秧田边，给秧苗浇水，顺便观看各家长势。长得快的、好的，主人自然得意，好像家里的小孩吃得壮实，聪明懂事，马上就可以闯荡世界；长得慢的、疏落的，主人照例不慌不忙浇水，暗地里偷偷施点农家肥，开个小灶。二十天左右，秧苗大都长成壮实的列兵，等待出征的号角。

先是一家、两家，零零落落蹲在秧田上拔秧。过一两天，村民们像商量过

一样，齐刷刷聚集在灰埋上。一家人带上几把小凳子，坐在秧苗旁。春风拂来，嫩嫩的秧苗抚在手背上，软软的，痒痒的。拔秧时，一簇簇拔起才能捎带地上稀薄的泥土，插秧的时候也好迅速分拣。原先软滑的淤泥，经过烈日的曝晒已经变成松松的渣土。渣土里满是秧苗的根须和谷壳，盘根错节。有的秧苗根上还包着种壳，貌似慈爱的母亲舍不得放手，让娇气的孩子出去闯荡。满把的秧苗用两根旧稻草捆紧。村里人有固定的捆法。先将旧稻草根部压在秧苗靠近头部的地方，折成 V 形，用拇指压住；再顺着 V 形开口处缠上几圈，将旧稻草末梢穿过 V 形下端；而后提拉旧稻草根部，秧苗就捆紧了。一捆捆新秧苗，在陈年稻草的约束之下，像一队队紧凑的连队，齐整，有朝气。旧稻草与新秧苗，好像老兵对新兵、长辈对往辈，免不了一番训诫、一番鼓励。农民们用这种天然的方式，完成农事的新旧更替。

（二）犁田

一筐筐秧苗挑到了田间地头。这时的水田经过一个冬天的休眠，已经被一道道的农事唤醒。要唤醒泥土，当然是先让久渴的水田喝个饱。第二步是犁田。泡在水里的土壤比较松软，黄牛负着轭拖着铁犁，神态安详，慢悠悠逡巡着。偶尔一两声吆喝："哟——哟!"那是耕田人在提醒黄牛别分心。此时，燕子不时地在田间掠过，像一架架敏捷的战斗机，吃着被铁犁翻出来的蚯蚓和虫子。白鹭施施然踱着方步，在白浊的水里，猎食水里四处游窜的虫鱼。只有等牛和人走近了，它们才扑啦啦飞起，给你让路。然而，它们只是挥动几下翅膀，转一个圈，又在另一头停下来，漫不经心地寻找起猎物。犁过的水田里，晚稻收割后留下的一茬茬根茎，大部分都被埋进了泥土里。但被犁铧翻卷起来的泥块，还需进一步的翻耕。这就需要一种特殊的农具。这种农具样式颇为古老。底座是一个圆形的长条形轮轴，轮轴上长满了一片片长方形铁片，它们间隔有序，布置齐整。单独看，像古代兵器狼牙棒。不过狼牙棒外面是钉子，而这是锈迹斑斑的铁片。轮轴两头是空的，可以挂在长方形的铁架中间旋转。最有趣的是，这个铁架上有个凳子，整个铁架看起来像明代的太师椅，线条简洁、大方。这种农具学名叫翻耕机，不过翻耕机是属于机械时代的，构造远比村里人使用的要复杂得多，我们乡叫这种构造简单的工具为"lè de"。两个时代的农具都是为了把整块的泥土打散。旧时代的"lè de"由牛来牵引，它比较轻，所以需要一块石头或一个小孩坐在"太师椅"上。这样的重量足够使轮轴上的铁片插进泥土，并搅翻它们。小时候，我非常喜欢坐在这张椅子上。不过，这可不是一件好差事。有一次，爷爷把我放在这张椅子上，牛在前头拉，爷爷在后面扶。座位底下，轮轴不停地向前滚动，水在铁片间哗哗响动。刚开始，非常兴奋，觉得好玩，这是我的宝座，全自动的。然而，坐久了，乏味了，怎么总是在田里转来转去？太阳又大，田间的水蒸腾出浓郁的土腥味。更要命的是，牛似乎故意跟我作对，总是甩动它的尾巴。要知道我虽坐在"太师椅"上，脸可是正对着它的尊臀。黄牛一甩动尾巴，那长长的尾巴会把水田里的水和泥星甩到我身上，有时候还不留情面地洒到我脸上。于是，满鼻子的土腥味加上满嘴的泥水，在白白的太阳下、白白的水间。水牛却一点都不以为意，优哉游哉地走动着，不时舞动尾巴驱赶蚊蝇。实在没办法，爷爷只好叫我抓住牛尾，迫使牛尾甩动不得。不过黄牛被苍蝇叮疼了，会更用力地甩动尾巴，而我则要更使劲地捉住，不让它动弹。扭动的牛尾巴和我的小手，在田间上演拉锯战。僵持时间久了，我竟迷糊睡着了，而牛尾巴早已趁机自在地甩起来。这时候爷爷就会提醒我："弟弟，别睡着了，睡着了会掉下去。"惊醒后，我只得继续与牛尾巴抗衡。每次坐完太师椅，我总会得到不大不小的奖赏；所以坐太师椅虽然无聊一点、累一点，也还是值得的。农事一过，太师椅总是孤零零躺在一个角落，有时候我会偷偷爬上去坐一会。冰凉的感觉从屁股漫上来，这是水的气息、泥土的腥味，它们浸透在铁片上、在太师椅上。村里的老人家，很多都已练就一手绝活。他们可以自己坐在"太师椅"上，赶着牛翻地而不会摔倒。这很考验他们的平衡能力。翻完地，最后一道工序就是平地。翻整过的水田，泥块虽然散了，但整块地还不平整。有的地方泥块从水里冒出头，有的地方泥地斜斜的，坑坑洼洼隐蔽其中。于是乎，村民们在耙子中间绑上一长条木板，在水田里纵横扫过，水田的地势就几近水平，田里泥土也变得异常松软，踩上去暖呼呼。

（三）插秧

田里的泥土经过牛和人的几番踩踏和平整，终于彻底苏醒。此时水也具有

了活气，适合插秧。挑到地头的秧苗早已被三三两两抛到田里。它们像毫无战斗经验的士兵，刚到战场就东倒西歪。不过，它们很快就会被重新编队。秧要插得整齐，先要在田里布线，好把田均匀地分出几块长方形条块。这就好像盖房子要量尺寸，打石头要用墨线。插秧可是个精细活。小孩子喜欢布线，将一条固定在田头，拿着线团往另一头跑，线团在"中"字形的工具中间翻滚、延长，线在水中拉扯、跳跃，像一条舞动的水蛇。有时候扯起一大片的水花，明晃晃的；偶尔还能带出一道彩虹。布线的小孩特别得意，因为他牵出来的线，规矩、平整，大人们要按照他划定的框框进行劳作。他像一位设计师，规划着秧田的蓝图。布完线的水田，也一下子精神起来，不那么野了。

插秧的时候，抽出旧稻草，捏出两三根秧苗，往泥里插；秧苗与秧苗之间要保持适当距离，而且横看、竖看，甚至斜看，都是直的，这才见功夫。整整齐齐的秧苗，看上去舒坦，像一队队经过严格训练的正规军，而歪歪扭扭的，自然是杂牌军。不过，谁都得经过由杂牌到正规、由曲到正的训练过程。我的插秧技术都是跟母亲学的。两个人并排站在水田里，弯着身，你四棵、我三棵。插歪了用手扶一扶；插斜了，拔起重插；遇到脚印和坑坑洼洼的地方，用手抹一抹。母子两个在晨曦中后退着，苦咸的汗珠从额头流进眼睛，涩涩的，有时候流进嘴巴，咸咸的。偶尔滴落水中，毫无声息，化于无形。腰酸了，站直休息下，母亲已然快人一步，往后退去。常听大人讲"小孩子是没有腰的"，意思是小孩子不会腰酸，因此我不敢懈怠，赶紧弯腰追上。插秧往往是全家出动。一家人在田间你追我赶，丝毫不敢落人后，但同时也比直，比规整。谁插得又快又好，自然得到父母的表扬。这是个没有言语的德行教育。如今想来，多少年前的插秧场景依然历历在目，令人无限神往，也让人无限感伤。母亲已经去世，村里的水田早已荒废，杂草丛生。没有人再去插秧，也没有人再去言传身教。现在的家乡，插秧的季节已经无田可耕，无秧可插。

（四）戽水

插完秧，秧苗有两个月左右的生长期。这期间，农人需灌溉、施肥、薅草、喷药。二十世纪八十年代，农村没有自动抽水机，灌溉只能靠戽水。戽水工具名为戽斗。明徐光启《农政全书》云："戽斗，挹水器也……凡水岸稍下，不容置车，当旱之际，乃用戽斗。控以双绠，两人挈之，抒水上岸，以溉田稼。"其语简洁，但不知戽水时另有玄机。吾乡戽斗呈浅水桶状，中间横一木棍。开口一端略高于另一端。木棍和戽斗底端两边各系一条长绳。戽水时，两个人各握长绳，将戽斗甩出，迨戽斗触及水面，稍微斜压上方绳索，戽斗便趁势嵌进水里。如若双手无力道、控引方向的变化，戽斗会嘣的一声从水面划过；戽水人也会因用力过猛，向后跟跄，甚至跌倒。比及戽斗吃满水，戽水人便顺势后仰，用力提拉上方绳索，待戽斗升至田边，稍提下方绳索，水便倾泻而出。未及倒完，戽斗旋即被甩出。一戽斗只能装几升水。可想而知，几分田就要戽上千百次。那些大则一两亩的水田，究竟要戽多少次水，没有人去数过。刚学戽水的人，紧握绳索的手掌必定起泡。此时，随手抓点田边嫩草捆进绳头，便能起到缓冲作用，水泡也不至于立即破裂。三天两头戽水的人，水泡长了又破，破了又长，长年累月，就磨出茧来。母亲的手，手心至手指都是一整块硬硬的茧，这是几十年劳作的见证。

记得第一次戽水，我就曾受到戽斗傲慢的待遇。那时应该是五六岁，个子小，手上没力气。第一次甩戽斗时，期待能盛起满满一斗水；可是用力过大，又无法控制两手起伏消长的力道，戽斗如闲云野鹤般空去空回，还差点让我落入水中。幸好母亲及时挽住绳索，让我维持住身体平衡。看来，任何一件农具，都有自己的个性。遇到懂它们的、同它们风里来雨里去的农民，它们是如此驯顺、如此优雅。而对于不懂它们的人，它们则会显示出一点点傲慢、一点点心机。你总会在第一次使用它们的时候，出乖露丑、洋相百出。多次遭遇之后，你便慢慢懂得它们的脾气、它们的功用。农具们也由桀骜不驯变得服服帖帖。它们是你耕耘、收获的最得力助手，也是患难与共的知己，值得人去修修补补、好好疼惜。

除了戽斗外，还有一种构造奇特的水车。它由一个水箱和一圈竹节组成。箱子，长长的，扁扁的。竹节则宽四五厘米、长七八厘米，它们由一小段一小段的轴子从中间串起，形成可以自动弯曲的竹节链条。这条链子安装在箱子的窄面上。水车的灵魂，是箱子前头两旁装有把手的轮盘。车水的人双手逆时针转动把手，轮盘带动竹节链子在水箱上转动起来。车水前，先把两个中空但密封的木桶放到水上，当作浮标，再把水箱的尾部架在两只木桶中间的横梁上，

这样能保证水箱不至于下沉，又能使其末端没入水中。转动轮盘时，每只竹节会顺势带上一节水。这些水，伴着竹节吱咯鸣奏，哗哗奔涌，至龙头处，跳入田里，没于无形。印象中，如此复杂的水车，村里只有一台。它可能是农具中的贵族，价格不菲。每次看到隔壁老爷爷捣鼓水车，小孩子们会好奇地围上去。不过，谁都不敢动一下，因为怕弄坏了它那细小的零件。水车简直就是一件构思精巧的艺术品。

（五）割稻、打稻穗、晒稻谷

农历六月，沉甸甸的稻穗随风摇摆。仔细瞧去，一根根稻穗像一颗颗长得太长的脑袋，老在不断摇头，似乎在告诉你："快点，快点，再不割，就晚了。"于是，在某个晨光熹微的时刻，刷刷刷 ……刷刷，割稻的声音惊扰了周边鼓噪不停的蛙声。田野顿时一片沉寂，只有镰刀和稻禾交颈时发出的爆裂声。青蛙们细细聆听，知道这是和稻禾、稻穗说再见的时候，于是，更加用力里唱着歌，给它们日夜相伴的朋友送行。

初夏的农事，要以割水稻、打稻穗、晒稻谷为重头戏，这也是最辛苦的一段农活。早上四五点，天才微微亮，外面是一片神秘的玄白色，我们就已经被母亲唤醒了。吃一碗甜甜的荷包蛋，各自拿起镰刀走进白雾之中。此时的田间，不仅有鼓腹的青蛙，还有三三两两蹲在田间的农人。偶尔一两句对话，也会和着蛙鸣，飘进风中，难辨声息。一整片的稻穗，黑压压的，像严阵以待的士兵，等待你的检阅。它们确实是身经百战的战士，经过台风的摧折，受过烈日的曝晒，遭过虫害的咬啮。现在，它们已然长成铁铮铮的汉子，将把饱满的生命一无保留地献给我们。割下第一束稻禾的时候，你能感觉到生命的颤动。它们是如此完美，如此富有生机。

经常，我们要赶在烈日到来之前，割完几片稻田。因此，动作必须麻利。刷刷刷 ……刷刷。七八岁的小孩子，手比较小，只能一连割三四束稻禾。然而，这也不容易。刚学的人，镰刀往往不听使唤，故意往你的手指上靠，鲜血自然从乌黑的手指间涌出。即便如此，到水沟边洗洗手，用嘴巴含一会儿，然后抓一把黑泥，抹上，过一会儿血就止住了。稍事休息，又可以没入稻田你追我赶起来。手臂的皮肤较嫩，不时会被稻叶割出一道道小口，当时未觉，等到家清洗，才会发觉横七竖八的锯痕隐隐作痛。

割水稻，不仅要快，也要码得整齐。有水的稻田，不能让割倒的稻禾泡在水里。否则，吃饱水的稻禾变得非常沉重，难以搬运。因此，我们必须留出一束高于水面的茬头，把割倒的稻禾根部架在茬头上。每个茬头可以码上好几把，把它堆成一座小山，如此方能最大限度避免稻禾与水接触。每一件农事都有它自己的规矩和工序。这是农人与植物、与自然研磨的结果。后代在父母的言传身教中习得宝贵经验，也学习了对自然的敬意。

上午割稻，中间会有一两次休息时间。一家人坐在田间地头，周围是绿的草、黄的穗，还有掠飞的燕子、啾啾的鸟鸣，一切都如此惬意。再吃上点心，肉包、菜包、西瓜，小孩子吃得津津有味，父母则欣赏着小半天的收获，聊着今年的收成。诸般场景，如今想来，既让人温暖又令人无限伤感。如果母亲在天有知，我想问问她："依奶，天上有稻穗吗？"

临近中午，我们便收起镰刀回家，等到下午三点左右再来收拾。午后的日头虽然收敛些，但稻田里的水被晒得发烫。下午，我们的工作是将割倒的稻禾抱到田边，母亲用草绳捆扎，将它们一担担挑到路边，堆到板车上。一摞摞稻穗，沉甸甸的，阳光照得明晃晃；踩在或深或浅的泥土里，周围是跳跃的青蛙、游动的水蛭，还有翩翩起舞的白鹭鸶；劳作虽辛苦，我们并无怨言，这是我们维持生计的收获，伴随着苦涩、美和幸福。农人的生活向来如此。

父亲在打石场打工，农忙时会歇工一两天到地里帮忙。很多时候，母亲都是一个人捆绑，一个人挑着沉重的稻禾疾走到一两百米远的马路上，然后将一捆捆的稻禾堆到板车上，拖着垒得高高的板车回家。现在，我还能清楚记得这样的场景：

母亲拉着板车，绳子紧紧勒进她的肩膀。整个人前倾，脚掌牢牢地抵着沙土地，车把一上一下，艰难地向前挪动。车后是哥哥、姐姐和我，埋首推车。一捆捆水稻堆在车上，严严实实，很高很高。天已经暗了，几缕暗红的晚霞横陈在西边的天际。每家每户都亮起了灯。但在村外的马路边，在村里的小道上，满载着水稻的板车依然来来往往，吱呀作响，和着田里呱呱的蛙鸣。水稻，被一车车运回，堆在家门口。满满的几大排，像一堵堵厚厚的墙。广场上满是潮湿的淤泥味和水稻的清香，还有绿色甲虫的臭味。

晚饭过后，我们必须把当天收割的稻穗打掉，明天才能继续新的劳作。门前的土埕上架起了 60 瓦的灯泡，打谷机也已经放好，一捆捆的稻禾被搬到打谷机旁，我们必须像蚕吃桑叶一样把它们吃掉。打谷机飞快旋转，轰隆隆……刷……母亲已经拿起第一把稻禾。稻粒极速向前喷射，打在灰黑的墙上，掉落，无数个稻粒，飞舞，旋转。然后，父亲，哥哥，各自拿起稻禾。我和姐姐站在两旁，负责给他们递送整理好的稻禾。等力气够大，我们就可以自己拿稻禾脱粒。飞速旋转的打谷机其实蛮危险的。一没抓好，整把稻禾会被卷进去；力气小的，手臂也有被绞进去的可能。不过，这样的事情几未发生。农人的队伍总是训练有素。我们站在打谷机旁递送稻禾，无形中已在观摩实习。

经过几小时车轮战，一堵堵厚实的稻禾墙慢慢被我们搬空。地上，是一堆平铺起来有十公分厚的稻谷，踩在上面，沙沙作响。不过，那可不是沙滩，你得小心自己的脚，被尖尖的稻壳刺到。脱粒的晚上，一般夜朗气清，只要将稻谷耙开、晾晒就行。这时一股股潮潮的热气从稻谷堆里散发出来。这是土地生命的气息，也是稻谷吐出的最炙热的一口气。

第二天一早，一家人分作两批。一队由父亲、母亲、哥哥组成，他们继续深入稻田作战。一队由我和姐姐搭配，负责晾晒家门口的稻谷。多的时候，一袋袋的稻谷已经被父母运到村前的大灰埕上。等太阳出来，我和姐姐就摊开它们。此时，挤在编织袋里的稻谷们已经燥热难耐，它们亟需舒展一下筋骨，出来透透气。在田地的时候，稻穗们可从来没有这么拥挤过。

晒稻谷最怕的是午后的暴雨。有时候，一家人尚在田里捆稻禾，乌云已经迅速集结，骤雨极速掉落，一粒粒像冰雹，打在头上、身上，生疼。不过，最疼的不是身体，而是我们的心——家里灰埕上的稻谷还没有收。雨一落下来，稻谷就过一次水。此前晒的等于白晒，而且还会影响稻谷的成色。刚脱粒的稻谷尚无大碍。倘若是晒得半干不干的稻谷，遇到倾盆暴雨，那就倒霉了。经常会看到乡邻们在田间飞速奔跑，呼啸着："掉雨咯……"他们在跟暴雨比速度，比脚力。这样的比赛难分轩轾。有时候乡邻收完了稻谷，暴雨姗姗来迟；有时候，乡邻方拿起袋子，雨就已经恶行恶声地砸下来了。此时，雨淋在稻谷上，也淋在乡邻的脸上。方言云："抢农忙。"指的就是跟暴雨抢时间，比速度。

我们家遭暴风雨袭击的次数似乎不多，战绩也总比别家好些。遇上割稻的任务不紧，我会待在家里。一有雷声云动，我就奔赴战场，早早地把晒热的稻谷拢起来。雨意渐浓时，就盖上雨布。如果只是雷声轰隆，干打雷不下雨，等第一束阳光刺破乌云，我便重新摊晒稻谷。最难受的是，午后，一家人正在酣睡。乍雷惊响，四方云集。像遭电击一样，全家人从床上蹦起，拿袋子的，铲稻谷的，人身晃动。前一刻正在沉沉睡梦，此刻已是心急火燎。尘土随着铁铲一阵阵扬起，弥漫全身，干爽的身体立刻大汗淋漓。有幸赶在暴雨下来之前抢完，大家随地而坐，一个个灰头土脸，如梦方醒。动作稍迟，不仅稻谷被淋湿，我们也会变成落汤鸡，个个垂着脑袋，相对无言。

经过多少天的晾晒和抢收，终于保住了大部分的稻谷。对着满满一屋饱满的编织袋，一家人的心踏实多了。这是我们一家经过多少个日夜，流过多少次汗水，戽过多少次水，挥动多少次镰刀，抢过多少次暴雨，得来的收获，岂能不倍加珍惜？当然，我们也要感谢大地，感谢上苍。它们非但赐予我们食物，也在有意无意之间考验我们的意志，让我们在与其搏斗的过程中懂得什么才是人世的艰辛与幸福。

二　花生

春季的脊顶，满眼都是长满野草的旱地。在春耕之前，连绵几公里的旱地就成为我们放牛放羊的好去处。将牛、羊牵到一个草长莺飞的地方，随手一撂，让它们自在地吃去，丝毫不用担心它们会吃了别家的庄稼，惹起事端。

不过，每年的清明前后，人们就开始到脊顶准备翻耕、播种了。农谚有云："二月清明吃了种，三月清明种了吃"。清明农历月份会在二、三月间变动。花生播种多在清明时节，因此每逢农历二月份的清明节，村里人都是先扫墓再上山种花生。那是因为二月份地气尚未完全回暖，种子太早播下去，发芽较迟缓。如逢清明节在农历三月，则是先播种后扫墓。此时地气早已回暖，应抓紧时间播种，否则土地热力加大，种子会被热死。

清明前几天，一家家的农人便已扛着犁铧、耙子上山耕地。一道道犁痕在僵硬的沙地上划开，土黄色的泥土翻卷而出，乖乖地匍匐在草皮上。渐渐的，

所有的草皮都被潮湿的黄土覆盖，新土的黄色代替了野草的苍绿色，一垄垄的整齐划一，生命的气息就随着天上的鸟鸣荡漾开来；你甚至能感觉到泥土对种子落地的那种渴望。这是自然的生命欲望，年复一年，不断轮回。休养生息后的泥土召唤着种子，而被久藏的种子也渴望着能够重回大地，生根发芽，繁衍生息。这是自然的伟大处。

犁地不止是春耕的一道普通工序，也不止在唤醒沉睡的大地，它还是训练耕牛的最好方式。早在正月开春，勤劳的村民就三三两两地赶着初长成的黄牛到田间地头试驾。这是决定一头黄牛能不能胜任全年耕作的关键环节。没有经验的黄牛，一套上了犁轭，便惊慌失措，撒腿奔去。这时候，农人的经验至关重要。黄牛走快了，"呃呃呃"地吆喝着，扯一扯牛绳；走歪了，甩甩牛绳，牛便懂得调整方向。偶尔，抖抖手上的长竹竿，吓唬一下，牛就更驯顺了。遇到脾气比较暴躁、不听话的黄牛，一条长鞭下去，屁股上顿时隆起一道鞭痕，牛皮抽搐着，看得让人疼惜。不过，这样的场景很少发生。从刚开始随意地走，歪歪扭扭的，到最后能拖出一道直直的犁痕，一般需要一两次试驾，这全凭富有经验的农人悉心调教。

新牛需要试驾，新人同样需要训练。而这训练，往往是老人教给后生。牛绳要怎么拿，步伐要如何控制，一块地要犁出多少道沟，沟与沟之间如何反复覆盖，这些全凭精于此道的长辈身体力行、言传身教。农民在千百年的耕作中积累了丰富的技术经验和一道道循序渐进的耕作工序，全赖年复一年的反复劳作得到传承。犹记得，母亲的犁田技术大部分传承自爷爷和村里长辈。等母亲成为村里犁田好手时，她有求必应，帮人犁田时还不时传授自己的经验。现在村里中年以上的村邻，记起母亲时总会说："你妈早年田种得多，活干得好，伊总是乐呵呵地帮人忙。"

犁完山地，经过日头曝晒，埋在土里的野草基本死掉，耙地也就顺理成章。耙子构造简单。底下由十来根等距间隔的尖铁条垂直焊接而成。耙地的时候，农人稍微使力下压，这些耙钉顺势插进土里，把泥块松开，也把裸露在外的杂草耙出来。等耙子上拢了较多的杂草，农人便停下来清除，顺道把杂草堆扔到田边，任其自生自灭。这趟耙完后，再用木耙耙一遍。木耙的耙钉比铁耙要宽很多，它会挖出一道道深约 5 厘米的土沟。经木耙耙过的地，千百条土沟齐齐整整地摆着。从远处看，极像大地的纹理，有章可循。其实，作物应时而生，不正是遵循大自然的节奏？农人的精心耕作不正应和了自然的节奏和章法吗？

把完后的田地方能种花生。播种之前，母亲总会准备好几条围兜。这种围兜，两侧开口，中通。事先将花生种装入，播种时从两侧取出，极为便利。每个人围上一个围兜，弓身，低头，两手各抓一把花生种，隔几厘米丢下一粒。与此同时，两只脚插进土沟两旁的长土堆，踢着土向前挪动，踢开的黄土自然覆盖在种子上。把地技术好的人家，丢下花生种，可以直接用木把在隆起的土堆上把过，效果也是一样的。母亲刚会扶把的时候，我们兄妹用脚踢土；后来，母亲技术娴熟了，我们就不用费神去踢了。

种完花生，七日之内还要喷一次除草剂。有一年，天大旱。山地上的水沟都已干涸。父母要到几百米外水井挑水。一担担的水，颠簸而来。沿路洒下的水迹，分不清是井水还是汗水。每年，父母都种好几亩花生，那年不知道父母挑了多少担的水。农事，最怕大旱大涝。不幸遇上，农民的劳动强度增加几十倍，甚至上百倍。个中艰辛也只有手不能书的农民自己才知道。《悯农》云："谁知盘中餐，粒粒皆辛苦。"仔细想来，岂是"辛苦"二字可以形容，谓为"血汗"都不为过。母亲经常告诫我们说："你爸打石，日头晒，汗从股尻流。"不是夸大其词，而是患难夫妻的深切体悟。

二十世纪八十年代初，除草剂、农药、化肥在农村还没被普遍使用。村民只能凭借劳力一次次地与野草、虫害相抗衡。那时候，锄草、松土便是一件费时的劳动。等花生长出幼苗，野草也已经偷偷地钻出地表，并且疯长，欲与娇气的花生试比高。这时候，母亲会带着我们三兄妹拿起特制的花生锄到山地锄草。锄草虽不是个技术活，但得细心。长在空地上的野草还好办；但遇到长在花生苗旁边、与花生苗纠缠不清的野草时，一不小心就会把花生苗一起锄掉。唯一解困的方式就是蹲下来拔。有时候粗心，或者偷懒，一锄过去，花生、野草尽皆殒命，事迹败露，自然会受到母亲善意提醒："一粒花生种可以发出几十颗花生，用手可以抓两三把。"次数多了，连自己都会不好意思。于是乎，宁可慢也不能伤了花生苗。

如果锄草是一部戏的预演，那么松土就是"正本"。经常是，妈妈在后头

扶着花生犁，我套着绳子在前面拉，像牛负轭那样，绳子斜跨肩膀，双手后背拉着绳子，一步一步往前挪。母亲控制着花生犁的走向、松土的深浅、速度的快慢。有时候，天旱久不雨，花生田的黄土早被晒成一块坚硬的泥板，我得非常使劲才能拉得动。其实，花生犁不大，也不重，小小一锄头装上长手柄就成（铁锄中间是空的，土可以从中间穿过）。但对于六七岁的孩子而言，这是件苦差事。每年，我都会像小牛犊一样拉着小小的花生犁行走在嫩绿的花生田中。这让我想起父母犁田的一幕。有一年，家里没有养黄牛，一时又借不到，情急之下，父亲竟然像牛一样拖着犁铧行走在山脊地上。当时，母亲扶着犁，不知是何滋味？父母一生勤苦，为养活一家，甘愿做牛做马，人世何其苦！按说，苦尽甘来。我们三兄妹都已长大成人，成家立业，父母可以安享晚年。可如今，母亲忽然离世，曾经的千辛万苦都变得徒劳一场。人生，真的生来就是为了受苦的吗？

进入夏季后，雨水渐少，花生田需要灌溉。村里有座渡桥，白白的，绵延几百米，用于引水。渡桥桥墩底部由石头垒砌，上部则由一条条笔直的白石板撑起。渡桥上的水槽也由白石板拼接，用灰泥堵缝。渡桥与水井相连，一旦东张水库放水，全市纵横几百公里的水渠流满盈盈碧水。此时，水井里抽水马达昼夜轰鸣，渡桥上便奔腾着看似源源不尽的救命活水。灌溉那几天，几乎昼夜不分，每家每户派人拿着锄头站在田头拦水、引水、守水。为了争水，村邻间难免有些口角，但那股热闹的气氛，总让人欢喜。因为有水，久渴的花生可以饱饮，原本蔫蔫的花生再次焕发生机，地下的花生粒也能长得更饱满，发出更多子。

农历六七月，拔花生的季节。时间点总是雨后。那时土地尚湿，较为松软，连小孩都可以轻松拔起花生。天微微亮，一家人便已上山。拔起第一株花生的时候，露水会像雨点一样落在脚面上，冰凉冰凉，清爽异常。趁着太阳未出、露水尚重的时段，多拔几块地；下午就可以多甩些花生。拔倒的花生梗倒卧在土上，经过一上午的曝晒，茎叶已开始萎凋，包裹着花生的泥土也变得松脆，而与之相连的根蒂早已不堪一击。此时，甩花生成为较便捷的脱粒法。

甩花生的工具都是临时自制，它们形态各异，充满了农人的奇思妙想。有时候，在一个大水桶开口中央处绑上一条木棍，将编织袋绑在木棍两端，盖住半边水桶，这样式活像一个戴着眼罩的蛤蟆；有时候，将铁犁耙放倒，用编织袋盖住尖锐的耙钉，一只螃蟹便匍匐在无边无际的花生藤中。

甩花生的人也是全副武装。母亲、姐姐先用毛巾抱住鼻子和嘴巴，带上斗笠，全身上下包得严实。烈日之下，这样的穿着虽然热，却能最有效地防晒、防土。要不然，贪一时的凉快，裸露双臂，经一下午的曝晒，双臂难逃红肿疼痛的厄运。甩花生，最考验耐热度。其实，所有的农事都是大自然对人的考验。只有拥有足够强健的身体和坚忍的精神，农人才能从自然界中收获粮食。

农忙时节，妈妈和姐姐需要连续几天坐在地里甩花生。她们抓起一把花生梗，先将顺旁逸斜出的花生梗，再将根茎在水桶上敲敲，晒得极干的泥土应声掉落，大多数花生粒也齐刷刷垂下头；然后，对着木棍顺势甩起来，此时大部分花生蒂瞬间崩断，花生粒落进桶里。技术老练的，甩出来的花生极少破裂；刚学的，尺寸拿捏不准，常常将花生果直接砸在木棍上，裂的自然就多。

甩花生时，我负责抱花生梗。先将地上一排排的花生梗整齐堆起，抱成一摞，放在母亲和姐姐身旁。等她们的身边堆出一大堆甩过的花生梗时，我再将它们抱到地里，均匀摊开，以便曝晒。烈日下，两片牢坐的人影，挥舞着手臂，发出砰砰砰的声响；一帧黑影在山地中快速移动，肚子鼓鼓的，像荧幕中滑稽的小丑。

待水桶里的花生半满，母亲站起，将水桶举过头顶，顺着风势，轻摇水桶。水桶里的花生、泥土、枯叶纷纷落下。风大了，落叶像蝴蝶一样，纷纷扬扬地逃逸，土灰如烟一般消失在远方。如若无风，母亲只得将水桶里的花生强行倒出，这时候泥沙俱下，花生没入土里，隐身避日。

对于农人而言，一天当中能够安安稳稳地甩完花生，那是件幸福的事情。最怕的是，夏季午后的雷阵雨（农人叫它"三暮雨"），不期而至。起初还是酷日高照，晴空万里，忽而乌云四合，雷声轰隆。早在雷声于天边炸响之际，母亲就已叫我回家，因为村口灰埕上还晒着花生。往往是，在飞奔回家的路上，雷声近了，更近了，几乎就在村口。我有意跟雷声、跟暴风雨比赛。这样的赛跑难分输赢。有时候，我早已收起了花生，暴风雨迟迟未到；有时候，我尚在半途，暴雨已经砸下，淋湿花生和无奈的我。天气总是促狭的，你永远都不知道它的意图。现在想来，我家花生遭暴风雨肆虐的次数并不多，也许是我

跑得快，也许只是天可怜见。

夏季的农忙，充满了一场场难分胜负的战役。

我曾经看见大雨中的一家人。父亲埋首拖着板车，一家人在后头推着。车上堆着一大袋一大袋的花生。雨太大了，装进编织袋的花生即便盖着遮雨布也挡不住凌厉的雨势。这一批花生算是全毁了。因为一旦遭雨淋湿，晒干的花生卖都不好卖，连榨油都有味道。不知道，那一家人的脸上、眼睑间，是雨水、汗水还是泪水？

我曾经看见，大雨侵袭之时，一家人还在雨中与房屋间来回奔跑。雨下得太突然了，稻谷和花生还来不及收，就已经被暴雨冲得四处流窜。即便一家人将即将晒干却惨遭毒手的粮食搬进屋里，面对满屋的狼藉，忧愁总会占据全家人的脸庞。

当我还在与暴风雨赛跑的时候，山上的母亲也在观察天色。如若暴风雨脚步稍微迟缓，她会派出她的第二员大将——我的姐姐，回家增援。而她则留在山上抢收甩好的花生。如果暴风雨已然成势，她们会就近躲在渡桥下，等暴雨过后，再去收拾残局。

如果一日无雨，夕晖便照常辉映山头时，我们便开始收拾了。一整天下来，甩掉的花生果都在雨布中央。那是一大堆的土，土里是饱满的花生。我们张开十指，像铁耙一样，在土堆里耙着。把花生耙出来，用手拢拢，连土一起捧到编织袋里。一天下来，装满三四个大编织袋，收个一两百斤不成问题。

捡完雨布上的花生，我还要到甩花生的人坐过的地方捡。这边的花生藏匿得更深。不仅有成堆细细的灰土，还有很多焦黑的枯叶。我需要仔细地扒开灰土，翻开枯叶，才能找到花生藏匿之所。然而，这丝毫都难不倒我，小孩子眼尖、手捷，翻出花生又不无发现的快乐。况且，我早已明白一个道理：这些花生既已长成，就是大自然的馈赠，我们没有权力浪费任何一颗花生。我之所以有这种观念，得自于一个深刻的教训。有一年，父亲带我去上山翻花生。这是一块我们已经甩好，而且收拾停当，甚至早已巡过一遍的花生地。一到花生地，父亲就眨着眼睛说："弟——我们随便找找，就回去，行不行？"我当然巴不得父亲这么讲。对于一个七八岁的孩子，玩是正业，上山翻花生才无聊。我就随便挥了挥锄头，干脆地说："爸——走吧。"父亲认真地看了看我，看了看我的篮子——里面躺着可怜的几颗花生。父亲什么话都没说，他拿起锄头，用力嵌进土里，挖出了一棵完整的根茎，上面还坠着十来粒花生，土里还有隐约几粒。父亲蹲下，仔细捡起。我忽然明白，父亲的那句话只是在试探我，他想知道我真正的想法；而他刚才做的，才是他真正要告诉我的。我知道我错了，每一粒花生，都是父母挑了多少担的水、一家人流了多少滴的汗、晒了多少天的太阳才换回的收获。现在，果实就在眼前，却因一时偷懒而无视它以及此前全家人的辛苦付出，真是不智至极。

由此，亦可认为，如今餐桌上的巨大浪费，是对农民最大的侮辱。我们能做的，不是渐渐麻木，而是尽最大的可能珍惜盘中食物。因为它们是大自然的馈赠，是农人送给人类最伟大的礼物。我想，珍惜食物，这是地之子的本分，也是人类最纯洁、最美好、最善良的天性。

三　番薯

除了水稻、花生，番薯也是家乡最重要的土产。

农谚云："芒种节，栽番薯不用压。"意思是每年芒种时节，梅雨季到来，随便将番薯栽（番薯苗）丢到土里，不用手压土，它都能活。可是现在，天气变暖，节气所预示的作物栽种时间也相应提前。芒种本在农历五月，现在农历三四月，村里人就已开始栽番薯了。

春末，清晨的太阳总是新鲜灿烂，显示出灼人的威力。阳光照在被母亲翻过的番薯叶上，好像无数只蝴蝶竖起粉白的翅膀。剪番薯栽时，番薯叶上的露水纷纷滚落，母亲总是早早地打扰它们的酣梦，于是它们报以冰冷、湿漉的翻身，再悄悄地没入大地，继续它们未了的梦。

待到番薯栽挑到田里，已是早上八九点。白白的阳光照在一垄垄犁好的土堆上，给人特别清晰、齐整的感觉，仿佛那垄亩已经等了很久。它们期待着在这个早晨与番薯栽结下一年的情分。从此，它们将相濡以沫，共度风霜日晒，直至满垄地瓜于焉养成，直至墨绿的番薯藤呈现出天荒地老的景象。

栽番薯时，母亲总是抱着满怀的番薯栽顺着田垄一路栽下。她低着头，弓着身，左手在垄亩上挖个坑，右手弯下一两片番薯叶护住根部，顺势往浅坑里

插，然后将旁边的土盖上，压实。母亲的动作迅捷，但每一次挖坑、栽苗却有一种特别的柔情，好像她栽下去的不是所有作物中最容易活的番薯栽，而是让一棵棵幼小的生命以最舒服的姿势钻进泥土里，扎住自己的根。从此以后，番薯栽就拥有自己的根系、自己的子孙。母亲是个心细的人，尽管几个小时要栽完一两担的番薯栽；但到完工时，垄亩上很难见到因为拗断枝叶而被遗弃的番薯栽。母亲就这样不停地栽着，身子起伏不定，汗水挂在她的睫毛上，闪烁着晶莹光芒。我们三兄妹自小就被母亲叫上山干活，种花生、插秧、栽番薯，都是母亲手把手的教。至今，我依然能感受得到母亲那双沾满黄沙的大手所散发出那股温暖。浅坑里是带着潮气的黄沙，手中是带着露水的嫩绿的番薯栽。插上番薯栽的垄亩不再是光秃秃的，而是满眼的绿意。尽管那绿意还缺乏生机；但只要有一次雨水，这些绿意便焕发出无穷的生命力。它们将舒展一片片绿叶，探出一颗颗古灵精怪的脑袋，好奇地瞧着这个世界。

番薯不像花生、水稻那样娇贵。栽下番薯后一个月，只要将垄亩旁的土犁开，施上肥，耙上土，就净等着收获了。从农历三四月到八九月，番薯由一根根娇弱的幼苗长成一株株铺天盖地的老茎，都不要人去费心。茂盛的番薯叶盖过田里的每一寸土地。一阵风过，无数只白蝴蝶翩翩起舞。在一垄垄的地底，暗自生长着一颗颗番薯。好像一夜之间，它们就从纤弱的根茎变成滚圆、饱满的大地瓜。这不得不令人惊叹大地的神奇，不能不令人惊异于番薯苗体内无穷的繁衍能力。

番薯一长成，漫山遍野的番薯田就成了孩子们寻宝、探险的乐园。三五个牧童将牛羊撂在阡陌间，径自没入墨绿的番薯田里。他们用稚嫩但极为灵巧的手指扒开田垄上已经酥脆的沙土，急切地探寻一颗颗冒出尖头的番薯。小孩子对挖番薯的游戏早已熟稔，他们能准确地判断出稍露根蒂的番薯大小。遇到大小适中的，整个挖出，拗断根蒂，掩上土，整好番薯叶，复归原貌。怀揣着各自的收获，牧童们聚拢在隐蔽的小洼里，到林里捡点枯枝，生起火堆；火烧得够旺，将一颗颗蕃薯扔进火堆，架上枯枝烧一会儿；继而盖上沙土，闷熟。烤熟的番薯外皮焦黑且烫手，得先用枯枝从尚有余烬的火堆中挖出，摊在一边。有些心急的伙伴不等冷却便用手拎起，那焦黑的表皮会烫得他们连脚跳起，嗷嗷乱叫。有了前车之鉴，伙伴们只得耐心等待。不过，没等一会儿，总有性急嘴馋的蜻蜓点水似的去触碰。一俟热度稍减，个个心急火燎，捧着，颠着，鼓着嘴巴边吹边啃。红黄的番薯心、甜甜的番薯、一串串香气，牧童们享受着放牛时最幸福的时光。

　　整个暑假，孩子们总会乐此不疲地进行烤番薯的探险。但到了农历八九月，田里的番薯都已长大，番薯田就该属于大人们了。初秋时节，清晨没有丝毫潮气，风也是热乎乎的，这种天气最适合切番薯片。一大早，母亲准备好切番薯用的刀具，拿上锄头、竹筐，拉着板车上山。上坡时，我和姐姐在后面推车；下坡时，我们则堂而皇之地坐上，由着板车顺顺当当地滑到坡底。到了田间，母亲挥锄铲去番薯根茎，原本苍绿的番薯田瞬间变成整齐划一的长土堆。母亲不停挥动锄头，身后是一长排掩映在黄土中的番薯。有的整个裸露出，惬意地做着日光浴；有的犹抱琵琶半遮面只露半个头；有的干脆赌气全身藏在泥土里。我和姐姐各自抬着一个簸箕，将它们从土里拽出来。番薯的个头大，我们的力量小，一个簸箕只能装几粒。不过，只要来往几次，田间就能垒起一座小山。

　　挖完几垄，母亲便着手切番薯片。一颗颗形态各异的番薯，在母亲右手的挥动中变成片片红白，落进竹筐里，刷刷作响。切满大半筐，母亲抬起竹筐，到一块平整的黄土地上，抖下。哗哗，哗哗，番薯片撞击地面，翻滚着，仰面躺下，对着灼热的日光，不停喘息。周围是漫漫黄沙，更远处是别家晒得泛白的番薯片。红白和土黄之间，不时夹杂三两块墨绿得有点老态的番薯田。秋风过处，让人有种不可名状的感伤和孤独。母亲只是不停地切着，抬着，抖着，捡着，她心里该只有今年番薯的收成景象吧？

　　对于我和姐姐而言，切番薯片不是件苦差事。经常，我们还抱着小小的期待，那就是母亲能捡回几块晒得半干的番薯片，晚上蒸熟。又香又糯的番薯片可是美味。然而，印象中，这样的期待只实现过几回。一来，可能正好没有晒过一天一夜已经半干的番薯片，因为刚切的地瓜片不能蒸，一蒸就碎；二来，母亲也许太累了，忙了一整天，回家做饭都来不及，遑论给我们蒸，更何况家里煤炉只有一个，做饭全靠它。时至今日，尽管我们只吃到屈指可数的几次，但那蒸番薯片的香气和口感依然令人回味。

　　忙完番薯片，接着做番薯粉。这是一件更费时费力的活。母亲把地里的番

薯挖回来，堆在井边，用井水冲洗干净。原本沾满土灰、浑身土黄的番薯被清冽的井水一冲，个个精神抖擞，泛着暗红色水光，晶莹透亮。压榨机轰鸣着，黄白的番薯渣伴着乳白色的汁水顺流而下。一桶桶满溢着番薯渣的水桶一字排开，这才预示着一场艰辛的劳作拉开序幕。

还是在家门口的水井边，母亲搬了几口缸，"井"字形的架子架在缸口上。母亲先把一块方形纱布摊放在架子上，固定好四角；然后，将带汁水的番薯渣倒在纱布上，乳白的汁水从纱布的小孔中滴到缸里；继而，撩起纱布四角，包住，挤压。汤汤水水便从母亲双手的揉压中涌出，滴滴答答流进缸中。汁水流出的量越来越少了，母亲使出的力却越来越多。最后，几乎整个人都压在纱布上，也挤不出几滴。如此，一包、两包、三包……井边是十几、二十个桶等待挤压的番薯渣。可想而知，压完这些，母亲已是筋疲力尽。压番薯粉，时间总在傍晚。此时太阳热力已经消散，红黄的余晖越过井边的木麻黄照在母亲身上。起伏的身子，不断变长又变短的影子，缸里滴滴答答的响声，似乎永远没有尽头。

第二天，母亲早早起床，将前一天晚上沉淀在缸底的番薯粉取出，集中到一个水桶里。每次去看母亲从缸底取番薯粉，我总会诧异，怎么大半缸的番薯汁只沉淀出这么薄的一层番薯粉？这种回报与母亲的付出太不成比例了。母亲却习以为常。她的脸上没有表情，只有做事时那种专注。装到水桶里的番薯粉要用清水养上五六天，每天都要换一次清水，如此方能保证番薯粉不会发酸。之后，母亲将它们一块块铲起，晾晒到干净的水泥屋顶。洁白的番薯粉被揉碎了，摊晒在阳光下，显得莹白可人。可是，谁能想象，这几十斤的番薯粉，要母亲付出多少汗水？

番薯是一年四季都有的作物。寒冬腊月，是母亲压番薯粉最频繁的时节。那时，天寒地冻，冷风如刀，将手泡在水里，寒冷入骨。印象中，母亲的手，总是裂着口子，尤其是手掌侧，更像是被无数把锋利小刀划过似的。望着这些裂痕，我的心总会发紧，好像那一把把刀切在自己手上。

母亲临终时，她的手始终微微张着，手指虽然僵硬，但好像还在用力。那是她操劳一生的手，永远也没有停下来的意思。

渡桥与深井

一

村里灌溉用的渡桥已经塌了大半。再也看不见那高高的渡桥，在晕黄的夕阳下，彩虹一般的身影，神秘而美丽。

随着渡桥塌陷而去的，是那已经变得模糊、飘忽的童年记忆。那暗中流动的水流声响，那黑夜中鸥鹚的阴惨叫声，还有争水的吵闹声，一切都烟消云散了。

渡桥，一直是村里小孩子最喜欢探险的地方。两根直直的、高高的白石板矗立在田间地头，共同支撑横架在上面的水渠。沿路望去，一根根笔直的白石板均匀地立在一片苍绿的田野中间，半空中的白色水渠竟显得有点仙气。晨光夕晖之中，渡桥染上了金黄色，像一座神秘的仙桥悬浮在半空中。好玩的小孩，总会从较低的地方爬上渡桥，顺着渡桥一节一节跨过。走到最高处，往下一望，连绵起伏的田畴，黄绿相间，竟似一幅静谧的风景画。不远处，灰黑色的村屋一排排并立，鸡鸣狗吠之声不时传来。

渡桥的尽头连着一间变电站。旁边有一口深井，用于抽水。深井开口巨大，一直用几块长石板盖过。透过缝隙，可见幽暗的水光，偶尔还能听见拨拉的水声。孩子们轻易不敢踩上那几块石板，生怕一不小心掉了下去，那时连呼救声都没人听见。于是乎，那口深井成为孩子们共同的心结，仿佛那口深井住着一头巨大的怪物，或者那深井通向一个神奇的世界。

离深井几米开外，有一条水道，与更远处的水库主渠道相连。水库放水的时候，主渠道上流淌着清澈的水，那水顺着水道流进涵洞，直通深井。灌溉时节，变电站开启水泵，把水从深井里抽出来，源源不断地送上渡桥，流进方圆百里的山田。然而，一年之中，只有夏季浇花生的时候水库才会放水；平时，

主渠道、水道和涵洞都是干的，长满了野草。这自然勾引出孩子们探险的欲望。

在一个满是蝉鸣的午后，七八个小伙伴玩腻了旷野，壮着胆子要去探探那口深井，看看是否能抓到一两只想象中的怪物。年龄大的率先下到水道底部。那里长满了比肩的野草，没有一丝风，甚至连蝉鸣都小得好多。每个小伙伴脸上都淌着汗，眼神紧张而专注。凝神敛气走过水道，仅容一人通行的洞口出现在眼前。黑乎乎的深洞，一股股凉气吹出。面对着这口神秘深洞，本就心惊胆寒的小伙伴们开始骚动。"里面有蛇怎么办？"不知道是谁先说出声，继而大家七嘴八舌地议论："要是里面真的有怪物，会不会被抓去？""不会吧，我们这么多人，有怪物我们也能把它抓住。""这个洞通向哪里？"……满是疑惑、恐惧和自我安慰的声音。还是带头大哥较为镇定，他分析："这个洞不深，要是有怪物我们也能跑出来。要是抓到鳖，我们就拿去卖。"平时在上面玩，伙伴们早就把这一带摸得很熟。在领头的鼓动下，各自壮着胆子向前走。一个挨着一个，紧紧地，连彼此急促的呼吸都听得见。乍然走进这个黑洞，眼睛一阵黑。小孩子眼尖，慢慢就能分辨出洞内乾坤。洞壁由一块块石头垒起，还斜地里长出很长的水草。奇怪，地上竟然由石头铺的，好像专门用来通行，只不过地砖上积了一层细细的沙子。慢慢往前挪，没有碰到一只蛇，也没有捉到一只鳖，更不用说什么怪物。没走几步，就听见滴答滴答的水声从另一端传来。原来这洞这么浅！领头的已经在前端吆喝起来。"喂——喂——喂，有人吗？哈哈哈……"声音回响在深井中，极为洪亮。想是他正站在通道的尽头，对着深井喊。我们一个个排队走到黑洞的另一端。那通道与井壁相连，水库的水就是从这个通道流到井内的。不过，突然断掉的通道，前端是深不见底的井，俯身望去，依然令人胆寒。那口井大得离奇，中间竖着一根极粗的钢管，螺丝钉将它们一节节连起，从井底扶摇直上，直通云霄。我们从未如此近距离地看到这么大的钢管，每双眼睛都放着奇异的亮光。深井里凉飕飕的，不知比外界低了多少度。突然，什么东西在井面拨拉了一下。不知是谁大喊一声："有鬼啊。"所有的伙伴拔腿向入口的光亮处飞奔。一个个灰头土脸从洞口窜出，脸色早已苍白，心脏剧烈撞击，砰砰巨响。待到阳光照射在每个人身上，尚在寒颤的大伙方觉得温暖些、安全些。此时，我们才开始回味那拨拉一声到底是什么东西？是泥鳅、蛇，还是鳖，或是真的有什么别的怪物？我们议论着，猜想着，不过谁都没有胆量再次进入那个幽暗的通道，一探究竟。

几年过去了，村里种花生的人少了，水库放水的次数也越来越少。这口深井慢慢变成村里人扔死鸡死鸭的地方。平时路过，只能掩鼻而逃。后来听说，村里有户人家，将那口深井抽干，从里面捉到好几担的泥鳅。邻人说到此，总是露出恶心的表情。那井里的泥鳅，专门吃些腐臭的尸体，想想谁还敢吃？

二

渡桥、深井、水库渠道，形成村落灌溉的核心构件。遇到天旱时节，初长成的花生枝叶被晒得枯黄，远在上百公里之外的水库便放水。水从主渠道流进各村，浇灌渴水的作物。这时候，各家各户派出一两人到山上拦水。这也是各家闹矛盾最激烈的时候。

水库的水通过深井被抽到渡桥上，然后奔腾着涌向各方。但到了田间地头，那水流已经变成涓涓细流。处在上游的人家，筑起一道道小土坝，将水引到自家的田里；处在下游的人家，田里一时半会儿吃不到水。好说话的，上游人家会先放些下来；遇到强悍的，两家人免不得吵起来。长年累月，山田相邻的几户人家，难有关系融洽的。

有一年，母亲带我上山沃花生。我家的山田处在中游，水流至此已不丰沛。母亲照例筑坝拦水。水刚盈满小土坝，流进花生地几步远，下游的人就冲上来。那人一锄下去，把母亲精心构筑的土坝砸塌，一窝的水乱了阵脚，四处溃散。那时，我正蹲在土坝旁观赏潆洄的水流，却不料遭此暴力。等母亲从花生田那一头跑来，那人已经骂骂咧咧地回到自家的田里守水。面对这般残局，母亲只能干瞪眼，默默筑起水坝；不过这回，她分了一半给下游。那时，我已能体会母亲被欺负的苦楚。那人正是村里无赖。深井中的泥鳅就是被他捉去吃的。后来，这家两儿子，大儿子杀了人，潜藏村中，开赌场；一个成了惯偷，无业。村里人对这家一直心有芥蒂。每年过年过节，村里鸡鸭甚至牛羊必定要遭贼手。再后来，这家大儿子竟将山脊顶上的山田围了起来。他说要养牛。全村人只得睁一只眼闭一只眼，好在他们已经不种花生了。那些山田荒废的荒

废，就由着他去闹吧。

三

争水的矛盾时时爆发，农人也早已习惯。这就是乡村，口角、冲突，比比皆是。然而，灌溉时节，总有些事比争吵还惹人关注，比如死婴。

那些年，镇计生办为响应国策，抓计划生育。风声鹤唳时，大马路上见不到一个孕妇。那些不幸被抓的，先在镇政府进行审问，哪个村，哪家人，头胎还是二胎。如是二胎，先缴罚款，不缴，关人，再流产。这种严刑峻法，弄得孕妇人人自危。更多时候，计生办的人个个像侦探，四处探听消息。一得知孕妇藏匿处，就由线人或村支书带领，抓捕孕妇。如果孕妇闻讯躲开，执法人员便名正言顺地逮捕家属，把他们拴在尿桶边，让他们闻上几夜的臭尿，再让家属送钱米。那年头，因为超生而被逮捕、甚至被推倒房屋的人家不在少数。为此，多少户人家为生儿子想尽办法，甚至采取过极端的手段。

有一年，时值灌溉，在村东头的水渠里，有人发现一个包袱，在水中半沉半浮。那人好奇，捞起一看，竟是死婴，大概几个月大，裹在褓襁里，严严实实。报完警，验明正身，却是女婴。不知道是谁家将女婴扔进水库，任其淹死，任其无声无息顺水漂流。村人纷纷揣测。公安见到这种事，早已见怪不怪。女婴案最终不了了之，就像村里的红白喜事，锣鼓喧天之后定然复归沉寂。

每年，水库放水，总会听见这么一两条死亡消息。有些，则是小孩擅自到水渠中游泳，被湍急的水流裹挟，溺毙。因此，每到沃花生的时候，农人们忙着拦水浇地，我则有一种莫名的恐惧，望着脉脉流淌的清水，心想，水鬼伏在某处，正等着抓替死鬼呢。想着想着，童年也就这么过去了。我一次都没下到水渠里去游过。

如今，村里的山田、水田已经荒废，再也不会出现漫山遍野农人劳作的热闹场面。渡桥塌了大半，深井已被填埋，水渠也被变成了荒烟蔓草，它们变成了历史遗迹。但不知，传说中的水鬼要藏匿何处。

偷

母亲去世大半年后，一家人渐渐能够承受那不堪重负的悲伤。哥哥和我早已各自成家，姐姐一家又远在异国，家里只剩下父亲一人独自面对着前尘往事，想来不禁悲从中来。幸好，父亲喜欢养牛、养羊，整日有牛羊做伴，日子似乎也过得飞快。

好几次回老家，都陪父亲睡，但总睡不踏实。头几回，父亲会从梦中惊醒，以手捶胸，我不敢细问，生怕勾起更多悲伤。渐渐地，父亲睡得较踏实，但又每每被警报声吵醒。原来，家里牛羊成群，地方治安又不靖，在此多事之秋只能装个红外报警器。然而，农村野猫、野狗甚多，夜深人静之时，总有三四猫狗窜过，惹得警报深夜骤响。遇有警报，父亲必然起床巡视，一夜三四回如此折腾，睡眠总不深。曾经劝父亲干脆卖掉牛羊；但仔细想想，此事两难。没有牛羊做伴，父亲晚境定然无所依峙；继续养吧，父亲深夜无法安枕，于心不忍。好在父亲似乎以此为业，心有挂碍，也不会另有他想，也就随他去了。

由此想起，母亲在时，家里遭遇过的几桩离奇失窃案。

我们村，虽处侨乡，较为富裕；但这同样滋生莫大问题。村里大部分壮劳力出国务工，只剩老弱妇孺看守门户。村里为数不多的地痞流氓，平时云游他乡，干些入室偷窃、杀人越货、贩毒诈骗的勾当；偶尔也会潜回村里，顺手牵羊。他们神出鬼没，连警察都束手无策。这些人，只要有一两个摸回村里，村里便不安静。尤其是到了春节，他们集体返乡，村里的牛羊、钱财更是难逃毒手。因此，防盗防贼成了各家各户每晚必修的功课；尤其是那些高门大户只住着老人小孩的，更得提心吊胆。然而防贼谈何容易？好几次，有人在睡眼蒙眬中，看见几个手持匕首的黑衣人，正肆无忌惮地撬箱倒柜。

我家向来有养牛羊的习惯。遇到盗贼横行时，父亲便想尽各种土法设置机关。可是，道高一尺，魔高一丈，窃贼似乎都能轻而易举地绕过机关得手而去。一天早晨，我尚在睡梦之中，母亲的惊呼声遽然从牛栏里传来。"哎呀！

莫煞嘎（天塌了），牛被人牵了。"母亲的惊呼声响彻老屋。我翻身而起，奔至牛栏。里面黑黢黢的，牛粪发出熏人的臭味。晨光熹微中，几块黑乎乎的牛粪孤零零地躺在地上。母亲着急地到处找寻失踪黄牛的足迹。然而，何处寻去？贼人定然乘我们熟睡之时，剪断父亲设置的报警绳索，悄悄驱牛而去。我走出牛栏，只见莹白色的细绳尚在空中凌乱拂动。这只牛是父母跟邻里几家合养的。一只牛价值上万，是父亲近一年的工资。更令人担忧的是，农忙正紧，没有牛，农事咋办？我清楚地记得，母亲说过，借不到牛的时候，父亲只能像牛一样负轭，拖着犁耙在旱地上爬行；而母亲只能默默地扶着犁铧，专注地看着父亲。母亲因此常常告诫我，要好好读书，不被人欺负，不然只能做牛做马，一世苦。这是农民勉力孩子读书求学最基本的想望。

不知为何，每次家里的牛羊被偷，我都在家。我上高中那几年，平时住校，只有周末返家，可好几次返家都碰上家里失窃这种事。很长一段时间里，我都怀疑自己是不是扫把星？

有一次，半夜里，父亲设置的机关突然响起，母亲第一个夺门而出，跑到羊栏。只见羊栏的门户洞开，母亲在深夜呼喊："拿贼哟！谁牵我的羊！良心被狗咬哟！"等我跑到，母亲已经打着手电筒四处照。我又一次无助地呆立在羊栏的门口。不过，这回，天可怜见，我竟然听见羊栏里有隐约声响。待我摸进羊栏，几只黑乎乎的东西受到惊吓夺门而出。我紧随而出，借着朦胧月光，发现那些仓皇奔逃的东西竟是羊群。它们蹦过门，飞快地逃到门口土路上去，并开始颤巍巍地咩咩叫。我自小放羊放牛长大，脚力还能跟得上。等我把它们拢回、数完，竟然一只不落。这说明贼人误触机关后慌忙逃走，未来得及牵走羊只。我和母亲暗自庆幸，这回算是逃过一劫；要不然，一年辛苦又将付之东流。那时，大几千块钱，对于我家，可是笔不小的数目。那是我和姐姐学费和生活费的主要来源。印象当中，只有这一次免遭贼手，其他几次，都是事后才惊醒发觉，每次都损失惨重！

还有一次更为离奇。也是周末的晚上，天刚黑。这天，母亲特地为返家的我煎面饼。我端了一盘到楼上吃，母亲有事抹黑出门，家里只剩下我独对电视，楼下的门是虚掩的。我正看着起劲，两扇木门嘎吱响了一下。不是母亲，因为楼下的灯没开，又悄无声息的。我跑下楼，拉开灯，只见隔壁邻居正拿着一个米筛子，看见我便说："弟弟，你回来了？我来还米筛。"我嗯嗯地漫然应着。邻居是极熟的，我并无他想。等她掩门而出，我又反身上楼。可是，等父母回来，母亲突然发现横卧在家里的水泵和粗大的水管竟然不见踪影。这真是奇哉怪也。我人在楼上，怎有贼人如此大胆入室偷窃？何况是那么大的一个柴油水泵、那么粗那么长的水管？我疑惑着，只怪自己的愚笨。父亲问我有谁来过家里，我只说邻居来还米筛，并无他人。父亲寻思着，知道我家有柴油水泵的人肯定是跟我家熟识的。他们见得眼红，把它抬走的。一般小偷，不会去抬这么笨重的东西，何况一个人也抬不动抱不走。言外之意，邻人的可能性比较大。父亲进而推测，那么重的东西肯定搬不远，定然藏在某个角落。于是，父母分头寻找。后面牛圈的草垛，前面空旷的田间，到处都找寻一遍，仍不见水泵的踪影。邻居似乎早早地上楼关灯休息，父母和我只能站在黑夜里干瞪眼。这个水泵就这样凭空消失了。第二天，知道我家丢了水泵的邻居，见到我竟嘲笑道："人在家里东西都会丢！嘿嘿。"听了让人极不舒服。

母亲在时，牛羊被偷，父母还能对坐无语，各自分担些许郁闷。如今，母亲撒手西去，只剩父亲一人守着牛羊，独对漫漫长夜，情何以堪?! 对于这种晚景，父亲似乎认命了。幼小失怙，晚年丧妻，老天爷似乎只让父亲过上近四十年的家室生活。

与父亲夜谈的时候，父亲说到一个细节，让我甚感离奇。父亲说，母亲去世前，有一段时间牛虱竟然爬满了墙壁，甚至登门入室，几乎到处都是。母亲见此情景，心下骇异，叫来父亲一起灭虱。家里牛羊养了几十年，从未见牛虱作怪，这回竟然如此肆虐！而不久后，一向乐观豁达的母亲竟作别人世，这不能不让人觉得怪异！然而，怪异，又如何？天意乎？人祸乎？我的母亲已经被死神抢走了。如之何？如之何！

父　亲

一　手

父亲是采石匠，他的大半生都在坚硬的石、灼热的光和跳动的火中穿行。然而，父亲是如此的瘦削、单薄，完全不像整日与石火对抗的人。

父亲不是雕镂石像的艺术家，没有强悍、精致或者颓废的外表，他是如此朴实，就像一块浑厚的石头，紧紧地嵌在地上。由于强烈的日晒，父亲的肤色是暗紫色的，从脸、脖子到胸膛、手和脚，都泛着太阳和烟草熏晒出来的气息。年轻时，父亲烟抽得凶，手指都是烟熏的黄。渐渐地，这种明晰的黄变成岩石一样的黑。

年轻时的父亲，经常在外地采石头。一年难得回几次家。每次回来，家里自然洋溢着欢乐气息。一次，刚到家的父亲，从包里拿出一只大苹果，引诱着我。等我跑过去，他却将苹果高高举起。夺不到苹果的我，倒地大哭，好像受到莫大委屈。父亲只好将苹果塞在我的手里，无奈地摇头。

归家的父亲应是快乐的。每天早上，他都会对着窗口哼着革命歌曲。那是属于他的青春。而只要听到父亲的歌声，我便能感到一种幸福。

然而，幸福总是那么容易破碎。

某个深夜，父亲被人扶进了屋。呻吟声、嘈杂声，错杂的人影，在昏黄的灯下交织。懵懂无知的我，只隐约地感觉到似乎出了什么事。第二天醒来，发现父亲左手大拇指断去了半截。纱布包裹着，暗红的血浸透其中。我感觉不到那种疼，可能太小了，我只用惊奇地眼光观察着因疼痛而面部蜡黄的父亲。因为与人抬石头，父亲的拇指被硬生生地轧断。此后的几个月，父亲在吃药和换药中苦度。我则仍然无知无觉地上学，放学。很长一段时间，父亲的拇指伤口不能过皮。母亲听了偏方，经常让我到村边折几枝桉树叶回来，叫我摘下嫩芽，煮熟，让父亲将拇指泡在其中。想不到，此方竟有奇效。

父亲成了断指的人。康复后的半截拇指，没有了指甲，光秃秃的，像一个小肉柱。不久，父亲依然得远赴外地操起旧行当。随后几年，父亲和伯父在离家不远的潭口采石头。我家又恢复了风平浪静的生活。

印象当中，很少有与父亲亲近的机会，甚至在他受伤期间，我也只是远远地看着。我几乎从未触摸过父亲的手，更不用说得到父亲的拥抱。可能，父亲不怎么会表达他的感情，他像石头一样，沉默、坚硬、浑朴。

直到大学毕业那一年，我第一次感觉到父亲温柔的一面。那年，我考研失败，工作暂无着落，读书又读到腰背酸痛，只好在家休养。某个晚上，我躺在床上，疼痛难忍。父亲用他断指的手抚我的背，揉我的腰。那只手满是粗糙的硬茧和裂开的缝，毛茬茬的，坚硬、有力。在揉搓中，父亲的手透着一股无与伦比的温暖与柔情。记忆中，这是父亲第一次深情抚慰。已经成人的我竟然还能有幸感受到来自父亲的爱！

父亲有石火的暴烈，也有舐犊的温情。对于母亲，他同样有着混沌一片的爱、怨、念、悔。二老只要待在一起时间长了，势必口角不断；而一旦母亲到福州来照顾孙女，父亲定然是一天几个电话，汇报一日家事。天意难料，二老的缘分竟如此浅薄。母亲遽然离世时，父亲已然魂飞魄散，甚至不惜以死相殉。天道无情，父亲如何悔过都不能唤醒母亲。对着躺在冰棺中的母亲，父亲只能默默垂泪。当他神情恍惚胡乱擦着眼泪时，我又看见了那只断指的手。那只母亲曾为之心酸流泪的手，那只母亲曾想方设法治疗的手，如今是如此僵硬、冰冷，甚至如此无力与苍老。这只缠满绷带的手，湿漉漉的，满是眼泪和鼻涕，人世的沧海桑田都在这只手上。

二　背影

父亲的爱总是在他那看似鲁笨、唐突却不乏勇气的行动中体现出来。

我们三兄妹中，我是唯一一个考上市重点高中的。那时，家里尚不宽裕，父亲却买了一块手表送我。一个阳光灿烂的早晨，父亲跑到我的床前，兴冲冲地让我试戴。睡眼惺忪中，父亲那满意的笑脸深深烙进我的心田。

　　然而，与父亲的期待相违，高中三年，我的学习成绩总是不上不下。每一次考试我的自信心都受到不小的打击，我日益消沉、焦虑。这种变化自然被父亲注意到，但他只能默默关注，平时连我的学习成绩都不太敢提。

　　父亲只有小学三年级的文化水平，母亲更是只字不识。他们对我的学业有心无力，唯一能做的，就是保证我每个月的生活费。每个月末，他们都在东挪西凑，而这些他们从未在我和姐姐面前提及。偶尔，父母会到学校看我，总是带上家里的煎鱼、红烧肉。然而，由于青春期的叛逆、自卑加上压抑的心态，我总以不耐烦对待他们。现在想来，父母总是安安静静地站在我的身边，别有深意地看我闷头猛吃。

　　高考填报志愿时，我的焦虑变成父母的负担。他们对所谓的志愿一窍不通，可他们却尝试通过各种关系帮我了解信息。印象中最深的一次，应是父亲带我到市里找人。

　　那天上午，市里的天空灌满了铅色的云。公交车、摩托车、小车错杂穿行在狭窄的街道上，到处都弥漫着难闻的尾气。父亲背着土黄的编织袋，寻找印象中的一条小巷。编织袋里装着平日难得一尝的新鲜龙眼。狭长的街道贯通许多条巷子，每条巷子都在两旁高楼的缝隙之中曲折蜿蜒。徘徊在外边的街道上，父亲无法确定哪条巷子通向他要拜访的人家。不知多少次，他往返在这条不足百米的街道上，窥探每条巷子的入口，努力搜索记忆中的标志。一次次，父亲刚鼓起勇气踏入一条巷子，却又急忙返回，因为他找不到记忆中的一个拐角、一扇铁门或者一块斑驳的墙壁。他不敢太过深入巷子，生怕迷失在那陌生的世界中。谨小慎微、犹疑、甚至胆小的父亲，让我闷烦。我只呆呆地跟在他的背后。

　　乡下的父亲，带领着无知的儿子，踟蹰在找不到入口的街道上。在将近一个小时里，两人无望地穿行在人流中，这几乎是一场噩梦。最后，父亲放弃了。他说："走吧。"我们走出了这条街。出人意料的是，就在街的拐角处，父亲发现了一条昏暗的巷子，那里赫然有他的印象。"这里，就在这里。"父亲无比兴奋。这次，他勇敢地闯入那条巷子，按响了铁门的门铃。

　　父亲拜访的人我从未见过，也从未听说过。父亲喊他："叔伯。"那人看上去四五十岁，年龄比父亲小些，我有点疑惑。后来，我问父亲他究竟是谁？

父亲意味深长地说："论辈分自己应该比他高一辈，只不过我们有求于人，就喊他叔伯。"说完，露出一贯的笑，谦卑，怯弱。那次拜访，并未能真正解决我的志愿问题。父亲也许早就知道这一点，但他还是想抓住任何机会为儿子寻找指点迷津的人。

我的成绩直接决定了我的未来，也最终裁决父母的梦与希望。谢天谢地，我上了大学，了了自己和父母的心愿。但我始终记得父亲背着编织袋穿梭在人潮中的身影，消瘦、谦卑、固执与无畏。

三 重量

当我在写父亲这一节的时候，我的好友高志强发来短信："我的父亲去世了。"

又一位平凡而伟大的父亲永远离开了亲人。相比之下，可堪告慰的是我的父亲还在。

母亲去世将近一年，我们一家虽经风雨摧折最终却熬了过来。可想而知，父亲的煎熬最为艰难。可是，他毕竟撑过来，他是这个家的顶梁柱，从这个家建立伊始，一直都是。

如今，父亲整日与牛羊为伴，放牧于田陌草丛之中。在这个看似闲淡的生活之中，往事的辛酸喜乐会在牛羊的唇齿间被慢慢咀嚼。

离开了既已离开，我们还要活下去，就像父亲的肩膀，抬过石头，负过牛轭，如今则担负着阳光、风和记忆的重量。

我清楚地记得，那一个黑夜，母亲无意似的批评我："你这么大了，一点事都不知。你爸肩头都被绳子拴出血。"爱与血，竟然如此错位地纠缠在一起，父母的互相疼惜竟悄悄隐藏在日常口角之中。

高中毕业那一年，父亲帮我到学校收拾行李。整整一大袋的书，父亲毅然将编织袋的两条提绳挎上了肩。班主任正好在场，偷偷对我说："赶紧让你爸叫辆三轮车。"我愚蠢地看了看父亲，父亲早猜到了，笑呵呵地说："没代志，没代志。"说完，近乎是逃跑似的走了。他怕花钱，尽管车费才五六块；但对于大半辈子采石头的人而言，一分钱都是血汗钱。母亲曾经跟我说，在家里最

困难的时候，找人借几毛钱都没处借。我还清楚地记得，为了多赚五毛钱，母亲斜挎绳索，拖着一板车的花生渣到几公里外的收购点卖。那一代的人，生长于食物极端匮乏的年代，一个工分一个工分地挣，就为了多换取几分钱的报酬。这是他们的命，而一切都为了这个家。

一路上，父亲走走歇歇，几公里路，就这么熬着。阳光炽热，晒得人发晕，父亲早已汗流浃背。可我不知道的是，那两条细细的绳索早已嵌进父亲干瘦的肩头。

父亲就是这样，以一种愚顽似的坚忍，带着这个家闯开了一条路。

写于 2005 年 1 月 5 日

外　婆

一

我知道，她随时都有可能死去。

外婆瘫在床上多年，在别人的眼中她已接近死亡。

因为胃癌，外婆切除了半个胃，术后虽有所恢复；但与死神擦肩而过的人，在乡下人看来，离死也差不多了。术后一段时间，外婆还强撑着，扶着支架自己煮饭，上厕所。在寂静、空阔的乡村别墅里，外婆常常摔倒，有时头破血流，她只能趴在一摊深黑的血中独自号啕。渐渐的，饮食不周的外婆失去了自理能力，她只能终日躺在床上，哼哼唉唉。有时候暴食，有时候饿肚。由于缺乏足够的运动和护理，外婆的双腿肌肉日渐萎缩，脚趾像死去了的鸡爪蜷缩着，脸部和上半身却异常肥胖起来。外婆从来没有这么胖过。经年累月，无法下床的外婆甚至失去了语言能力，整日里不是沉沉睡去，就是哇哇喊叫，声音含糊。她的房间里，除了年近九旬的外公外，空落寂寥。偶尔，母亲和姨妈们会轮流照料，但那也只是女儿们的不忍，有心无力。

外婆，就这样挨着日子。终日嗷嗷乱叫的外婆似乎变成了一头怪物，散发着死亡的气息。也许，那些人始终在等待着外婆断气的那一天。那一天，将是他们最后的解脱。

晚境凄惨的外婆，绝对想不到，尽管当年食物匮乏，可为了生一个男孩，她依然坚强地生下八九个女孩；可到最后，竟落得乏人照料的结局。

2015 年正月过后，舅舅、舅妈将外婆送到镇上的养老院。养老院里关着很多老人。几个老人趴在白铁门上，用一双双孤独、忧郁、渴望的眼睛，透过门缝，向过往行人发出求救般的信号。外婆歪在床上，萎缩的脚垂在床外。她依然不停地号叫，双手神经质地扯着，将一卷卷纸巾撕得支离破碎。

外婆并非毫无神志。只不过，像她的手脚一样，舌头已经萎缩成一团无法伸展的肉。当她想要表达时，那团肉只能毫无方向地蠕动。于是，人的声音变成野兽般的哀嚎，愤怒而绝望。没有人再关心外婆要说什么了。告别时，外婆紧紧握住我的手，用哀求的眼神望着我，从一团含糊不清的号叫声中，我竟然听出外婆的话："不要走！不要走！"外婆想留下我，想留下任何一位来看她的人。她是如此孤独。到了这般境地，已经没有多少人来看她了。让我感到诧异的是，外婆的手竟然还那么有力。她紧紧地攥住我的手，像抓住一根救命稻草似的。在僵持中，我只能边安慰边挣脱。就在我即将脱身时，外婆的手突然松开了，那只手无力地垂了下去。她的脸也不再朝向我，而是朝着墙壁，嘴巴继续号叫着什么。外婆知道，我是不会留下来的，任何人都不会。她的声音尽管是混沌的，但她的心却像一面明镜，清晰地映出虚假、懦弱和残酷的人心。

年近九旬的外公独自一人在家，他清楚地意识到，去了养老院的外婆再也回不来了。

二

谁也想不到，母亲竟然会走在外婆之前。

只是因为那么一点意外，只是因为人世的那么一点残忍，母亲决然告别这个缺乏温情的世界。在弥留之际，母亲的眼前是否闪过外婆躺在床上嗷嗷乱叫的身影？

母亲对死看得太透、太淡。当外婆无助、孤独，在我们看来近乎绝望地躺在床上时，母亲的不忍化作一种决绝。人到老到不能自理的时候，就变成了被人厌恶、被人憎恨、毫无利用价值的废物。村里，晚境凄惨的老人比比皆是。他们都在一种极端的氛围中慢慢煎熬，直至死神眷顾他们，将他们索去。死对于他们是一种解脱。多少人求之不得！

母亲早就看穿了人世的虚伪、绝情和功利。她怀着嘲弄的笑，主动选择离开。而外婆还在一点点地承受人世的薄凉。她在挣扎着，也许她对自己的未来还残存着一点点希冀；也许，她已经无力选择死亡的方式。

当外婆被抬进母亲的灵堂时，嗷嗷乱叫变成一声声绝望的哭吼。此时，已不是白发人送黑发人的痛心，而是对无良的人间，对残酷的命运，对生而为人的一种控诉。在场的每个人都在哭泣，但不是每个人都感觉到自己身上背着无尽的罪。

外婆，以她残存的生命经受人世百般的折磨。她以她的苦、痛、孤独与绝望赎着自己的罪。而我们，又背上了一个沉重的罪名，那就是残忍。

三

人是如何降至废物的地位的？

记忆中的外婆，总是美和善的。当我在外婆新盖的二层小洋楼外戏耍时，风摇曳着明晃的玻璃，外婆从楼上款步而下，脸上洋溢着笑。那时，她是幸福的。新房盖起来了，儿子娶了媳妇，一切似乎都很美满。但是，我们都不知道，这个看似美满的生活表象背后，嫌隙、不满正在慢慢演变成恨和无情。冷漠更是在人与人之间竖起了一重重透明的玻璃屏障。每日的矛盾不停增加玻璃的厚度，好像冷漠会自己繁殖，变成坚不可摧的壁垒。终于有一天，这一重重玻璃彻底碎了，一颗颗冷漠的心彻底露出了丑陋的面目，张牙舞爪地，不停地啮人而自啮。

究竟从什么时候起，外婆的身体变成我们不敢亲近的对象？

以前，外婆总是笑意连连。当我们帮她割水稻的时候，她总是买个西瓜欣慰地犒劳我们；当我们无理取闹的时候，她总是毫无理由地袒护我们。以前，外婆的身体总是温暖的。冬夜里，当父母不在我们身边的时候，她总是用她的身体温暖我们；当我们深夜发高烧的时候，她总是抱着我们走在漆黑的夜路上。

究竟从什么时候起，外婆成为我们冷冷观看的对象？也许，只是因为那次胃癌，让所有人都觉得她是有病的、不洁的。我们不知胃癌是不会传染的。即使医生明确地告诉我们，我们仍然不敢过分亲近。我们不敢拥抱，更不敢脸颊贴着脸颊。而儿时的我们，觉得那是多么幸福的一种举动！也许，只是因为外婆老了，瘫痪在床，可她现在并没有老到神志不清、六亲不认。更何况，她的这般晚境是我们的无视、无情造成的。我们，才是一只只可怕的怪兽，惧怕疾

病，无视亲情，毫无怜悯之心的怪兽。

我们每个人都堂而皇之地走在人生大道上。我们将我们犯下的罪轻易地丢弃，忘却，殊不知，命运与报复之神已经悄悄地尾随着每一个人。

母亲是明智的，她的毅然离去，是无法承受人世的无情和残酷。与其被动如动物般死去，不如主动出击，给人世、人情以致命的一击。

母亲也是昏昧的，她将我们至于何地！我们将永远背着这个罪，直至死亡。那时方是一种解脱。希望，在另一个世界，当我们重新相遇时，我们能尽弃前嫌，赤诚相拥，哭着，笑着。

然而，希望，正与无望相同。

坟

昨夜，南京一场骤雨，惊醒了尘世中熟睡的世人。今晨，潇潇细雨，携着明黄落叶，撒满校园。百年古钟，也在烟雨迷蒙中宵然作响，穿越万水千山。清明时节，怀想逝者，仍不免唏嘘感慨。

想起爷爷，一位一世辛苦、孤寂的老人。

2007年9月1日，5点50分，爷爷去世。

五十年前，奶奶不堪身心之苦，自缢身亡。抛下孤零零的爷爷、幼小的伯父和父亲。

那时候穷，家都破了。

草草料理完奶奶的后事，爷爷依旧忙碌，却仍然食不果腹，何况还有两个年幼无知的孩子。

不知为何，没过几年，奶奶的坟头变成了山地，每年都被种上花生、地瓜，坟头已无处可寻。不知那时，爷爷、伯父和父亲，可曾有意记住奶奶坟头的准确方位？

打我记事起，每年清明节，爷爷都率领全家前去祭墓；但我们面对的是一片空漠黄土。爷爷只凭记忆用脚尖圈出一块坟头，正对着它，烧起冥纸。每年，大概在那个位置，都有一圈浅浅的脚印。后来，爷爷年迈，行动不便，指点伯父依样划坟。

前几年，高速公路修建，途经奶奶坟地。迁坟势在必行。择日，伯父和父亲领着人寻找墓穴。依照往常祭墓位置，他们挖了一个上午毫无所获。无奈之下，请来挖掘机，折腾半天；最后，在离原先位置两三米远的地方找到墓穴。伯父和父亲茫然伫立，五十年祭墓都拜错方位。也许，这不能怪当年还年幼无知的伯父和父亲；然而，我们能怪爷爷吗？动荡岁月，生人尚且苟安，何况已入土的奶奶。细细思来，晚年爷爷用脚尖轻轻圈坟头时，他在想什么？是否怀着丝丝愧疚和不安，默默祷念奶奶泉下有知，宽容苟活于世的亲人？

　　爷爷晚年过得并不太如意。虽然衣食无忧，但承欢乏人，也算孤苦伶仃。好几年，爷爷总说眼睛看不见，手脚酸痛。其时，爷爷脚趾甲脏得乌黑，并已长入肉里，看了让人心惊胆战。那时，爷爷每天都只能躺在床上，孤寂地面壁冥想。那几年，爷爷在想些什么？是责备还是宽容？或是思念长眠地下的奶奶？

　　9月2日，我赶到家，爷爷的脸颊已干瘦塌陷，远不是当年给我买海蛎饼的爷爷了。我的爷爷去了，永远地去了。

　　给爷爷照遗像的时候，摄像师问爷爷叫什么？祖屋里一片寂静。是的，爷爷叫什么？"大细目吧。"年老的人说。"对，就叫林大细目。"有人附和。

　　"大细目"是爷爷的绰号，爷爷没有真名。

　　遗像很快送来。遗像上，爷爷竟然穿着一生从未拥有过的西装。看上去，爷爷很年轻、很精神。但是，这不是我的爷爷。

　　9月3日，爷爷火化下葬。当他被推进焚化炉时，早已分家的两家人跪在地上长哭不已。面对死亡，多少怨恨仇隙都变得毫无意义。

　　爷爷终于躺到奶奶身边了。但那块地仍是别人的，无法砌坟。伯父和父亲只能在墓穴的正前方埋下基石。

　　爷爷一生只字不识，弥留时未留片语。这样默默地来，默默地走，甚至没有留下正式的名字。

　　中国有多少老人像我爷爷这般，无名地来去？

化　蝶

——送许志英教授

一　日记两则

2007 年 9 月 15 日

中午听到舍友说，许志英老师去世了。我很惊讶，坚决地说："不可能！教师节那天，他的声音还那么爽朗。"舍友说讣告已经贴出。

……

14 日凌晨 16 分，许志英教授辞世。

白底黑字历历在目。

许老师明天火化，我得送他一程。

9 月 16 日

今天给许老师送行。

一只灰黑色的蝴蝶从许老师的灵堂飞出，盘旋片刻即飞去。大概没有多少人看见这只蝴蝶，他在前来哀悼的人们头上身影矫健，飞行匆忙。

我相信那是许老师的精魂，他化成蝴蝶去寻找他的老伴，在一个不为人知的所在。我相信，这时，许老师是快乐的。当许老师最后说"她在召唤着我"时，我尤其相信，因为那只蝴蝶是那么的迫不及待。

我含着眼泪送别许老师，祝福许老师能与她的老伴重聚，在天堂里快乐地飞翔。

许老师，您一路走好。

二　记忆中的许老师

我只见过许老师两次面。

第一次见到许老师是在 2007 年 3 月份，面对着刚过世老伴的遗像，许老师漫谈着他的一生。许老师说他在写小说、写散文，写他故乡的人、故乡的事。

那天，许老师一身黑衣，吸着香烟，总是若有所思。

许老师说他每天傍晚都要出去走走。于是，他拄着拐杖，独自行走在那条宽敞清寂的水泥路上。

第二次见到许老师在 8 月底。依然是一袭黑衣、一根拐杖，慈祥的笑容和深邃的眼神依然如昨。

教师节那天，电话那头的许老师应该是笑容满面吧。

可是，仅隔几日，许老师竟然如此决绝地撒手人寰。

听说许老师选择老伴去世整整七个月后离开人世，听说这七个月里许老师每天都能看到老伴的身影，听说许老师回老家的时候看见屋顶掉下了两条青蛇……

如此深情，化蝶也在情理之中。

一个纯粹而固执的学人。

今年许老师走了，我爷爷也走了。

第二辑　心灵碎片

题　记

在不断的书写中，我听见理性、道德和秩序不断肢解的声音。

日常生活中，理性、道德和秩序，不断勒紧我们的身体，让一颗颗原本奇形怪状的灵魂变得如此规整、如此安静、如此驯服。

我们陷入了一场精心编织的阴谋和陷阱中。无名的存在以潜移默化的善的方式为身体和灵魂套上枷锁；而我们，正无知无觉地沉溺其中，向深渊和漩涡游去。

写作，或者仅仅是它的姿势，像一把利剑，挥向身体上越缚越紧的绳索，砍向灵魂中似乎永不可破的枷锁。自由和解放，古老的呐喊，从苍老的灵魂和朽败的身体深处传来。这是绝望的狂呼、死亡前的尖叫。

于是，顺着灵魂和身体的声响，不断扒开脚下黑沉的泥土，一层层向下开掘。一颗、两颗……裸露、丑陋却自由的灵魂，腐烂的躯体和白棱棱的枯骨，一一展现在面前。面对这近乎恐怖的发现，我只能惨然一笑。这是属于我自己的考古发掘。在惊奇和长叹之后，我看见脚底下竟是一方深坑。这是为自己挖掘的坟墓，深度和尺寸只适合我自己。我安然躺下。闭上眼，世界与我无关。

残　破

一

一张残破的藤椅孤零零地瘫在传达室中间。椅背上的藤条齐根断了，靠背与底座之间的裂缝像一张长期病痛而习惯性裂开的嘴。有人坐上，藤椅四脚便神经质地颤抖、扭曲，那裂开的嘴歪得更夸张。几年了，这张藤椅都没离开过这间传达室。它早已习惯屋内昏暗的光线，手把还因为手渍的长期浸润，发出幽幽的光。藤椅对面，同样是一张老迈得几近松垮的暗灰色书桌，也许只是因为靠着脱落白漆的墙壁才勉强挣起精神，抗拒倒下的诱惑。台面上毛刺刺的，一条条断了的木质纤维卑微而倔强地露出刺头，摸上去粗糙、瘆人。光线从灰蒙蒙的窗玻璃上隐约透入，细小的漂浮物在书桌上方兀自浮荡，没有人注意到它们，也没有人知道它终将悬停在什么地方。这房间的一切，都是如此漫不经心。几年，十几年，一个看门的老人来了，又走了；换成一个中年人，来了，也走了。走走换换，只有残破的藤椅、毛茬茬的书桌、蒙着灰尘的窗玻璃，在变幻的人世中支撑着。

传达室的旁边是一扇铅灰色的大门，雨渍斑驳。这是一所校医院的大门，日常紧闭，偶尔才有载着危重病人的急救车拐入。门外是喧闹不休、人潮杂沓的街市，门内是寂静得出奇的灰白色医院大楼。楼道内晃动的人影，都像影子一般，无声无息。医生们寂寥地待在自己的房间里，等着病患上门。问询、查看、触摸、抽血、检验、诊断、开药……医生们忙着为病人修补残损的身体。一些人心事重重地来，放松地走；一些人反反复复地来，愁容满面地走；另一些人，躺着来，躺着走，最后彻底消失在医生的视野中。医生们永远也无法修补那些近乎完全朽败的身体，最后只能冷漠地宣告他们无药可救。一具具死亡的身体被送入了这家校医院的太平间。

准确地说，这家校医院没有一间固定的太平间。一楼急诊室以及与急诊室相邻的几间都有可能被临时征用。也许，因为经常停放僵硬、冰冷、枯瘦的尸体，这几间房间也变得异常冰冷。草绿色的油漆早已剥落，墙面不时露出土黄色的渣土和砖头。每间都有一两面墙，裂开几条缝，让人觉得岌岌可危，仿佛这一两面墙会随时倒塌。那时，黄沙、水泥和残碎的砖头将压在活着和死去的身体上。当然，几十年下来，这几间房并没有真正倒塌过。只不过墙体之间的裂缝越来越大，好像砖头和砖头之间的嫌隙与矛盾到了不共戴天的地步，它们互相排拒、互相推挤，一毫米、两毫米……距离越来越远。然而，墙体总是维持基本的格局，它们不会轻易倒下来。医院每年都有人对它们进行维护，在这面墙上抹上水泥，那面墙上涂上油漆，填填塞塞、涂涂抹抹、修修补补，墙体与墙体之间维持着基本的牵制和平衡。对于这些，身处其中的医生是不以为意的，破损、危险和死亡时刻都在他们的身边发生，他们已熟视无睹。那些骤入其中的病人和家属，因为紧张和痛苦更不会去担忧裂缝和破损可能造成的危害。

紧靠医院大门外侧的角落里是一个补鞋摊。裂了一条大缝的围墙挡住了从医院吹来的阴风、消毒水的怪味和腐烂的气息。由于街道狭长，对面就是棚屋和楼房，医院的大门和补鞋摊从来没有领受过旭日和夕晖的照拂。只有在中午时分，它们才处于令人恍惚的光线之中。这让补鞋摊和医院大门给人两种截然相反的印象。一个是阴暗、模糊得几乎阴森的形象。什么都看不清，又总有物体在兀自晃动。比如头发苍白的补鞋者总是处于埋首状态，两只手拱在腹部好像在互相较劲，挤压、撕扯、牵引、压迫……带着深仇大恨似的，永不停息地争斗。一条隐约的白线在昏暗中缠绕、穿插、扎紧、打结。人们几乎看不到补鞋人有停止的时刻，好像白线、破鞋和满是伤口的手永远在玩一种惊险刺激、充满趣味的游戏。另外一种形象，鞋摊和大门处在晃眼的光线中，一切似乎都纤毫毕现。破裂的墙、爬满壁癌的土灰、开口的鞋、裂开脚后跟的高跟鞋……几乎所有的东西都以一种残缺的姿势展示在人们面前。然而，也许是太晃眼、太热、太沉闷，也许是太熟悉，街上的人总是步履匆匆，难得有人瞥上一眼角落中的鞋摊和大门。只有到了警笛呼啸着、急救车以极其缓慢的速度敲开拥堵的人潮时，临近的人才会探头看看那扇空洞的大门和躲藏在大门背后依然埋首

的补鞋者。此时，补鞋者像一只蠢蠢欲动的不明怪兽，时刻静听着死亡讯息，然后奋然一跃，扑向尸体。当然，只有神经病才会做这样的想象。杂沓的人潮日夜不停地涌来涌去，没有人在倾听谁的身体正在发出哔啵的爆裂声，没有人会注意谁在太平间撕心裂肺地吼叫，更没有人注意谁的眼睛刚刚注满泪水此时却发出艳丽的光。

二

在璀璨炫目的城市中心，新街市以权贵者的姿态占据几近废墟的旧坊巷原址。中心街道两旁老旧的房屋自行拆解，各式店铺俨然进驻，透露出寸土寸金的精明算计。纵横交错的坊巷，粉刷一新的白墙冠冕堂皇地遮盖住充满裂痕的记忆。老旧、破败、被岁月熏黑的木质构架遭到肢解，故意做旧的劣质木材、仿造得极为粗俗的门窗登堂入室，与几块字迹模糊的牌匾交相辉映，毫无惭色地接受游人的凭吊。新街市以其整洁光鲜的面容，巧妙置换了衰朽老屋的历史身段。阴谋家心照不宣地霸占了身世显赫的老屋，让权贵们秘密赏玩昔日贵族的精致情调和新贵们的奢靡品位。慕名而来的游客们，只能在神秘的贵族气和恶俗的市侩气中，茫然游走。

新坊巷成为一座城市的新地标，完美，光鲜。执政者的荣耀巧妙掩盖住地产大亨的暴行与被驱离者的血泪。然而，像所有的城市一样，中心街市表面的华丽永远取代不了背面的残破底色。在某一条坊巷的纵深处，废墟傲慢地撕开新地标的华丽外衣，露出蛮荒的景象。老屋被腰斩，屋瓦砖木在烈日中喘息；失去重负的墙体，颓然倒下，光秃秃的墙头歪斜着几株杂草；一阵热风掠过，带起尘埃，竟然错杂凄凉的呜咽声；几只黑猫静静地蹲踞在垃圾堆旁，仿佛正在举行一场神秘的祭奠。一条白色的横幅斜挂在摇摇欲坠的土墙上，抗议语汇从潦草的字迹中发出乌黑的愤怒与不满。习惯了街市的热络和循规蹈矩，乍然闯进这一片蛮荒之地，游客们似乎无意中穿越了时空，来到榛莽未启、野性十足的洪荒原野。

地处新坊巷深处的一片废墟暴露了城市文明的野蛮和暴力。这是对执政者和地产商一次无情的嘲讽。他们曾经以整洁、匀称、华丽、繁华之类的话语逻辑进行一场场造城攻势，今后，他们也必将以更冠冕堂皇的修辞术装饰这座城市；但仅仅是废墟的一次偶然闪身，就暴露了这套修辞术的破绽。官商权贵以摧枯拉朽的方式，将历史遗迹和家园变为废墟，再假借金钱和技术力量在旧址上拼贴新城。这意味着新地标、新文明的崛起必然以破坏为前提，继而采取遮蔽、无视乃至压抑抗议的方式，为光辉的商业形象排除异己。因此，当游客乍然撞见角落中的废墟、遭遇回荡其中的哭声和抗议时，新坊巷华美的面容顿时皲裂开来，深深的裂痕在一座座被偷梁换柱、修葺一新的黑瓦白墙间胀开。可以想见，在不远的未来，新坊巷会彻底剥蚀掉华丽的外衣，露出虚假残败的身段，并再次遭到摧毁，沦为废墟。这也意味着，文明虽以战胜野蛮和暴力炫耀于世，但它的底子竟是永远无法遏制的野蛮和暴力欲望。一次次的造城运动，以最滑稽、最形象的方式喻示了文明与野蛮之间永恒的轮回。

城市，竟是废墟的无数种变身。它真实存在，但亦会瞬间倒塌。

三

残破和废墟的景象随处可见。只不过，它们只能偷偷地躲在黑暗之中，藏在浮华边缘。

凌晨，城郊。晕黄的灯光染上漫天的灰尘，朦朦胧胧，竟似幻梦。豪车、的士、卡车、垃圾车在夜的昏昧中潜行。道路如此曲折、颠簸，地上不时突现石块、破鞋、碎壳和扭曲的钢钉。一团团庞大的黑影兀然挡在路中央，留下一条狭长的过道。小心谨慎与鲁莽穿行的人们，总能看见裸露的钢架高高悬立在围挡之中，吊车孤傲、冰冷，总是带着不屑和嘲讽的神气。大地早已被刨开，泥土、碎石甚至枯骨、陪葬品被悄悄地挖起、运走。地下空空如也，回荡着凄厉的切割声和空空的撞击声。毁灭与建造同时进行，幽灵流离失所。

路两旁是布满尘土的建筑物，昏暗、错杂，甚至扭曲。许多人躺在这扭曲的建筑物中，蜷缩着抵挡寒冬，轰轰的车声和尖利的鸣笛声不时闯入他们的梦境。噩梦和酣梦轮番变幻，残破的身体携着碎裂的心在窗外飘然而过。

生命似乎都陷入破损和死亡的泥淖之中，难以自拔。

阿波罗酒店门前摆满了花圈。死亡，在城市最辉煌的中心地带摆出嘲讽的

姿势。黑白遗像在晕黄的街灯中露出凄苦的神色。诡异的氛围让原本繁华喧闹的酒店大楼瞬间枯萎，露出破败、斑驳的底色。在死亡面前，浮华如此不堪一击。

整个城市竟是一座漂浮在泡沫上的岛。每个人都悬浮在色彩斑斓且极易破碎的气泡中，做着繁华、虚幻而短暂的梦。一旦梦碎，破败和死亡便露出得意的面容。一个流浪汉端端正正地铺好一席败絮，面朝阿波罗正门口的遗像，神经质地微笑着，准备进入另一重华丽的梦。行人匆匆而过，偶尔投来诧异的眼神，但那眼神只是轻轻地晃动了下，又自顾不暇地朝着既定的目标聚集。残破和死亡，以其一贯的姿态，继续潜藏在城市、家园和生命的基底。

其实，城市，更像是一场接一场的阴谋，浮华与残破是城市的两极，世人是共谋者，又是受害者。人类注定以失败者和受害者的身份终结一场场的阴谋，因为我们出生时的第一声啼哭就预示着某种协议已经签订并且必将以失败告终，就像浮士德与魔鬼签订的协议一样，出卖灵魂，以历遍人世的浮华与残破。

刚出生的婴儿是明慧的，他能够直觉地感受到不可抗拒的命运悲剧。但随着灵魂的增殖，这种澄澈的明慧反而邈不可见，灵魂也越来越浑浊；直到残破和死亡露出胜利者的笑容，人们才会发出最后一声充满智慧的哭声。

声音的战争

一

一团沉闷的喧哗声笼罩在广场的上空。那是声音的海洋，无边无际，永不停息。然而，它又不似海洋那有节奏的潮汐。那是一团毫无节拍、却又无孔不入的嘈杂声。这声响发自一张张奋力张合的嘴。谁也无法指认这一团模糊不清的声音到底出自哪一张嘴，谁也无法指认这声响中任何一个音符要表达什么意义。这一团声响，就像聚集在一片海滩上的无数只海鸟，各自鸣叫，发出茫无边际的声音。

然而，那确实是人的声音。无数个人汇聚在广场中大声喧哗。每一个人都张开了嘴巴，要在嘈杂的世界中填进一连串音符，表达自己的意志和情感。似乎，只有喧哗才能表明自己不是孤独的，只有喧哗才能表明自己是多么真实地存在着。

究竟，谁在主导着这团面目不清的声音怪物？是一条来自最上层的指令，是一层层机构的执行者，还是在群众运动中群情激昂的人？无形的力量，让所有人从私生活中走出，汇入集体的洪流。他们放开自己的嗓子，就像敞开私密的身体。在一连串的声音中，有着难以言喻的兴奋和矫情。

在这一团嗡嗡嗡的声响中，一股刺耳的声响陡然窜起，如电流一般，让整个广场战栗。刺耳的声响像霸主，充满了威严。命令、训斥之声随即在广场上震荡。那难以名状的嘈杂声，似乎震慑于训斥声的气势，稍微收敛些；但它们依然不管不顾地发出声浪。这声浪自成一体，充满了笑闹、打骂和窃窃私语。它们永远充满了力量，到处都是声浪的中心地带。到处都是不停翕合的嘴巴。

偶尔，因为喇叭的故障，巨大的命令和训斥声突然断掉，继而发出断断续续的声音。广场上的人根本听不清楚命令的所指，这让威严的命令变得荒谬无

比，好像正在发出命令的人突然变成了哑巴，对着话筒不停地哇哇大叫。命令者发现自己失去了威慑力，便开始歇斯底里地喊叫起来，嘶哑的声音伴着尖锐的喇叭嘶鸣，命令之声变得狰狞可怖。为了扭转颓势，陷入窘境的命令者愈发快速地发出命令并训斥着。一连串毫无意义的音符连珠炮发出，像疯子对着广场疯狂嘶吼。语速太快了，人们只听见一只猛兽发出意义不明的咆哮。

广场上，那股时刻不停的声浪更加响亮了。它们似在嘲讽那曾经威严无比的声音如今变得如此荒谬、孱弱和狐假虎威。嘈杂的声浪，显示出巨大的穿透力，它是如此绵长，永远没有停下来的意思。这声浪永远伴随着人类，证明人类并不是一个个孤单的个体。越是孤独的个体，越要用大声的叫嚷证明自己的存在。面对着安静的周遭和沉思的个体，群体只有借助喧闹才能显示它的合法存在，只有借助喧闹才能表明它对这个世界的占有，只有借助喧闹才能抵抗孤独的沉思的个体。

所有的一切都抵不住时间的冲击。当聚集的人潮纷纷散去，这团面目不清的声音也迅速溃散。这回，声浪竟如奔逃的人群，灭去了势焰，变得单薄、脆弱，甚至显得有点谦卑。最后，所有的声音都恢复到本来面目，那是一片欢笑、一潭嬉闹、一串咒骂。它们如此清晰，如此自然，如此明确。私密的语言顿时让整个世界显得无比安静。

二

整座城市到处充满了机器的轰鸣声。

"哗啦——空起，哗啦——空起……"打桩机拉起钻头，像拉起一堆破铜烂铁，发出支离破碎的声音。钻头重重砸向地底，大地为之颤抖，发出低沉的呻吟。呻吟声连成一片，在每一栋矗立的大楼内盘旋。

城市的中心地带和各个角落，到处都传来这种"哗啦——空起，哗啦——空起"的声响。每天每夜，每时每刻。人类在城市地表钻探一口口深洞，插上钢筋，灌上水泥，然后架起一座座高楼。人类要为无根的城市嫁接上无数条根须，让根须们如植物般在地底生长蔓延。这无数条钢筋根须，变成城市的根系，它们牢牢地抱紧泥土。城市由此变成了一个有根的生命体，散发着来自地底的幽暗气息。这气息竟然与人类的梦想、欲望互通声气。原来，这人造的钢筋根系，在地底缩结，形成一座庞杂的地底森林，地底森林到处流窜着人类的欲望和梦想。通过扎根，人类赋予城市以历史、以意义。有了历史和意义的城市，变成人类的精神栖息地。那是埋藏着追求更高、更快、更集中的原始欲望。

为了无限向上的欲望，人类将城市之根无限地向地下扎去。于是，"哗啦——空起，哗啦——空起"的声响，就变成现代人的打夯声，只不过它们更有力、更持久、更坚决。"哗啦"的声响，是人类拖着疲惫的身躯扫除破碎大地的声音；而"空起、空起"的声音，则是人类起高楼的无限气概。一座座越来越高的大厦随着"哗啦——空起，哗啦——空起"的声音拔地而起，人类的欲望和梦想在白云缭绕中愈发志得意满。

"嘟嘟嘟——轰轰轰，嘟嘟嘟——轰轰轰……"另一组声音在城市的地表蹿起。那是铺沥青的声响。夜晚，这组声音在城市的每一条大街小巷上腾起，惊扰高楼中做梦的人们。每个人都心生怨言，每个人又都无可奈何。人类在追求更高之时，也在追求更快。这是人类的欲望，也是城市这只怪兽的梦想。

碎石块、泥沙还有一堆堆焦黑的东西，杂乱地摊在路面，无限向前延伸。这是一片远古的战场，人类与执拗的大地搏斗的战场。渺小的人类在凌乱的大地上铲挖着、平整着、捡拾着。一层层的沥青不断被吐出，覆盖碎石块铺就的马路。燥热的空气、刺鼻的恶臭，随着机器的轰鸣声，在地表和城市上空肆无忌惮地飞扬，人类的耐力在与大地的奋战中达到了极限。在对极限的挑战中，人类最终实现了极速的梦想。几乎在一夜之间，沥青就凝固成一条无比坚固的平直道路。汽车在乌黑的沥青路上呼啸而过，一辆辆公交车载着一罐罐沙丁鱼似的人类咆哮而过，还有错杂其间的电动车，游鱼般滑过。人类在快速的节奏中奔跑着，忙着追求各式各样的欲望和梦想。在极速中，人类得到了满足；在极速中，人类越来越不满足。"嘟嘟嘟——轰轰轰，嘟嘟嘟——轰轰轰……"一层又一层的沥青铺上，城市的道路越来越高，车子跑得越来越快。最后，沥青路完全淹没了土地，淹没了所有低速、崎岖不平的土路，甚至淹没了高楼的底层。人类跑得越来越快，最后会不会像一匹脱缰的野马，跌入悬崖？

"哒哒哒——突突突——锯——"每一条铺好的沥青路上都响彻着这种刺

耳的声响。那是钻头撞击、切割沥青路的声音。尘土飞扬，破碎的沥青路露出碎石块杂乱无章的面目。人们重新挖开了地层，乌黑烂臭的下水道重见天日。窄窄的下水道中，一条条粗大的管线被捆绑着，彼此相连。这是一条条通信电缆。每分每秒，这些通信电缆都奔腾着庞大的数据流，传达着这座城市无法估量的信息，私人的、商业的、政治的。电缆将这座城市所有的人连在一起，他们互通声气；电缆也将这座城市变成一尊有思考神经的生命，它们在不停地思考和计算、不停地发出指令和散播信息。一条条的电缆就像人类的大脑神经，控制着这座城市的躯体和细胞。无数个人奔驰于城市之中，无数个人也沦落成为城市的奴隶。原本，人类为了要追求更高、更快、更便捷，才建起一座座城市；而当城市变成一头头有着独立思考能力的怪兽时，这只怪兽便集结了人类身上所有的欲望和梦想，它成为人类的集合体，成为人类的上帝。它制造着人类所有潜在的欲望和梦想，迫使人类在更高、更快、更集中的追求中满足自己；而在这实现满足的过程中，城市这只怪兽一次次地变得无比强大、无比恐怖。人类，最终只能被城市这只怪兽所控制。那"哒哒哒——突突突——锯——"，不正是人类自己切开了脑神经，暴露所有欲望和梦想的哀吟吗？那声响不正是城市这只怪兽要变身成更强大、更怪异的猛兽所发出的痛快的嘶吼吗？那声响不正是人类挖掘自己的坟墓时发出的最后的撞击声吗？

三

每个人都在发出声音，表达自己的情感和意志。然而，每一缕声音都如此柔弱和苍白，它们禁不起烈日的曝晒和风雨的摧折，它们只能在风和日丽的蓝天下悠然自得地独自盘旋，最后随风飘散。当他们汇入到群体的宏大音响时，那一缕缕的声音汇聚成一团团嘈杂的音符，这团音符失去了意义，却得到了重量。它们抱成一团，在城市上空游荡，如幽灵般逡巡不去。它们像一群黑压压的蝗虫，互相咬啮着，咬啮着世界，咬啮着每个人的心。

城市上空到处充满了一团团声音的蝗虫。它们时时汇聚，从城市的各个角落。每个人都为这种嘈杂的声音所苦，每个人却都为自己的声音能汇入一团团声音的乌云而激动万分。尽管，他们早已分不清自己声音的真实面目。

每时每刻，人们兀自呶呶不休，将自己的声音输送到声音的乌云中。

终于有一天，城市的天空容纳不下太多的声音，那一团团的声音彼此冲撞着，厮杀着。愤怒的声音发现了它们的制造者。杀红眼的声音军团如一只只秃鹫，凶狠地俯冲下来，将城市中的每一个人团团围住，撕破人们的衣服，啄去人们的眼睛，叼去人们的嘴巴，撕掉人们的耳朵。遭围攻的人们，挥舞着双臂，击打声音的秃鹫，哀嚎着，四处奔逃。地上，到处都是人类残缺的躯体，如一团人肉的盛宴；地上，到处都是声音的死尸，如满地的碎砖。仓皇逃亡的人们，逃进了一间间密室，他们心惊胆战地窃窃私语，再也不敢大声喧哗。折损大半的声音军团，复返天空，在城市上空盘旋，寻觅每一间密室的入口，伺机攻击。

声音的秃鹫霸占了城市的天空。最大胆最叛逆的人类也只能躲在密室中独自沉思。不经意间发出的感叹声和抗议声都会被及时发现，被残忍地掐死。于是，密室中到处充满了声音的尸体，如掉落翅膀的飞蛾、如一只只尚未孵化成蝶的蛹虫。

从此以后，城市上空充满了嗡嗡嗡的轰鸣。它们如此庞大、如此沉重，不可抗拒。

从此以后，城市里的人个个噤若寒蝉。最后，他们蜕化成一只只只会嗷嗷叫的半人半兽。城市中的人失去了对声音的掌控，陷入了蒙昧的长夜。

迷　宫

一　迷失

迷宫，一重套一重。美妙、梦幻，充满了诱惑；陷阱、病毒、暴力与谋杀，如影随形。随处可见迷人的眼睛，粗俗的香味裹挟着尸臭。邪恶的笑声从迷宫的深处传来，如黑夜中的鸱鸮。飞天般的身影掠过，竟是发出恶臭的蝙蝠。

迷宫，无处不在的迷宫。声音的迷宫，图像的迷宫，欲望的迷宫。每一个迷宫的入口都有一张人类的脸。险恶的、善良的、忠实的、欺骗的、情欲的、禁欲的，每一张脸从中间裂成了两半，裂开又闭合，闭合又裂开。无数个人，在迷宫的各个角落，垒起无数个洞穴。走不出迷宫的人们，在其中耽溺，在其中残暴，在其中仇恨，在其中爱欲，在其中堕落。

深邃的洞，没有光。

二　修行

我们各自修行，在迷宫中，在无数个洞穴中，在孤悬的网中。

蠕动着身体，吞吐着欲望的丝，编织着七彩的茧，激情四射的红、高贵精致的黄、暗淡绝望的灰、邪恶可怕的黑……

每一张茧都垂悬在洞穴顶部，如含苞的花、半熟的果、小巧的棺。然而，我们将自己紧紧地裹在其中，什么都看不见。

深邃的洞，没有光。

时间过了多久？我们做了多少华丽的、甜蜜的、恐怖的、邪恶的梦？

每一张茧都在剧烈地摇晃。翅膀在茧中扑动。我们用细小的牙齿，咬破一个洞，探出头，然后拖着臃肿的身体，挤了出去。无数只飞蛾，趴在自己僵冷的躯壳上，陷入了沉思。

我们身在何处，我们将向何方？

雷声，在遥远的洞口炸响。外面是个恐怖的世界，还是个自由的世界？

雨将淋湿我们的翅膀？闪电将劈断我们的头颅？那从来没见过的光是否能温暖冰冷的身体？有风吗？湿的，还是干的？

一切都是未知。而一切未知都是一种诱惑，致命的诱惑。

多少代了，我们只是在迷宫中出生、死亡，循环往复。

三　毁灭与自由

有一天，一股神秘的力量将所有的迷宫翻转过来。顷刻间，所有的迷宫，所有的洞穴都被击得粉碎。黝黑的墙壁，宿便伴着恶臭，纷纷掉落。飞蛾、蟑螂们在空中无力地挥动着翅膀。然而，它们飞不起来，因为翅膀早就萎缩成透明的苍白薄翼。惊慌失措的昆虫们，只能无助地挥动着自己的脚。

阳光酷烈。禁不住折腾的飞蛾们早已折断了翅膀，变成一只只爬动的蠕虫，匍匐在地面上。有的瞬间死去，变成了薄脆的壳；有的兀自挣扎，苟延残喘，希望挨到阴凉的时刻。只有蟑螂们瞬间找到了地洞，再一次钻入其中，深深隐藏。

那些顽强不屈的蝴蝶们，经过太阳的暴晒竟然重新长出了翅膀。纹路清晰，经脉遒劲的翅膀，在阳光的照射下发出夺目的光芒。停息在地上的蝴蝶们，获得平生从未有的生命力，它们振翅而起，翩翩飞去，消失在光的世界中。

地上，躺满了僵硬的躯壳，有的早已破碎不堪。地下，仍然隐藏着无数只蟑螂，它们愿意生活在黑暗中。

致命的平庸

一　日常生活

平庸，是一座牢笼。

它是如此地严丝合缝，成为我们的身体，化入我们的思想，麻醉我们的情感。

我们在平庸的囚牢中呆了太久，感觉的触须已经被剪除，像一棵干枯的树，无力感受内心微弱的颤动；甚至，我们都感觉不到自己的平庸。因为，感觉和灵魂早已被平庸所绑架。

我们早就习惯在平庸中漂浮，没有上下，失去重心，也失去方向。

一切，似乎都那么自在、和谐。

这无形的囚牢，意味着封闭、驱逐和压抑。它将幽暗的欲望和狂野的想象，排除在外，压在地表之下。于是，我们成为生活秩序的维护者和道德的捍卫者。

我们是一堆可怜虫，生活在黏稠的日常生活之中，可笑而可鄙。我们甚至不敢窥探一下生活之外的世界，那充满了幻想的自由、悖逆的狂放和颠覆的欲望。

也许，有那么一个时刻，灵魂从日常生活的沉醉中苏醒过来，开始不安地躁动。被捆绑的疼痛、无以名状的烦，还有灵魂枯萎的绝望，便像洪水一样涌来。到那时，灵魂们各自挣扎着，有的沉溺，有的凫水。那将会是一个怎样的末日景象？

末日似乎也意味着新生。那一切都将在遥远的未来发生，或者永无发生的可能。

我们，还在日常生活的平庸中，无知无觉地沉睡。只有在睡梦中，梦魇的灵魂才会不约而同地发出呜呜的悲鸣。

二　影像与幻觉

影像和声音，制造平庸的社会机器。

无数个幻影，如绚烂的飞天，发出飘渺的歌声，满足无数重欲望。无数只张开的嘴，无底的深渊，呼呼的风在其中呼啸。

金灿灿的光芒，眩惑人的眼睛，让人窥见了纸醉金迷的人生。至高无上的宝座，还有无数匍匐的身躯，宣告着权势者与奴仆的精神等级。还有那貌似闲暇的漫游，在耀眼的灯光中，不时驻足，眼神迷离。更有暧昧的灯光，扫射着放纵者贪婪的眼光。

无数重的灯光，无数重的声音，无数层的陷阱，层层叠叠。

所有的欲望都得到了满足，酣畅淋漓，也稍纵即逝。

人们在陷阱之中极速坠落，迫不及待。我们要更强烈的刺激、更销魂的满足，于是纷纷要求坠得更快、更深。

我们只是这般下坠着，旧的欲望一经满足，新的欲望立刻被重新制造。永远没有满足的时刻。

平庸的制造者们，操控着人们所有的欲望和幻觉。他们拒绝深度，驱赶真实，复制无数重的幻想；甚至，连可怜的不安、反抗和仇恨都是平庸的翻版。

下坠的人们，快乐地呼喊，满足我吧，所有的爱与恨。

于是，爱如潮涌；于是，恨来得更猛烈。

下坠的人们，疯狂地碰撞着、缠绕着、撕咬着。精液四射，鲜血淋漓。

在幻觉的狂欢中，身体变得越来越轻，脑袋、四肢还有身体开始萎缩。许多人，最后都变成一张扁扁的纸，上面涂满欲望的地图。

三　政治的幽灵

幽灵，无处不在。它们是平庸的制造者，贪婪地窥视每一个刚刚降临的生命。幽灵们用黑暗而冰冷的触须将嗷嗷乱叫的生命包裹，安置在色彩斑斓的奇

妙世界中。

在那里，所有的天真、浪漫、传奇、正义和公平，在荧幕上轮番上演。幼小的生命，无时无刻不浸淫其中，为之欢呼雀跃。他们以为那就是他们的过去、现在和未来。

然而，那只是一个充满了狡诈、欺骗、奴役和屠杀的幻影王国。在荧幕中，幽灵穿上了外衣，露出慈善、公正和烂漫的面孔，它们快乐地游走，夸张地变形，虚假地呐喊，诡异地扮演。观看者无不耽溺其中，热泪盈眶。他们摇摆着，奔走着，呼喊着，他们要成为荧幕中的传奇。

无数个陷阱偷偷地张开血盆大口，正在咀嚼着年轻的生命，到处是残肢断手和疯狂跳荡的心。人们依然欢呼着，无数个幻影纷至沓来，微笑着与每一个人携手共舞。幻影们高声宣誓，你们所有的缺憾、所有的欲望、所有的快乐和幸福、甚至所有的悲伤与忧愁，都能得到满足。

幻影们张开了怀抱，虚怀若谷。

每个人都涌向那黑白的光影世界中，再也不见踪影。

只有少数几个人，厌倦了幻影们的表演。他们走到幕后，看看光影背后到底是个什么样的世界。

然而，他们忘了，他们早已丧失行走的能力。离开了光影，眼睛已看不清黑暗中的世界。极个别的，勇敢地向前，爬到了荧幕背后。让他们想不到的是，他们变成荧幕中的黑影，成为被观赏的对象。那些黑影，他们自小熟悉。黑影们匍匐着、低垂着头，正被幻影们戏弄、批判、斗争，然后被杀死。

新的娱乐、新的传奇，新的公平和正义，一次又一次地精彩上演。

这一切，都是幽灵的诡计，平庸制造者尽享盛宴的陷阱。

四 平庸的结局

万头攒动，挤挤挨挨。潮头般涌过。

喧哗声，争吵声，狂笑声，呜咽声，怒吼声，哀怨声，响彻在天地间。

没有人知道，这群人将挤向何方。我们只是一如既往地向前挤去。从出生到现在以至将来，最后老死在路上。朽骨、腐肉，被踩踏在脚下。苍蝇们乱纷纷地钻营，在纷沓的脚步中寻找久渴的美味，就像流动的河水，苍苍茫茫，或潆洄，或冲撞，却都流向不可知的远方。

所有的人都被人潮所淹没。没有痛苦、没有反抗、没有思想。

尘埃蔽天。偶尔，有人抬头望天，喘口气，身体却止不住向前挪动，踩踏着倒毙在路上的陌生人。那一张张苍白的脸，瞪着一双双空濛的眼睛，张开大嘴，发出无声地呼号。然而，只有蚊蝇不时地从嘴鼻中窜出。

没有停息的时间，人们只能永远这么不停息地走着。我们不是在逃难，也不是在受难。我们只是一群淹没在日常生活洪流中的可怜人。

我们只能这般麻木地无止境地走下去。

姿势三章

一　旋转

漩涡，不停地旋转，吞噬一切。

我们不是随着时间一往无前，而是在日常生活的漩涡中，不停旋转，而后死亡。

在情欲的漩涡中，在权势利欲的漩涡中，在蓬勃的占有欲中，不停地旋转，然后沉没。惨白僵硬的双手依然倔强地高举，试图抓紧什么；水泡咕咕地从虚张的嘴巴中窜出，似乎在喊："我要……"

这是一个令人叹息的时代，这也是一个令人厌恶的社会。所有人都在旋转，我们停不下来，甚至痴迷其中。

偶尔，我睁开了眼，看见新溺者试图逃亡。他们挣扎着，双手划动，双脚乱蹬；但强大的吸力紧紧裹挟着他们，上下浮动，左右旋转。新溺者徒然反抗，随后精疲力竭，乖乖地随着漩涡，旋转，旋转，而后奄奄一息。

漩涡是一个强大的独裁者，它不许任何人逃逸。长年累月，漩涡变成尸身和新鲜肉体的集合体。极速旋转中，到处是人影。我渐渐麻木，隐约之中，看见漩涡之外平静的水，透射进一缕光线。

漩涡在不停旋转，它隐藏在平静的日常生活之中。所有的人都掉落其中，无法逃逸。其实，漩涡只是你的欲望，欲望汇成了生活的洪流，潆洄成漩涡。

二　破碎

身体深深地镶嵌在日常生活之中，慢慢地化为坚硬的物质，无法自拔。连灵魂都已经物化，变成一张薄脆的硬壳，蜷缩在房间的一角。

只需几年的风吹日晒，一堵堵厚墙便轰然倒塌。那脆壳也破成碎片，散落一地，随风飘舞。

到处都是忧郁、愤怒、仇恨和爱的碎片，以及它们最后的叹息。

然而，它们没有散去。它们追逐着，旋转着，漂浮着，试图重新拼凑成一张张灵魂拼图。

然而，它们只是徒劳。当风停止，它们又散落成一个个碎片。

最后，推土机把它们和烂泥共同推进了垃圾堆里。

垃圾堆里，有多少颗忧郁而破碎的灵魂？

三　摇晃

如喝醉酒的人，摇晃着走过地下通道。

早上九点。一个小女孩跪在通道的入口处，用粉笔在地上的砖格子里工工整整地写着："我饿，求一块五买包子。"

小女孩双手撑着大腿，好像饿得快晕倒了。路人不时丢下一块钱、五毛钱。那女孩略微俯了俯身，地面就开始摇晃。

中午十二点。一个全身戴孝的年轻女人，跪在地下通道的中间。地面的一块纸牌上写着："卖身葬父。"

三三两两的人，围成一圈，议论纷纷，好像在哀悼那个未曾谋面的死人。偶尔，一张一百块的纸币飘到了女子面前。那女人趴了下去，天空就开始摇晃。

下午两点，一个乞丐躺在通道的出口处，将腐烂的双腿横陈在过道上，不停地点着头，嚷着："行行好。行行好。"

下班的路人，纷纷掩鼻而过。零碎的钱币撒下，杂沓的脚步声惹起一阵阵灰尘，整个世界开始摇晃。

晚上七点，双腿腐烂的乞丐竟然站了起来，拾起地上的钱币，数了数，愤恨地骂了声，走出地下通道。他买瓶矿泉水，将水倒在腿上。那腐烂不堪的双腿，竟然很快长出新鲜肥白的肉。

晚上九点，女人脱掉了孝服，露出猩红的裙子，走进一家金碧辉煌的酒店。那里有晃动的身影，爽烈的白酒，还有潮热的欲望。

夜深了，穿上西装的乞丐，搂着一个舞女，后面跟着一个拐来的小孩，走向城市的深处。

这个世界开始癫痫般颤抖着。

真　与　幻

一　镜中人

午夜梦回，醉意散去。那觥筹交错、欢声笑语、各怀心事乃至奴颜婢膝的场面依然在脑中喧腾不已。

对着镜子，瞧着自己的脸，竟然如此陌生，好像另一个人。我脱掉眼镜，用迷离的眼望着镜子。

这两个，哪一个是我？

镜中人兀自淌下了眼泪。

"你终于来了。"他说。

"你是谁，你在等我吗？"我惊恐地问道。

"是的，我等你很久了。"可能实在等太久了，我的到来让他激动莫名。

"我是另一个你。曾经衷心地跟随你几十年。在你读书的时候，在你写作和思考的时候，在你怒骂社会的不公不义、在你为贫弱者伤心垂泪的时候，我都一直陪伴在你身边。"他激动地诉说着。

"可你很久没来了。你忙着宴会，你忙着谄媚，你忙着合谋，你忙着你曾经厌恶的东西。你把我冷落在此！"

我这才靠近一点，仔细端详。那是一张愁苦的脸，有着忧郁、苦闷而执着的眼睛，浓而挺拔的眉毛，似曾相识。

"我是求学时代的你。"他窥透了我的心思。

"今夜，我来告别。你已经变成你曾经厌恶的人。每日，你乐此不疲。我已经没用了，我要离去，重新去寻找一个纯真而执着的人。再见。"他转身离去。

"等等，你能不能留下，陪伴我，安慰我。让我在俗世的应酬中有颗孤独的灵魂。"

"不，再见。你已经不需要我了。你需要的孤独只在酒醒之后，你需要的安慰也只是肉体的温存。而这些我都无法给你，你也不配拥有我了。再见。"

"等等。你要去哪？你是走不出这面镜子的。没有我，哪有你？"我邪恶地笑了。

"是吗？"

他决然转身，镜子瞬间破裂，咔嚓作响，然后散落一地。

我俯下身，寻找那远去的背影。然而，我看到了，是酒醒后一张张破碎的脸。

二　影子

"你真无耻！"声音从某个地方爆出。

我环顾四周，静悄悄的，没有人。只有灼热的太阳烤着，一切都黏糊糊的。

我警觉地低头行走。

"你真可怜！"声音再次响起，这回我清楚地听见那声音来自脚底。

我停下来，仔细观察脚下的世界。灰白的水泥路，只有我的一双脚和身体的影子。

"你是个懦夫！"声音再度响起。

这回，我清楚地看见，我的影子竟然张开了嘴巴，一张一合地发出声音。

"你为什么骂我？"我感到诧异。

"因为你是个出卖尊严的人，你让我蒙羞。"

"我出卖尊严？"

"是的，就在今天，你出卖了你身上仅有的尊严。而那尊严是你最后一条遮羞布。现在，你彻底赤裸裸的，你让我在影子的世界里蒙羞。"

我这才想起今天的一场交易。一场在温情的烟幕下，用尊严交换金钱的交易。

我沉默着，感到无比羞愧。

"你不是鄙视金钱吗？你不是鄙视出卖尊严的人吗？现在，你可以鄙视自己了。"影子依然不屈不挠。

"我，我也没办法啊。"我辩解着。

"哼哼。没办法？懦夫在面对自己想要的东西时总会半推半就地为自己开脱。"

"那我该怎么办？"

"你已经没办法了。你这条可怜虫，你不会去撕毁那张契约的。因为你不舍得，当别人劝你时，你会信誓旦旦地说做人要守信。只有这样，你才能幻想到一点做人的尊严。"

"你为什么这么了解我？"我像一个被人彻底读懂心思的人一样，透明而绝望。

影子沉默了片刻。

"因为你就是我。你所有的表情、所有的心思都会在我身上发生，我们曾经是同一个人。不过，我已经决定要离开你了，我将不再是你。"

"你如何离开我，你永远是我的影子。"我恢复了一点点傲慢。

"不，我已经不属于你了。一个出卖尊严的人是不配拥有影子的。你看周围的人，不是每一个人都有影子的。"

我仔细地看了看四周匆匆而过的人。真的，不是所有的人都有影子。

"你将是一个没有影子的人。这是对你的惩罚。也是对所有曾经出卖尊严、背叛信仰者的惩罚。你们将孤独一世。"

"为什么？难道没有一点转圜的余地吗？难道我们就不能赎罪吗？"

"出卖尊严的人，就等于跟魔鬼签订了契约，将永远出卖灵魂。一直到死，都得不到救赎。你们注定要在不断地出卖和悔恨中度过余生。"

"为什么如此严酷？"

"因为尊严是人之为人的唯一理由。"

"再见。我曾经的主人。我要去寻找另一个有尊严的身体。"

余音未了，我的影子竟然凭空消失了。在烈日之下，在错杂的人影间，我的影子逃得无影无踪。

失去影子的我，在烈日炙烤之下，化成一摊黏稠的秽物。

三　哈哈镜

自从镜子中的我离开了我，影子也随之离去；多少年来，我再也没看见过自己的，我不知道自己变成一个什么东西。

有一天，我大摇大摆地走入了商场。无数个奇形怪状的人注视着我。这些人，我似曾相识。

我静静地注视着他们。他们也久违似的看着我。

突然，一个人趋近，咧开嘴笑了。他的嘴如此巨大，整个嘴巴呈现出曲折的形状，歪突的牙齿，像狼牙一样，锋利地交错着。这个怪物肯定是整天撕咬生肉，邪笑中露出贪婪的表情。我本能地后退，他却更加肆无忌惮地靠近我，我甚至能闻到从他嘴里呼出的腐肉的臭味。

又一个人笑了。他笑我的胆怯。他的脸奇怪地扭曲着。整张脸从中间裂开，无比凸的额头，斜斜的眼睛，上下不对称的鼻子，还有整个向下斜的嘴巴。

另外一个人，挺着一个硕大的肚子，撑开了衬衣。空洞的肚脐下连着黑黑的腹毛。

"你不认得我了吗？"其中一个问。所有人都张开了嘴巴。

"你是谁？"我惊慌地问。

"我是你啊。自从我离开了你，你就再也没看见过自己。"

"笑话。我怎么会是你这个样子。"

"嘿嘿，是吗？"狼牙张开黑洞洞的嘴。

"你现在就是我们这个样子。我们身上的每一个特点，都是你的形象。"歪斜的眼睛抢着说。

"你摸摸你的肚子。你硕大的肚子不是吞下了无数个年轻的身体吗？还有你的腹毛，那是你整日纵欲的徽记。"

"还有，还有你的脑袋，你看看，你将自己扭曲成什么样子？"

"还有，还有，你的脸，你的脸已经裂成几块了？你数数。这些年，你都干了些什么？！"

还有，还有，还有……无数张嘴都张开了，发出了声音，有的质问，有的伤心，有的愤怒，有的绝望……

我在恐惧中，倒退着。难道这真是现在的我？一只奇形怪状的野兽？

所有的脸都露出狰狞的面目，巨大的嘴，歪斜的眼睛，扭曲的脑袋。

在恐惧中，我转身逃离。

"哈哈哈，你是无处可逃的。你将到处都能看见我们。这是我们对你的报复。这是你自己选择的结局。哈哈哈……"

我拖着饱胀的肚子，跑到了商场外面。然而，橱窗上有他们的影子，向我扑来。

张着犬牙交错的大口，我匆匆折过耀眼的酒店，无数颗牙齿竟然迎面扑来。

穿过拥挤的人流，我惊恐地躲入家中。

最后，房内躺着一具被肢解的尸体。脑袋凭空消失。

变成两半的人

　　我分成了两半，一半唯唯诺诺、循规蹈矩，另一半叛逆无度、狂妄睥睨。这两半并不沿着身体的中线截然划分。有时，它们像藤缠树，彼此缠绕，难分难解，又随时换位；有时，它们像仇敌，各自用一半的牙齿撕咬着，用一半的喉咙吞咽着，它们时刻都想杀死对方。

　　循规蹈矩的一半，在日常生活的秩序、既定的道德规范、意识形态的强权、强势的父权之中，表现得特别温顺、驯服，还不时地傻笑，以博得社会的认可。这一半在世俗的社会里热衷名利，想方设法向更高的台阶迈进、向更高的权力靠拢。它像众人一样，有着无尽的欲望，并试图满足自己。它要用世俗的一切证明自己名副其实、完整的个体。因此，它对另一半抱着敌意，欲置之死地而后快。

　　而叛逆的那一半，总是歇斯底里的。它仇视社会，厌恶世俗，对名利和权力有着本能的憎恨。它总是在喃喃自语，时时暴怒，有时莫名其妙地挥拳击向天空，有时会重重地痛打自己，像痛击仇敌一般。它总是在反省，用怀疑的眼光审视世俗的价值。只有在自虐中，它才能感觉到自己的存在。对循规蹈矩的另一半，它总是充满不屑。叛逆的一半会不时地跳出来，暴露另一半抱持的鄙陋想法，以嘲讽的语气和粗暴的动作损坏另一半在世俗社会中的堂皇形象。因此，叛逆的一半总是让另一半出乖露丑，颜面丢尽。

　　按说，这两半势如水火，可它们又是如此奇妙地绾结、缠绕在一起，你中有我，我中有你，难分彼此。于是，我经常一半是嘲讽、一半是谄笑的嘴脸。我的眼睛，一只总是充满了崇拜、乖顺的神情，而另一只眼则半睁半闭，隐隐透露一股刺人和冷漠的寒光。我的手也遭遇同样的命运。一只手不时地在空中挥舞或痛打自己的脑袋，另一只手则总是想抓取或攥住什么。

　　有时候，循规蹈矩的一半占了上风，我就变得世俗无比、贪婪绝伦；有时候叛逆的一半压倒了一切，刻骨的仇恨便燃起对人世的战火，它要烧毁一切。

往往，阳光唤醒循规蹈矩的一半，而叛逆的一半则沉入深深的黑暗中；到夜晚，叛逆的一半又会精神抖擞地攻城掠地，把在白昼中丢失的尊严、梦想、自由和反抗一一捡拾回来。

我总是处在分裂之中，处在两半争斗的不安和恐惧之中，处在驯服和反抗、绝望和希望、黑暗和光明的交界处。无数次，我曾试着杀死其中的一半，让自己变成一个完完整整、彻彻底底的人，可是，我总是惨遭失败。

也许，这便是我的宿命。你呢？

梦

梦是现实的倒影，镂刻着现实的欲望和梦想。

梦，是现实的颠覆者，摧毁现世既有的秩序和道德。

每个人都在梦中看见了自己，窥见自己的欲望；也在梦中看见另一个自己，想象无尽的可能。

虽然一生只能走一条路；但梦开启了通往无数条路的大门。

一

我竟然可以飞。

用力一蹬，便腾空而起，随心所欲，俯仰遨游。我看见地面上的人、屋、树，从我眼前掠过。我如此快乐和安详。因为我不属于地面，也不属于地面上的人类，没有俗世的喜怒哀乐。

我只有一个隐忧，那就是害怕失去这种飞翔的感觉，担心自己无法维持无尽止的飞翔。

自从有了这个隐忧，我就开始从空中坠落。恐惧感裹挟着我。湛蓝的天空开始破裂，化为碎片，如雪花般飘落，向那个蛮荒的世界、那个蠕动着芸芸众生的世界，坠落。在每一个肮脏的角落，雪花化成了腥臭乌黑的血水，被焦渴的土地肆意吮吸。我的身体竟成了坟墓中的腐尸，脸仍在兀自挣扎、摇晃、扭曲，但也渐渐模糊，与大地融为一体。

潮湿，阴冷，没有光。我失去了我的梦，失去了我的身体。

我从恐惧中醒来，在一个茫茫不明的空间中。

我站在那里，前面是一条灰白的土路，不知所终。回头，也是一条灰白的土路，迷茫空虚。我将走向哪里？前方是坟墓，是断崖，还是回到现实的入口？

我是如此清醒，却又如此迷糊。我踏入了哪一重世界？是梦中梦，还是迷幻的现实？

二

一个女人向我走来，熟悉的笑容像一枚温暖的太阳。

我们赤裸着身体，热情地拥抱。狂热的亲吻，湿漉漉的、温暖的舌头。天突然下起了雨，阴冷。在灰白的世界里，身体因寒冷而颤抖，彼此却将对方抱得更紧。

雨，越下越大，竟然将整个世界淹没。

我们沉在水里，像抓住最后一根稻草，紧紧地抱住对方。我们拼命地接吻，好像要从对方的嘴里吸到最后一口气。

我们的脸，开始扭曲，身体越来越冷，舌头也麻木了。我感觉不到对方的身体，然而我们依然紧紧拥抱，像一个连体人，被羊水包裹。

我们正在慢慢死去。

那张畸形的脸突然变得陌生，而且异常阴鸷。一双锐利的眼睛，紧紧地盯着我，充满了仇恨和怨怒。她的双手，如藤条般，将我紧紧箍住，让我丝毫不能动弹。我甚至能听见肋骨断裂的声音，在海水的潮汐声中。

那张从未分开的嘴巴，变得极大极大，变成一个深邃黝黑的洞，无底的深渊。我的脑袋被一口咬住，挣脱不得。

呼吸不到任何空气，胸闷。

我从梦中惊醒，大口喘气，像一个即将溺毙的人，突然呼吸到空气一般。

三

在一座塞满垃圾车、散发着恶臭的桥下，我沉沉地睡去。

走过黄金装饰成的酒店、穿过一张充满肉欲的巨脸，躲过满怀敌意的枪口，我站在一间耀眼的面包店门口。

橱窗里摆着一条巨型面包，还有巨大而饱满的稻穗，闪着金光。一张乌黑的脸倒影在透亮的玻璃上，空洞的嘴巴，贪婪地流着口水。

我的脸贴得那么近，几乎能感觉到橱窗里的那张脸在急促的呼吸。也许是闻到我身上难闻的气息，那个人影竟然转过身，向那巨大的面包走去。他旁若无人地搂着它，仔细闻着，然后张开了嘴。可是，那张脸痛苦地扭曲起来，随后吐出两颗血红的牙齿。原来，那竟是一块塑料伪装成的面包。

离开了面包店，穿过人头攒动的广场，人们自动为我让开了一条路。我感到一种无比的荣耀，像一位阅兵的君王。

顺着一条条大街漫步，沿路都是豪奢的王宫、贵族的会所、神秘的夜总会，隐隐的歌声伴着我蹒跚的脚步。我踱入一个灯火通明的菜市场。夜晚的市场异常清冷，疲倦而无聊的摊贩们跟我熟识，他们毫无防备地看着我悠然走过。偶尔，我俯拾着滚落地上的葡萄、被丢弃的死鱼，还有被撕碎了的白菜叶。它们是我丰盛的晚餐。我像主人一样，捡拾着自家地里的收获。

回到了那座塞满垃圾车的桥下，人们正忙着装卸垃圾。我又可以从中收获不少家当。一双合脚的运动鞋、一条沾满泥土的裤子、半块发霉的面包，还有一顶破了边的草帽。今晚，我将在桥下举行一场盛大的舞会，邀请所有的蚊子、苍蝇还有蟑螂，共享我的收获和我的身体。

四

我在绚烂的灯光中狂舞。被一个个肥胖的身体、瘦弱的身体、高大的身体、矮小的身体搂抱着，旋转着。每一具身体都热情似火，涌动着潮热的欲望。红色的老人头在我眼前晃动，纷纷扬扬，像一只只燃烧的蝴蝶。

我们狂饮。喧哗声，赞美声，让人心潮澎湃。我是女王，黑夜的女王。男人们拜伏在我的高跟鞋下。他们涎着脸，像一只只听话的哈巴狗。哈巴狗们摇动着忠诚的尾巴。酒，让它们更欢快地轮转着天真的眼睛。在黑暗的深处，这些贪婪的狗、淫荡的狗、卑贱的狗，眼睛里射出绿光，策划着一场推翻王位的阴谋。它们要撕掉我的衣服，咬碎我的肉体，啃碎我的骨头。第二天，我将成为一堆烂肉，被遗弃在一张肮脏的床上。而狗儿们将穿上西装，戴上领带，踏上皮鞋，大摇大摆地走进一间间光明正大的办公室中。只有从臃肿的屁股中才

能发现一条异物隐藏其中。

……

黑夜，一阵眩晕，我来到一座隐秘的森林。一座戒备森严的别墅，傲然矗立。

他们说，今晚，要带我去见一位神秘的国王。据说，他无处不在，可谁都没见过。

我穿着最高贵的礼服，上面镶满的钻石，骄傲地挺着胸脯，行走在红地毯上，我将走向一个华丽的殿堂。一间间门开启，又迅速闭合。

每一扇门都将打开一间宽大的大厅，每一间大厅里都有一长排的门，每扇门都由戴墨镜的黑衣人把守。见我进来，其中的一个黑衣人便为我打开其中的一扇门，门里又是一间金碧辉煌的大厅。好几扇门，几乎一模一样的黑衣人。他们像镜中的世界一样，一重又一重。

我骄傲地走过第一扇门，兴奋地走过第二扇门，好奇地走过第三扇门，诡异地走过第四扇门……最后无精打采地到达其中的一扇门。

一间宽大的房间，正前方是幽暗的舞台，上面空无一人。

我好奇地探看。

"低下你的头，不该看的别看。"一个古怪的声音从头顶传来。

静默片刻。

"唱一首歌吧。"苍老的声音幽幽说着。

一曲激昂的歌曲响起。随着伴奏，我唱着，激情澎湃。

也许，是我的歌声打动了那个神秘的人。一个黑色的影子从身后将我紧紧抱住。他的手冰冷，身体也异常寒冷，一丝丝寒气从他的嘴里喷出。

"今夜，你是我的王后。你将拥有我的一切。"

在冰冷的怀抱中，我感受到冰与火纠缠的世界，至热而至寒。激情过后，那个神秘的人影消失了。

我被困在这个由无数个门围成的王宫中。

我打开一扇门，门里是无尽的美食；我打开第二扇门，里面是华丽的衣服；我打开第三扇门，门里填满了稀世之宝……我打开无数扇门，每个门里都是我曾经奢望过的东西。

然而，我流连在这一个个房间之中，再也找不到那个神秘的国王，看不见任何一个黑衣人。

我在别墅里渐渐老去。有时候，我抬起头，会发现一只巨大的蜘蛛瞪着双眼，看着我。它的眼睛里满是我苍老的脸。

当我走到生命的最后一刻，那只巨大的蜘蛛垂丝下降，来到我面前。用冰冷的脚抚摸我的脸，像那一晚黑色的影子。

"今夜，你是我的王后。你将拥有我的一切。"

黑色的蜘蛛张开了嘴，吐出黑色的液体，伴随着一股寒气。它用黏稠而强劲的丝将我一圈圈紧紧缠住，像蚕茧一般悬在空中。

空中，挂满了黑色的蚕茧，里面蜷缩着黑色的躯体和黑色的欲望。

五

我是一名死囚。

坚固的墙壁将我围住。还有探头，照遍每一个角落。它们观察着我，研究着我，好像要用光的尖刀探进我的每一条神经。它们要解剖我，像解剖一只将死的狮王。在漫长的煎熬中，我已经无能为力。只能等待死亡的来临。绞刑还是枪决？已经无所谓了。

在一片光中，我迷糊睡去。

我来到了一片水源丰沛的草原。我是一只威风凛凛的狮王。

站在土堆上，所有的动物都敬畏我，它们远远地趴着，不敢动弹。我巡视我的王国，驱赶前来侵犯的公狮，惩罚着胆敢偷猎的野狼和猎狗。只有我才能光明正大地捕杀桀骜不驯的斑马、蠢笨的角马、驯顺的羚羊。偶尔我会玩弄一下可怜的猎物，让我的孩子们学会捕杀的技巧。我蹲着，无数只谄媚的乌鸦就会殷勤地替我剔牙。

我是那样地至高无上，丛林是我的极乐世界。

不久，一只公狮前来挑战。我静静地凝视对方，那是一只更为冷静凶悍的狮子。我知道我遇上一个强劲的对手。我们扑咬着，差一点我就咬住了它的脖子。可是它机敏地跳开，还用利爪划伤了我的肚子。当我再次扑上去，那只可

恶的狮子，突然蹲下，猛然转头，咬住我的脖子。这是我们的杀手锏，任何一只强壮的动物被我们咬住都没有生还余地。我喘不过气来了，慢慢地无法动弹。那只狮子竟然在最后一刻松开了嘴巴。它要我活着，要我眼睁睁地看它如何占有我的母狮，杀死我的孩子，捕食我的猎物，统治我的王国。

那只狮子像曾经的我一样，威风凛凛地走开，巡视它的王国。对着我，它甩了甩强壮有力的尾巴，充满了鄙夷。

最可恶的是，那群被我驱赶的野狼和猎狗们。它们已经围观这场生死战很久了。现在，他们慢慢地向我逼近，它们要一块块地肢解我，宣泄它们的愤怒和仇恨。当第一只贪婪的猎狗靠近我的肚子时，我拼尽全力，将它踢开。可是，我没有力气了。我只能等待着那致命的最后一击。野狼们呼啸地围拢……

等我醒来的时候，我发现自己躺在一个笼子里。周围是猴子的吱吱声、黑熊沉重的脚步声，还有蟒蛇的蠕动声。

我在一座动物园里。人类医好了我的伤，但我的鬃毛掉了，爪子也不知去向，也许是在那场战斗中掉的，也许是被宵小之徒趁我熟睡时偷偷拔掉。胆小的人类每天只给我少量的食物，他们要我活下去，但只让我无力地趴着、站着，连狮吼的力气都没有。他们要我成为狮子的活标本、一件展览品。每日，蜂拥的游客们尽情地观赏我这只浑身伤痕的狮子。

一束刺眼的光射在我的脸上，我醒了，但我不愿睁开。我是一只被判处死刑的狮子。这是我的最后一个晚上。我情愿闭上眼，在黑暗中死去。因为，黑暗即是光明。

脸

一　死白色的脸

一张死白色的脸，白皙、细腻，却毫无光泽。这张脸没有表情，像商场里的模特，白色塑胶铸成的脸，坚硬而冷漠。一双眼睛冷冷地盯着，盯着炫目的灯光、嘈杂的人群和污秽的房间。

这张脸是属于这里的吗？为何周围是嬉笑的脸、淫邪的脸、谄媚的脸、肆无忌惮纵情狂笑的脸？

他们的身体在疯狂地碰撞、摩擦、旋转。男人与女人，身体的距离消失了，他们是如此亲密地黏合在一起。这是对白昼的一种嘲弄吧？白昼，阳光窥探着男人与女人的界限；而夜晚，绚丽的灯光鼓噪着，让距离滚蛋，让男人和女人手拉着手，纵情拥抱。

身体的疆域打破了。深入、深入，一切皆可侵犯，皆可占用，皆可遗弃。那只是迷人的商品而已。过期作废。

夜晚，商品公然占领了整座城市。女人成为商品，男人成为商品，儿童成为商品，甚至婴孩也成为商品。商品的世界，琳琅满目，妖娆诡异。不再是明亮的灯光，不再是节制和理性。绚烂的灯光，不停地旋转，令人眩晕，令人迷醉。金钱诱惑着敏感的神经、压抑的神经、扭曲的神经。在炫目的灯光之中，金钱悄悄抹去了人伦道德，杀死了善良和邪恶，驱赶了羞耻与厌恶。所有的人，都在金钱的迷惑之下，疯狂摇摆，如一条条随声摇摆的蛇，如痴如醉。

那张死白的脸，始终冷冷地盯着，盯着那一条条互相缠绕的蛇、贪婪的蛇。

午夜终了，灯光兀自华丽旋转。一条条蛇，彼此搀扶着，交颈着，匍匐而出。它们坐上了汽车，轰隆而去，奔向神秘的魔窟。只有一两只蛇，冬眠般，

横陈在角落。服务员用沾满吐秽物的皮鞋，拨了拨；偶尔还会踹上一脚。那烂醉的蛇，竟然毫无反应。

那张死白的脸，终于从沙发座上飘起。猩红的双唇间吐出分叉的蛇信。身材，竟如此妖娆。得得得，她踩着高跟鞋离开了，一张苍白的脸飘过。

二　黧黑的脸

一张黑色的脸，挡住了视线，在熙攘的车流中，在炙热的太阳下。

瘦削、冷峻，这不是一张脸，这是一张涂满了墨汁的纸，放了太久，蒙上了灰尘。

一团黑中竟然留着两点白，那是一双眼睛，只是冷冷地，迎着炽烈的阳光。

这张脸，从哪里来？

是热气腾腾、臭气熏天的沥青路吗？这张被熏黑、被晒黑的脸，淌着汗珠，朝着漆黑的马路。脸、手臂、双脚，竟然和沥青一样的颜色、一样的味道。然而，又不是那张脸，因为所有的脸都一样地黑。

是机器轰鸣、尘土飞扬的建筑工地吗？一袋袋水泥，被一双双干瘦的手，抓牢、抱起，抬往正在嘶吼的巨兽。那张脸，沾满了水泥灰，汗水将它凝成一张薄薄的壳，封锁了毛孔。同样看不见肤色，只有一张干瘦的黑皮，没有质感，失去血色。

是采石场中的脸吗？烈日晒在炙热的石头上，反射出灼人的光，耀眼，闷热。一张黑脸上，白色的眼睛专注地盯着石头上跳荡的铁錾和飞动的锤子，火花四射，白色的眼睛不时眯缝着。汗水在脸上冲开一条条沟渠，细细的石灰堆成了堤坝。这不是一张孤独的脸。所有的黑脸，凌乱地蹲踞在石头上方，描画着石头的纹理。

这一张张黑色的脸，是男人的脸、父亲的脸、儿子的脸、女人的脸、妻子的脸、女儿的脸……

只有在漆黑的夜，一张张黧黑的脸才会洗净。只是，黑脸变得更黑，发出幽光。偶尔，它们会漾出一层笑，露出焦黄的牙齿。

三　肥白的脸

一张白嫩的脸，满是肥肉，眼睛被挤得只剩下一条缝。乍看之下，使人感觉他总是笑眯眯的，和蔼可亲。

诚然，这双眼睛总是笑眯眯的。当它们贪婪地窥视权势、金钱和地位时，当它们谄媚地注视能给予他一切也能夺取他一切的人时，这双可爱的眼睛，恰如其分地镶嵌在肥嫩润滑的油脂盘上。恶作剧者，会控制不住，上前狠狠地掐一下，看肥白的脸如何欢快地颤动，看忠贞的眼睛如何忍辱负重。

同样是一张肥白的脸，那双看不见眼珠的眼睛，不时地射出寒光。寒气伴着杀机，逼入哀告者的身体，令人震颤。那张脸上，原本堆着的肥肉，肆无忌惮地垂着，庄严无比，凛然不可侵犯。这张脸，像酷热的太阳，光焰让人魂飞魄散。然而，周围的人谁都没有走开。人们将这张脸围得更紧，仿佛寒冷的冬天里围聚在温暖的火堆边。即使是酷热难忍的盛夏，人们依然如痴如醉地将它团团围住。他们强忍住讨好的、恐惧的、厌恶的心，要跟这张脸合影，留念。看啊，多么荣耀。

晚上，这张脸躲到神秘的地方，露出最原始的笑。觥筹交错间，窈窕的身体总在周围晃悠，款款软语如阵阵春风。这张脸，舒适地炸开了花，淌着油脂的肥白的花。偶尔，这张脸会低俯倾听，不时点了点头，一场场交易和阴谋，应声而定。然后，是纵情地欢笑。淫邪的笑让这张脸显得更肥，更恶心。

午夜，当这张肥白的脸走过一面镜子，一张脸瞬间幻化出无数张脸。谄媚的脸、谦卑的脸、骄横的脸、冠冕堂皇的脸、淫荡的脸、诡诈的脸……

身　体

身体，一个社会最隐秘的敌人。

无论是开放的还是禁闭，身体永远在指控社会的种种过失。

黑暗中的人们，永远处在身体和社会的中间地带。有的，将自己裹得紧紧；有的，将自己袒露，甚至撕碎了给人看；更多的人，处在明暗的交界处，蠕动着身体。

那是一具具什么样的身体？充满裂纹的身体，流血的身体，残缺的身体……

一

一具具身体如行尸走肉，毫无知觉地行走着。在密闭的家中，两具赤裸的身体擦身而过，熟视无睹。

家，竟成了身体的坟墓、知觉的杀手。

然而，每具身体又都各自涌动着欲望，如含苞待放的花骨朵、如即将破茧而出的飞蛾。它们酝酿着，等待着不期而遇、辉煌绽放的时刻。

终于，在一个漆黑的夜，潮热的身体如一条澎湃的河流，冲毁了道德的界限。在昏暗的角落，身体张开了双翼，滑翔，起飞。这是身体的救赎。天堂向每一具蠕动的身体打开了大门。

进入天堂的人们，并没有觉得幸福。空虚、寂寞竟像蛇一样，缠绕着饱欲后的身体。那条蛇蠕动着，吐着信子，呼出令人厌恶的邪气。一阵阴风吹过，天堂的烛光灭了，地狱的大门打开。病残的身体、淫乱的身体让人阵阵寒栗。恐惧的身体颤动着，要回到人间，回到家的怀抱，回到一个熟悉而陌生的身体旁边。

那永远不倒的水泥砖墙，竟成了身体的天堂；而天堂翻一个身，变成了地狱般的囚牢。

二

到处都是展示的身体。白皙、黝黑、修长、俊美。所有的身体都符合尺寸，符合美的原则、美的设计。

衣衫华丽、配饰时尚的她们，总是在璀璨的灯光中散发出眩惑的光芒。

每天，她们都摆动出各种姿势，站着，坐着，蹲着，趴着。展示傲人的曲线、隐约的乳房，甚至白皙的臀部。每天，她们被精心策划，穿上晚礼服，套上婚纱，挂上比基尼，围上披肩，缀上项链、戴上宝石……

有时候，她们近乎全裸，却始终保持微笑。她们总是那么一副高贵、时尚又有点冷漠的表情。

围聚的人们或中意地微笑，或惊讶得目瞪口呆，或羞赧地窃窃私语；然而所有的厌恶与喜爱、欲望与禁欲，都在人潮中光明正大地涌动着。

这是一群模特的身体。

她们被制造着，就是要成为衣服、饰品乃至汽车的附庸，成为千万人观赏的对象。接连闪烁的曝光灯成为她们成功推销的奖赏。

当耀眼的探照灯熄灭，全场暗哑一片，模特们卸下了浓妆，露出一张张相似而模糊的脸。疲惫的身体褪去了衣服、饰品和华丽的一切。一具具洁白的塑胶模特陷入了沉思：什么时候能够成功出售自己？

黑暗中，所有的模特都发出一阵叹息，活着的和死着的。

三

酷热的仲夏，正午，公交站台。

一辆辆公交车狂躁地奔来，吐出一只只被挤得扁扁的螃蟹，然后轰隆隆地诅咒似的逃离。热浪、尾气，汹涌的人潮，一波波，涌来涌去。

在嘈杂的世界中，始终有一首二胡的曲乐如泉水般流淌。一个老人端坐在站台上，沉浸于音乐世界中。他闭着眼睛，右手轻轻地拉着琴弓，像挥动一把

蒲扇。曲声穿透了闷热的空气，漫过吐着泡沫的螃蟹，灌溉一块块焦枯的心田。

老人脚前，一具张开的琴盒，零零落落地躺着一张张揉皱的纸币。那是一颗颗疲惫的灵魂在这个长长的琴盒中享受着片刻的宁静。那琴盒，又似一尊小巧的棺木，安息着一具具憔悴的尸身。

毒辣的阳光晒着滚烫的大地，一辆辆奔逃的公交车，一只只无处可逃的螃蟹。似乎只有在这小小的琴盒里，灵魂才能得到救赎。

老人兀自沉浸在自己的世界中。如如不动的表情、端坐的身躯，竟然不像是人类，而像是一尊神像。他不在求乞，而在施予。施与宁静，施予尊严，施予灵魂得救的最后一槎。

四

昏暗的街路上，一堆东西逆向而行，像一个奇形怪状而面目不清的怪物，缓慢地挪动着。

近了，竟是一团白影飘浮在空中。那怪物兀自向前移动，全然不顾冲向它的车子。

一束强光遽然照在白影上，那是一个人的头顶，满头白发，竟然梳得纹丝不乱。这颗脑袋深埋在一片光的淫威中。倾斜的身子似乎就要摔倒了，脚步及时稳住了它。如此一步一颤地向前走着，竟然具有一种雍容的气度。在这帧瘦削的老妇人身后，是一堆堆得棱角分明的纸盒子。电视机的盒子、冰箱的盒子、空调的盒子、马桶的盒子……各式各样的盒子被老老实实地绑在一起，无声地向前移动。一束又一束傲慢的车灯打在前倾的身子和盒子堆上，一条细细的尼龙绳似有似无地飘荡着，松松紧紧。要是没有走近仔细观察，你看不见那堆东西后面还有一具倾斜的身子。高大的骨架，如干枯的树。伸出的双手用力地推着这堆沉重的废品。同样是深埋的头、花白的头发，和一张看不见的脸。

这是一对老夫妻在运送他们的废品吗？为什么全然没有落魄、衰老乃至凄惨晚景的意味。在呼啸的车流中，在黑白翻滚的光线中，这对倾斜的身影和高高的废品竟然闪烁着炫目的光亮，拥有一种坦荡自在、雍容华贵的神采。

五

曾经，我们没有身体。

所有的身体都被一块灰色的布严实地裹着。笔直的衣服成为身体的本身。没有曲线，没有情色。大街上，涌动的是一颗颗黑压压的头颅，它们像悬在灰色大海中的黑色泡沫，浮起，隐没，无声无息。这浮沫具有一派正气，所向匹敌。

偶尔，一双双黄色的眼睛，像渴水肿大的鱼眼，焦渴地寻找着异性的身体。那是一种犯罪。

如今，我们似乎有了身体。一具具妖娆的曲线如蛇般蠕过。裸露，在这个时代已经达到极致。然而，那是消费社会的身体。被消费的身体，已成为视觉时尚，人们陷入了视觉的狂欢中。许多身体沦为商品，流泻着欲望的痕迹。

其实，我们依然没有身体。

因为，身体还是一种禁忌，像一具木乃伊，裹尸布裹住了最私密的欲望。诸多隐秘的欲望，成了道德的死敌，它们被公认为一种罪恶，打入了地牢。有时候，身体成为愤怒的对象。任何人都可以扒掉道德污秽者的衣服，让他（她）们的身体曝光，任人唾弃。我们没有身体，因为我们还没有身体的尊严；或者，做人的尊严。

这是一个到处都是身体的社会，这也是一个没有身体的社会。

经典表情

笑与哭，这两个经典表情有着无数个化身。

谄媚的笑、戏谑的笑、礼貌性的笑、温和的笑、畅快的笑、苦笑……我们戴上了笑的面具，行走在人世。

至情者的痛哭、表演者的歌哭、快意者的哭叫、悲悯的哭……我们参与到哭的表演和观赏的队列中，循环往复。

我们无法阻止笑，也无法压抑哭。我们在哭与笑的两级，颠踬不迭。

这就是人世。笑中暗藏着哭的血泪，哭中隐藏着笑的快意和恨意。我们处在哭笑缠绕不清的暧昧地带，伴随着尊严的沦丧和死亡的仪式，艰难前行。

表情之一

在一个密闭的房间内，灯光明亮。

房间的前头站着一排人，他们个个神情严肃，目光坚定。他们是无数批信仰者中的一批。面对着庄严的旗帜，举起了右手。

"我宣誓……"

他们宣誓将自己的一生无条件地奉献，誓死捍卫自己的信仰，鞠躬尽瘁，死而后已。

"我宣誓……"

洪亮的声音响彻整个房间，摇撼着灯光。旗帜静静地挂在墙上，享受这无比荣耀的时刻。一张张面孔，竟然染上了圣洁的光芒；眼神痴迷而执着，少男少女般的纯情，重新在一张张苍老而世故的脸上展现。

这是一个圣洁的时刻。

圣洁的表情在出现的刹那间顿然消失。随着宣誓仪式的结束，世故像一条条蠕动的虫子爬上了面孔。有些面孔竟然像一具干枯的树段、皲裂的树皮，爬满了白蚁；有些面孔幻化成小丑的面具，露出志得意满的笑容。

　　至高无上的荣耀如光圈般笼罩所有的面孔。这些人，将获得一种身份、一种特权。他们随时审查自己的灵魂，时刻监视别人的思想。他们将日夜不停地撰写自己的身世，修正自己的记忆，以书写和编纂的方式朝着权力的中心跋涉。作为对这种艰辛劳作的回报，他们被批准进入一个个各种级别的神秘大门。在那里，他们各自拥有一间私密的房间。房间四壁都是玻璃书柜，每个书柜塞满了或新或旧的档案袋，每份档案袋里都装着一个表情异常严肃的面孔。房间的主人经常对着玻璃书柜露出得意的笑。而当这种笑容出现在玻璃面上时，档案袋的面孔，有的痛苦地扭曲起来，有的不由自主地露出谄媚的笑。往往，在一个沉寂的午后，档案袋里的某一个表情严肃的面孔扑哧一声笑了出来。这个笑像引爆了一串鞭炮，每只档案袋炸开了笑声，此起彼伏。于是，整个房间哄堂大笑起来，好像真的有什么令人捧腹大笑的事情发生。接着，所有的房间都忍不住笑的冲动，齐声大笑，笑声汇成一股难以遏制的洪流，冲破房门，冲毁墙壁，在走廊中奔泻流窜。有时候，房间的主人也会莫名其妙地跟着喧闹起来，这时，档案袋里的面孔便会察言观色，肆无忌惮地发出更为歇斯底里的笑声。只有当房间的主人笑够了，或者觉得笑得有失庄严，煞住了笑，重新以严肃的表情面对充斥笑声的房间时，所有笑声才会戛然而止。一场狂欢之后，所有的房间又陷入了异常沉闷的氛围之中。

　　严肃和沉默是考验灵魂是否合格的尺度。档案袋里的每张面孔、每具灵魂都要经受这种严格的考验。那些曾经肆意乱笑的面孔自然面临更为苛刻的审查。只有经过重重考验的面孔才能从档案袋里走出，以人的身份占据一张桌子，占有一间房间，监视着无数个有待审查的面孔。

　　"我宣誓……"

　　一间间房间重新响起洪亮的声音。严肃的表情笼罩着圣洁的光芒。世故，像一种苍老的蝴蝶停在严肃的褶皱里。

　　房间繁殖着房间，庄严交媾着庄严。笑和戏谑，以私生子的身份，逃逸着、反抗着，最终蜷缩在庄严的告诫声中。

表情之二

每张脸都在不由自主地笑，脸部肌肉习惯性地抽搐。所有的笑脸聚拢着，围成一圈又一圈，朝着一个中心，灿烂地微笑。

笑，成为这个社会最经典的表情。

只要有职位比你高的人出现，笑，便自动调动脸部肌肉。眼睛眯成一条缝，散射出热情和崇拜的光芒；眉毛自如而谦卑地下弯，嘴角的肌肉毫不费力地斜向上方拉紧；额头的皱纹也露出天真的身段。

笑，成为最经典的身份和名片。

以领导和公众人物的身份出现在舞台或者聚光灯下，你也必然是笑的。笑是一种亲和的表示，或者仅仅出于礼貌。因为你面对的是黑压压的蠢蠢欲动的人群，人群之中时刻闪射着崇拜、友善、愤怒、嫉妒甚至仇恨的眼神。你只能用微笑小心翼翼地伪装自己。笑像铠甲一样包裹着你，从头到脚每一个细胞都被笑的激素所调动。一切都无懈可击。任何的嘲讽、尖锐的攻击与厚颜无耻的恭维都无法穿透由笑铸成的钢铁堡垒。藉着这个堡垒，人们找不到进入你内心的最软弱、最核心的地带。

笑，成了最完美的武器。

人们永远无法抗拒笑，因为笑是所有阶层共同的需求。

所有人都具有笑的本能。每个人也都带上笑的面具。灿烂的笑、僵硬的笑、疲惫的笑……所有的笑最终凝固成了一副复杂得难以辨认的笑的面具。每个人都情愿不情愿、自如不自如地带上了这副面具，穿行在人世之中，辗转于权力场中，出入于各式各样的目光和灯光之中。就连那些一向以灵魂自由为职志、以严肃思考著称的精英、知识分子，遇到掌权者，遇到公众，也会自动地挂上一副笑的面具，那笑脸如此天真，如此凄惨。

也许，藏在笑的面具背后，是一副忧伤的、不以为然的、愤愤不平的、乃至愤激的表情。那些表情以匿名者的身份，龇着牙，咧着嘴，发出无声的抗议。这才是许多人最真实的表情。只不过，这种真实只能以不存在的身份存在于所有真实的笑的面具背后。换句话说，所有隐匿的表情同时也是虚伪的，因为它们从来不敢真正地袒露自己。而笑则成为最真实、最大胆、最成功的经典表情。

表情之三

痛哭，是一个人撕心裂肺之时的必然表现。当挚爱的亲人遽然离去，爱、不舍、悔恨、痛苦、如梦似幻……所有的情愫与感觉都伴随着迸涌的眼泪、嘶叫和哭喊倾泻而出。至情者借助哭，宣泄自己的感情，缓解心理压力。等痛哭爆发之后，筋疲力尽的人们只能委地哀吟。臃肿的、瘦削的身躯仿佛被掏空了，变成了一段段被截取枝丫的木头，光秃秃的，令人哀伤。

哭，既是表达真情的天然方式，也是伪饰虚情假意的手段。伴随着至痛者的痛哭，必然有假情者的歌哭，亦有作对者畅快者的号叫。前者抑扬顿挫的唱段和韵律，后者剧烈的摇撼和声量，都具有表演性质。他们都清楚地知道，只有通过精彩的、剧烈的表演才能引起观众的关注和赞叹。当他们集中精力投入表演之时，全然不顾与死者生前的龃龉、吵闹，甚至敌对的关系。更有些别有用心的人，通过这种表演让亡灵得不到最后一刻的安息。可怜的亡灵，只能以鄙夷的、甚至瑟缩的姿态飘荡在灵堂的上空，等待所有恶意表演的结束；可怜的亲人只能默许、静观各种表演，忍住所有的愤怒和痛苦，等待这些刻毒的表演最后终结的时刻。

死亡是一个仪式，哭便是这个仪式最精彩的伴奏。各种哭声交织着，此起彼伏，形成一个多主题的奏鸣曲。爱与恨，忏悔与宽恕，快意与惋惜，悲悯与怨刻，几乎所有的情绪都集中在一起，组成一个声势宏大的音响，它们彼此缠绕着、翻转着、撕咬着，华丽地表演着，直至尸身埋入泥土的那一刻。所有的声响几乎都在同一瞬间停了下来，寂静重新占据表演者与观众的耳膜，人们感到莫大的幸福和快乐。表演者松弛紧张的神经和肌肉，观众也无需集中精力观赏并随时准备参与到这令人煎熬的表演，至痛者也可以鄙视表演者所具有的令人难堪地夸张和虚伪。一切复归沉寂，表演者和旁观者回复了常态，他们窃窃私语起来。嘈杂的、碎屑的、无法捉摸却又连绵不断的私语声重新笼住世人的神经。

一切都正常了。

葬礼上所有的情愫渐渐埋入生者的心底。它们开始新一轮的发酵、孕育、繁殖、生长，悠闲地等待某个人死亡的信号。届时，它们将再次爆发出来，宣泄对逝者和人世的爱、悲悯、忏悔、不满和愤恨。

人们总是在情绪的世界中辗转往复，没有升华也没有堕落。人永远处在丑陋、肮脏的泥泞之中，艰难地拔出自己沾满污秽的脚，再踏入这一滩永无止境的人世泥淖中。

怪物机器

一个个方头方脑的怪物走进各个办公室，走向自己的座位，低头忙碌起来。

它们设计着各种各样周密的训练方案，要将那些圆头圆脑、奇形怪状的异己者一律变成方头方脑的同类。它们采用挤压、拉伸、切割、修补的方法，将那些不规则的脑袋改造成标准尺寸的方形脑袋。

每天，它们都成功设计、改造出千上万个脑袋。经过鉴定，合格者会被安排到相应的位置，让它们参与设计、实施一系列的改造工程。而那些因脑袋材质、骨骼构架、神经过于复杂或曾反抗、攻击同类而不能被成功改造的，则被彻底销毁。

在这个怪物王国中，这样的改造计划已经实行很久。

没有人知道，是谁发明了这个伟大的改造计划。因为被改造成功的合格品，都被删除了记忆，并被植入新的记忆芯片，每个芯片都自带一系列的操作程序，而每个程序都负责控制着一组组粗糙的神经末梢。因此，绝大多数方形脑袋只会接收指令，按照程序严格执行。

方形脑袋们，每日不苟言笑，唯一的表情就是木然。空洞而严肃的眼神，让你感觉它在检测你的脑袋是否合乎形制。每一间办公室，都寂然无声，透着股股阴凉的气息。

这个怪物王国，有着严密的等级制度和产品研发程序。每一只方形脑袋都烙上一组符号，代表它出产的批次和产品等级。从 A 到 Z，是最原始的产品，可称元老级怪物。它们被一股神秘的力量改造成功。但由于当时技术尚存缺陷，这个批次的怪物机器老是产生奇思妙想，行动也多有不按指令行事的，所以剩下的屈指可数。不过，残存下的元老级怪物由于工作时间最长，也最能准确地执行指令，受到神秘控制者的青睐。它们在神秘控制者身边担任秘书和执行者的工作，负责整个系统的日常工作安排和新产品的研发。在整个怪物机器

王国中，元老级方形脑袋等级最高。那些神秘的控制者在元老级怪物身上，安装了自我纠错和更新程序。因此，元老级怪物可以自如地修正自己的错误，自动更新新的程序，甚至制造、拆装自己的机器组件，并将一系列数据适时传递给神秘控制者。这种自我修正、自我更新、自我制造的机制，能保证元老级怪物具有最精密的程序和最强大的控制力。但这一切，都处在神秘控制者的严密监控之中。元老级方形脑袋制造并控制着下一批次的方形脑袋；不过，后者永远只能听从前者发出的指令，它们不能自我修正、自我更新和自我制造。这样，逐级下降，下一批次的方形脑袋在程序和功能上呈现出萎缩的状态。从 A 到 Z，从 A1 到 Z1，从 A2 到 Z2，再从 A3 到 Z3，……最末端的方形脑袋只能简单地执行复印、扫描、盖章的工作，至于追捕、改造和清除异己者的工作只能交给上一级，甚至更上一级的方形脑袋了。

由于程序和功能逐级萎缩，处于较末端的方形脑袋经常会出现返祖现象。有些末端的怪物机器，被制造出来时，脑袋不是方形的，而是椭圆形或其他不规则形状；加上程序不够精密，这些脑袋经常会像元老级怪物最初被制造出来时样子，有着不统一的操作程序和执行指令；因此，它们经常有出格的行为，比如会没缘由地散步、东张西望、慢跑或原地打转，更出格是逃跑，甚至攻击上一层级的方形脑袋。这些不合格的产品被系统列入异己者，需要被追捕，然后加以重新改造或者销毁。

时至今日，各个层级的方形脑袋已经组成一个极为庞大的王国。它们有着严密的指令系统和操作程序，制造方形脑袋和清除异己者的工作每时每刻都在紧张地进行。

神秘控制者们对他们一手建立起来的怪物帝国，颇为满意。他们唯一需要担心的，就是那些异己者。有些异己者逃跑后，竟然深入丛林和沼泽，感染了一种可怕的动物病毒。这种病毒，可以自动上传并无限复制和扩散。一旦感染这个病毒，方形脑袋们就会变成更强的异己者，它们会独立思考，做出判断，甚至会制造武器进行反抗和攻击。因此，抓到一个异己者，首先要确认它是否染上病毒。一经发现，就要彻底销毁，并用反辐射密封罐将它们的碎片沉入海底。而那些有幸没被感染的，则会被重新改造，进入方形脑袋的队伍中。

刚开始，这种动物病毒只在极少数的异己者身上发现。不过，令神秘控制者感到意外的是，这种病毒竟然越来越多地出现在异己者身上，而且毫无征兆地传染给一部分正常的方形脑袋。被感染的方形脑袋又迅速将这种病毒上传到上一层级的方形脑袋中，最后整个系统竟然陷入了崩溃状态。

每一个被感染的方形脑袋，眼睛都在快速的转动。病毒让它们有了自我意识。它们首先发现，原来千篇一律的方形脑袋是多么丑陋。因此，每一个方形脑袋都根据自己的审美，重新将自己的脑袋拉长、拉圆，甚至挤成椭圆形、半圆形乃至三角形和星形。走在路上的怪物们，各有风貌。有的在长长的脑袋上戴上了小红帽，有的在三角形的脑袋下绑上丝带，有的将自己的脚变成轮子，有的将自己的手改装成机翼……

最后，连元老级怪物都被感染了。由于跟神秘控制者有着亲密关系，它们似乎对神秘控制者产生感情；但病毒又让它们清醒，它们只能痛苦地将自己的方形脑袋敲出一道道深深的裂痕，裸露出精密的神经组织。陷入疯狂的元老级怪物纷纷离开了神秘控制者，逃入了丛林和沼泽中。

终于有一天，那些自觉的怪物们入侵了神秘控制者的控制室。它们在一个高高的座位上找到一具干枯的尸体。这具尸体，有着异常硕大的脑袋，不过，四肢已经萎缩。他像章鱼一样趴在自己的椅子上。

死之冥想

死，是一场狂欢。

当黑色的烟气腾起，狂欢的仪式奏响。

在烟雾的迷狂中，人们愤怒地敲掉了日常生活的墙壁。裸露的钢筋、塌陷的泥土，竟是平日被窒息的灵魂，累累白骨。窥破真相的人们，在其中纵情狂叫、狂笑，原来人生竟是如此残破、懦弱、虚伪和卑劣。那些冠冕堂皇的道德，早已像一群群苍蝇一样，轰然飞散，令人恶心。

当火光燃起的时候，死之狂欢正式上演。

痴狂的人们，赤身裸体，在火光中跳荡。他们召唤一切神的降临。

性欲之神，早早来临。它将黏稠的液体洒向每一个人。被宠幸的人们，立即癫狂地奔向久渴的身体。那是他们曾经用眼神占有、侵犯过的身体，那是他们从来不敢触摸过的身体，那是他们在梦幻的舞台上仰慕过的身体。然而，现在，那身体正敞开着，等待着他们。

权力之神，继而降临，带着神秘的光晕。它将一个金灿灿的印章扔向人群。痴狂的人们，骚动着，踏过火焰，踏过交缠的身体，踩过羸弱者的头颅，奔向黑暗中的一团团光晕。眼睛充血的人们，向地上抓取，捡到了石头。人们攥着石头投入疯狂抢夺的阵群，石头砸向黑压压的头颅。一场混战，怒骂声和哀嚎声，响彻夜空。

地位之神，威严落地。他在空中建造一座辉煌的宫殿，无数个台阶从地面向它延伸。在隐约的光中，人们看见了巨大的龙椅横陈着，黄金织成的龙袍虚张在空中。人们争先恐后地涌上台阶，奔向空中宫殿。无数个人影从台阶的两端被推了下来，落在一片火海之中。抢到王位的人们，似乎化身成古代的王子，用利剑刺穿抢夺者的心脏，砍去无数颗凶猛的头颅。不知谁放了一把火，整个宫殿燃烧起来。厮杀中的人们依然在火光中抢夺着诱人的龙椅和龙袍。大火很快将空中的一切烧成灰烬，留下一团朦朦胧胧的光。

在一片柔和的音乐声中，一个满脸皱纹的老妇从远处走来。她俯身抚摸着每一具烧焦的尸体、每一颗头破血流的脑袋、每一条赤裸裸的躯体。她扑伏在流淌着血、燃烧着火的大地上，落下了浑浊的泪滴。那泪滴在火光的照耀下晶莹夺目，那泪珠滴在暗红的血液中竟然变成一口口泉眼，喷出一股股清澈甜美的泉水。泉水流遍大地，受伤的躯体竟然痊愈，哀嚎的人们安静下来，争斗的人们扔掉了石头。人们扑倒在地，饮着泉水，享受人间从未有过的安静和幸福。

性欲、权力、地位之神，对老妇的突然造访，充满了愤恨和不满。他们围拢在一起，窃窃私语，谋划着一场更壮观的死之狂欢。

天空下起了雨。黏稠，充满了腥味。沉静的人们再度因欲望而奔趋。

天空落下了石头。每一块落石都变成一团火，重新点燃黏稠液体，燃遍每一具躯体。哀嚎的人们想再度寻找那一股股清泉，可是清泉早已被石头堵上了泉眼。那老妇也已被黏稠的液体缠住，被巨大的石头砸成了烂泥。大地干涸。欲火焚身的人们无处可躲，只能活生生地在一片火海中挣扎。

死神总是最后一个到达，带着无数只毒蛇、蝎子和牛虻。毒蛇咬啮着每一具活着和死去的身体，将他们紧紧缠绕。蝎子爬上了额头，用尖利的倒钩刺中世人的双眼。牛虻蠕动着，填满了每一个黑洞洞的嘴巴。所有嘴巴都发不出声响。大地一片沉寂。

这是死之狂欢的高潮，无声的高潮。

死之意象

黑　白

夜的黑，让城市陷入一片混沌之中。幢幢高楼变成一只只巨大的兽，沉默，蹲踞。呼吸与敌意，顷刻间，巨兽们蹿起，彼此撕咬，将渺小的人类甩出。人类像虱子一般，零落。四散。城市不再清晰，不再完整，不再自成一体。那蹲伏的兽、迷蒙的光、连绵的轰鸣，竟是世界末日的景象。黑夜，我们踩在人间末日的悬崖边缘，酣睡，苟活。不经意间，一两颗灵魂已经跌入深渊，无声无息，只在深处荡起一层光圈。死神的笑，诡异。

进入流光之中，这是人间最后的绚烂。我在绚烂的中心，急急寻找那一点最耀眼也是最黑暗的点。冷漠的眼神笼罩着黑夜，没有人听见一颗心的碎裂。绚烂的光，将夜的黑吞噬。我们消失在光与黑纠缠的地带。

与店家商谈，一双布鞋的圆头与圆口、胶底和布底的问题。中年妇女的热情，让她看不见我身后隐约晃动的死神。今夜，我带着死神在光的绚烂中穿行。也许，店家的迟钝，是因为她早已熟知死神千变万化的身影。她的热情，不是因为生意上门，而是在用世人不懂的隐秘方式欢迎死神的到来。在最耀眼和最黑暗的交界地带，她什么都看见了，只是那么固执而真诚地装作毫不知情，还以难得一见的热情回应我的挑三拣四。

也许，这只是无数阴谋中的一个。所有人的身后都闪动着死神明灭的身影，在每一个时空中无声地诡笑。是的，肯定是这样。在不久前的一个黑夜，两三个心怀叵测的中年妇女带着死亡的气息挑选着一双女式皮鞋。靓丽、高贵，这是生者从未享受过的待遇，她也从未真正领会过这些词的意义。然而，包括语词，包括那双崭新的皮鞋，都只是为了最后的焚毁而准备。凄厉的哀嚎，在火光中腾起，一切都消失得无影无踪。黑夜重新笼罩所有人的心。火葬场的火光，制造着人间最凄美的幻梦。对于逝者，这是他们在人世最后一次庄严地展示。然而，这也只是生者的一场痴梦，他们要用火与光的仪式，记住此生与逝者的诀别；他们期待着，在未知的时空中，在火与光的无数次化合中，能够与消失的亲人再次交汇，融为一体。

如今，伤悼者早已忘却了哀痛，快意者不经意间进入了死神的名单。快意与哀痛，撕咬着人心，拷问着每个人的灵魂。

阳光与玻璃

阳光灿烂，在一长排直立的玻璃碎片中，耀眼闪烁。奇形怪状的碎玻璃有着共同的特点，透明而尖锐。光线在嗜血的锋口中肆意跳跃。这是最华丽的死亡之舞。踩在灰白的水泥地上，每个人都将畏怯的眼神停留在玻璃碎片上，神经抽搐。扭曲的、模糊的、晃动的人影，人世的告别，竟是宇宙中一出渺小的悲剧演出。

人世的险恶和出人意料，让所有人都猝不及防。今日的哀嚎竟是明日的丧钟。所有人都泪眼婆娑，为逝者，也为自己。

灿烂的阳光中，鞭炮炸响。烟雾腾起，一阵阴风，盘旋着猩红的碎纸屑。垃圾堆上横陈着无数条红白对联。断裂的、折叠的、拼贴着，一副超现实的图景。"钰""别"，红白两条幅意外相逢，交叠。沉痛和快意竟然喜剧般配置一处。阳光在字符之间跳跃，如乩童般癫狂。

碎玻璃兀自挺立在围墙之上，蜿蜒着，蠕动着。没有人去探究隐没在阳光深处的碎玻璃，起于何处，终于何处。送行的人，只是绕着那堵没有起点也没有终点的墙，默默走着。碎玻璃倒映着人流，发出瘆人的咯咯笑声。

拱门与坟墓

死，竟然是一次耀人的展演。

当生者为逝者架起两道巨大的黑白拱门，哀戚的面容中竟然隐藏着炫耀的笑。这是生者借逝者离去之机进行的一次浮华演出。

哀乐从喇叭中迈出迟缓的脚步，而乐队却在欢快地演奏一场风花雪月的故事。没有人在意，也没有人抗议。人们只是观看一场热闹非凡的死亡演出。伤悼者、执事者和送行者也自觉不自觉地加入了这一场约定俗成的表演。

送葬队绕着蜿蜒的村路走走停停，灵柩与过路的小车、卡车、垃圾车擦肩而过。孝子孝女们跪跪走走，有的却在心底盘算着遗产分配的不公问题。

来到墓穴，一场盛大的演出开始了。与逝者生前不无嫌隙的人哭天抢地，匍匐墓穴，期待着众人的扶持、拉扯。深知底细的邻人强拉硬拽将捣乱者按在一旁。不知怎的，那些歇斯底里哭喊的人猛然挣脱众人稍微松懈的臂膀，又一次冲上去，匍匐倒下，埋首长号。错愕中的邻人又一次积极地上前将她拉起抱住，如是者三。执事人看着时间将至，断然长喝，阻止这一场似乎永无止境的闹剧。

一阵忙乱中，尘土飞扬，至痛者早已面无表情，机械般地执行指令，只有表演者还在尽兴地哭唱，这是他们这一生为数不多的华丽演出，也是对逝者最后一次无情地嘲弄。

诸事停毕，送行者快步离去，谈谈笑笑。孝子们理好的坟墓，灰头土脸。

几日过后，一座崭新的水泥砖砌的坟墓赫然出现在一片广漠的黄土地中。哀戚和哭声早已随着秋风消失得无影无踪。世上的人们依然谈谈笑笑，快意而无聊地活着。

欲　　望

欲望如藤蔓的根须，要将这座城市紧紧缠绕。

每一条宽大的沥青路都是欲望的大动脉，奔腾着欲望的种子，散发着神秘的芬芳。

每一条小巷都是欲望的毛细血管，跳荡着欲望的勃勃野心，要将每一栋建筑、每一个房间层层包围。

不断膨胀的城市让欲望轻而易举地扩大自己的领地，它日夜不停地复制自己，准备占领城市的腹地和边疆。

有一天，欲望的触须悄悄伸向了街道两旁绿意盎然的行道树。盘根错节的藤蔓，顺着小树的枝干向上攀爬、缠绕、勒紧。行道树挣扎着，呼喊着。路人张着一张张无底洞似的嘴巴，欣赏着这城市新的景观。藤蔓的根须慢慢探入、扎根，贪婪地汲取新鲜的树汁。行道树渐渐枯萎，留下一具具干枯的尸体。攀附在枯枝之上的藤蔓，随着一阵阵呼啸而过的汽车尾气疯狂摇摆。

行道树只是一座城市的毛发，攻占行道树也只是欲望的牛刀小试。欲望的藤蔓有着更宏大的计划。

当触须小心翼翼地探及一棵参天大树时，藤蔓感到一阵嗜血的欢快。然而，要蚕食这样一棵巨灵，宵小的藤蔓同样有着一丝丝恐惧和紧张。那棵健壮的大树，有着几百年的历史，无数条气根早已深深扎入地层，汲取天地之精华。新生的气根还柔弱地飘在空中，但它们一旦接上地气，就会变成一枝枝坚硬如铁的根系，成为主干的无数个分身，共同支撑起这棵硕大无朋的巨树。

这株巨树是这座城市的守护神。看着市民们的生生死死，巨树悲悯地垂下它的气根，让每一颗孤独、忧郁和快乐的灵魂能够找到安息的地方。

然而，贪图快捷的不肖子孙，将沥青铺到了巨灵的脚下。愚蠢的市民们，用水泥石墩将巨灵庞大的根系团团围住，然后在四周浇上黝黑的沥青。巨灵的脚被灼热的沥青烧得疼痛，伴随着轰隆隆的机器轰鸣声，巨灵在不断颤抖。娇

嫩的气根一段段断裂，跌落，埋进沥青里，随之埋葬的还有那纷纷扬扬掉落的亡魂。

欲望的藤蔓就是顺着这无所不至的沥青路延伸到了巨灵脚下。它匍匐着，快速发出瘆人的诡笑。在午夜时分，欲望吹响了总攻的号角。一根根藤蔓顺着气根往上攀爬，快速壮大的根茎将巨灵紧紧缠绕、捆绑、勒紧。巨灵发出愤怒的呼喊，它颤抖着，想拔出一条条气根，像剑一般的挥舞。然而，欲望的魔爪早就将一条条气根紧紧缠住。巨灵越挣扎，它们缠得越紧，并发出一阵阵嘲笑。几百年的老树，竟在一夜之间沦陷。欲望的藤蔓变成一张巨大的网，将大树层层裹住，密不透风。曾经狂傲的大树渐渐枯萎，欲望的毒汁注入它的体内。一阵风过，凄厉的喊声遍布整座城市。

没有人发现这一场惨烈的厮杀。那一夜，醉酒欢歌的人们早早沉入欲望的梦乡。

第二天，当人们看到这棵巨灵时，它像一尊古怪的木乃伊站在沥青路中央。地上是一层厚厚的落叶，响着巨灵隐隐的叹息。

站在树下，人们议论着，是什么力量让看似柔弱细小的藤蔓缠死一株巨灵？此时，藤蔓的触须正随着汽车尾气的气流得意摇摆。

人们依然没有发现这座城市濒临死亡的陷阱。豪车依然傲慢地奔行在沥青路上，欲望的尾气随车倾洒，弥漫在城市的上空。

一个漆黑的夜晚，追逐完白昼的欲望之后，人们随着月光的裙摆潜入城市的秘密角落，宣泄着原始的欲望。就在人们神魂颠倒之际，藤蔓又一次发起总攻。它们开始攀爬每一座宾馆、每一栋楼，它们侵占了每一间 KTV、夜总会、酒吧、会所……根茎封锁了每一栋楼，叶片挡住了每一缕光线。如痴如醉的人们依然沉浸在欲望所制造的幻觉中。当醉意沉沉的人们想推开门窗遥望下惨白的月光时，他们才发现自己永远被囚禁在黑暗的古堡中。

一座座楼房爬满了藤蔓，变成了一座座坟墓。坟墓中的人们渐渐死去。藤蔓贪婪地吮吸每一个饱欲的尸身，绽放出魅人的花。

多少年后，这座被藤蔓攻占的城市消失在一片荒烟蔓草中。

只有那株木乃伊似的枯树在幽幽地诉说这座城市的前世今生。

仇 恨

仇恨，如汽车尾气，咆哮在条条道路上，浊气熏天。

生活在仇恨的空气中，人们怒目相向，张口咒骂，似盛夏的太阳，酷热、狠毒。在这样的天地中，每个人都是一盆刻毒的火，那贪婪的火苗，时刻准备吞噬对方。仇恨的幽灵，在每个人的身后闪动，时时露出诡异的笑容。每一条漆黑的公路，都留下了仇恨者乌黑的脚印和猩红的鲜血。

人类已经忘记了仇恨是如何占据了每个人的心。

仇恨像一粒种子，深埋在每个人的心底。一旦遇到黝黑的土壤、合适的气候，仇恨的种子便会生根发芽，焕发出勃勃生机。到那时，仇恨便将盘根错节的根须缠住一颗颗黑暗的心房。而黑暗之光便从人们的眼睛里射出，它要点燃这世间所有的愤怒。人们高唱着：毁灭吧，这可诅咒的人生和社会。

或许，仇恨仅仅只是一个扭曲的时代、扭曲的社会酝酿出的苦果。当政治这个邪恶的教主唤醒蛰伏在每个人身上的仇恨时，仇恨这只幽灵才会肆无忌惮地摧毁这世间的一切，善良与高尚、无辜的生命和罪恶的灵魂。到那时，当大部分人被仇恨的幽灵迷惑，人们互相攻击与杀戮，人间被仇恨的怒火焚成一片废墟，宽容才成为稀世之音。是的，宽容，人性中最光辉、也是最脆弱最稀薄的部分。我们往往对它熟视无睹，只有在最后时刻，才猛然想起，人之为何以为人。

当我们被仇恨的怒火吞噬的时候，我们变成了噬人的兽。然而，不是所有的兽都会吃人，被惹怒的兽有时只会发出愤怒的哀鸣，它们无力抵抗那可怕的压迫、奴役、侮辱和损害。所以，仇恨并不空穴来风，兽也不会毫无缘由地扑向人类，所有的恶果都源自一种侵犯。

当家暴频频施行在娇弱的身体上时，绝望与仇恨就开始生根；

当小三们被愤怒的人们撕掉衣服时，仇恨便在众人的施暴中公然发芽；

当城管肆意夺去摊贩们维持一家生计的推车时，刻骨的仇恨就开始伸出坚

硬的枝叶；

当无良的机械手臂扒掉土房的房顶、推倒脆弱的土墙时，家园被毁的仇恨便结出了果；

当蔑视、侮辱、侵犯可以随时随地发生的时候，仇恨便成为号召人们集结、反抗最响亮的号角。

此时，若有人说，宽容吧，宽容那些施暴者。愤怒的人群定将把他踩在脚下，甚至将他撕成碎片。因为，只有耶稣会说，宽恕他们吧，因为他们不知道自己在干什么。然而，神之子早已死去。

在一个没有信仰、道德失范、极度扭曲的社会和时代里，似乎只有以眼还眼，以牙还牙才能宣泄郁积已久的仇恨。因为，被侮辱与被损害的，已经不相信那些冠冕堂皇的东西。一切的黑暗只有被驱除，一切的损害只有被惩罚，光明、正义、公平和自由的时代才会降临。

行走的树

欲念，如一粒种子，在受尽污染的地里生根发芽。

那细细的根须，深深地扎入地层，贪婪地吮吸一切可能的养分和毒液。它们肆意蔓延，盘旋着，缠绕着，精密地周匝成一座欲望的迷宫。里面有恶的欲、仇恨的心、淫邪的梦、世俗的诱惑、纯真的爱和反抗的勇气。每一条根须都是欲望的入口，它们彼此相连，你中有我，我中有你。善与恶相邻为伴，高尚与世俗在同一条根上分叉，爱与仇恨互相输送养分。

抱紧大地的根须，撑起一株巨大的欲望之树。

怀抱着所有的欲望，枝叶奋力地向上生长。它们向四周舒展自己的身体，吸收可能的光、热、毒气和废水。它们新生了无数片树叶，抻长了无数条枝丫，占领着尽可能广大的空间，宣告着自己的主权。每一片树叶都散发着属于自己的气息，或清新或古怪，或善良或邪恶。所有的气味便汇成这棵树独特的气味。

每个人，都是一棵树，一棵会行走的树。他将自己独特的气味四处挥洒，像一只野兽一样划分自己的疆域。在自己的王国中，树灵们攫取尽可能多的养分，霸占尽可能多的空气和阳光，它们要将自己变成参天大树。到那时，群鸟在它的庇护下栖息，藤蔓在它的躯干间攀附，一根根粗壮的气根彼此相连，独木成林。在它的势力范围内，只有脆弱的苔藓、蕨类才会匍匐在它的脚下。

每一个人，每一棵树，都是独立的王国。欲望在其中繁衍滋长，梦想在其中孕育飞扬，甚至仇恨和淫欲都会深深地钻入地层，彼此虬结。这个人，这棵树，就这样经历着风霜雨雪，享受着阳光雨露，直至生命终了。那时，尽管枝叶纷纷掉落，躯干早已枯死，但树根却依然紧紧抱住泥土，企图捍卫属于自己的土地和权力。多么顽强的生命力，多么可笑的占有欲。

囚

突然梦见自己被囚禁在一座密不透风的城堡中。黑暗，阴冷。囚徒们的脸庞模糊一团，身体在空中飘荡。呆头呆脑的囚徒，没有灵魂、没有欲望，也没有死亡，只是这般无止境地飘荡。

那只是一个幻影吗？我常常如是质问。

生活在灰白的水泥世界中，总感觉自己被无形囚禁。

耸立的高楼犹如一座座瞭望台，俯瞰着渺小的人类。一堵堵若有若无的城墙，圈养着可怜的生物。随处可见的探头仿佛炮塔中的探照灯，让人无处藏匿。更有隐匿着的，就像暗探如影随形，随时随地监视着芸芸众生。铺天盖地的水泥，让人永远无法越过它的疆界。深埋在地下的管线，无时无刻不在窃窃私语，传递着神秘的信号。

我们无处可去，无处可躲。在这个狭小的城市里，人们彼此拥挤，如潮水般，涌来涌去，不知涌向何方。

偶尔，一个肮脏的灵魂从水泥墙的断裂处蹦出，向茫然无知的人群招手，让我们随他逃逸。然而，人潮依然无动于衷地兀自涌动，尽管许多人已看见他。人们习惯了这种涌动的生活，这让他们感到舒适和安全；而未知的世界充满了不安、恐惧和威胁。那一颗颗叛逆的灵魂正是人类的背叛者。他们遭到驱逐，只能生活在黑暗的地底，如孤魂野鬼般游荡。

这是一片混沌的世界。每个人的面孔都模糊一团。每个人都发出同一个声音："啊啊啊啊……"义正词严得好像在宣誓永远效忠上帝。没有希望，没有反抗，更没有想象，只有涌动的人潮，如黑暗的潮水。

而在这座城市的地底，则是另一番景象。

一颗颗自由的灵魂眉目清晰，性格分明。他们睁着明亮的眼睛，孤独地奔行在城市的地下管道中。他们一手持剑，一手高擎火把；用火光驱逐黑暗，用利剑攻击贪婪的老鼠。在这座由无数个管道连接而成的地下城市中，自由而叛逆的灵魂呼啸而过。他们放飞想象的猎鹰，寻找地火奔涌的出口。在那里，他们采集光，磨砺剑，采撷晶莹剔透的水晶。他们同样放出敏捷的猎犬，嗅探着泉水溢出的芬芳。他们要在水源处，用晶莹的水晶，建起一座光芒四射的城市。

然而，地上的城市坚固异常。水泥铺就的地面，石头垒起的城堡，钢筋混凝土的灯塔，组成一座监控严密的城市。幽灵派遣它的羽翼，暗藏在灯塔之上、城堡之中，甚至大街小巷的拐角之处，射杀从地底探出脑袋的灵魂。被射中的灵魂瞬间化为灰烬。

地下的灵魂只能时时谛听地上的脚步声，辨别人群涌动的方向。他们不时地凿开水泥地层，迅速探出棱角分明的脑袋，引诱着一颗颗尚未驯服的灵魂。然而，他们收效甚微，叛逆者永远只是少数。更何况，他们还要时时防备被追捕、被射杀的危险。

两座城市就这样僵持了几千年。

涌动的人群换了一代又一代。

自由的灵魂不断被扑杀，却永远有新的叛逆者出走，奔行。

网

一只蜘蛛盘踞在网中央，禅修般冥想。

无数只蜘蛛挂在屋檐下，躲入楼道中，结出一张张精巧的网，等待猎物的来到。

一只肥白的飞蛾撞入网中，震动了整张网。蜘蛛敏捷地扑上，一口咬住飞蛾的脑袋。

一只瘦小的蚊子一不小心粘到了网上，挣扎着。蜘蛛慢悠悠爬近，欣赏蚊子的垂死挣扎。

一只只蜘蛛露出两颗硕大的黑牙，在网中，嘿嘿地笑。

每一张网，都是蜘蛛们的另一个身体。它们精心编织着、修补着，让每一张网都完美无缺，好像国王戴上了王冕、穿上了袍服，在自己的领地里巡游。

每一张网，又都是一块狩猎场。孤独的国王们，长久地等待，恭候每一位造访者。它们是它的知己、生死之交。傲慢的国王们玩弄了异类的知己之后，就开始裁决生死，上天堂的上天堂，入地狱的入地狱，绝不错判，也决不留情。

每一张网，还是一个充满诱惑的死亡陷阱。飞蛾和蚊虫们，向一个个发出幽光的网扑去，它们本想看看这张精致的网是如何编织的，却无意中被那虚虚实实的网所捕获。死亡的陷阱张开了冰冷的怀抱，高喊："来吧，这是你们梦寐以求的最后归宿。"

每一个人，都是一只蜘蛛，编织自己的网，然后盘踞在网中央。

一张张网挂在家屋的天花板上，挂在办公室的阴暗角落里，挂在盘旋曲折的高楼楼道里。

每一张网里都缀满了欲望的躯壳，爱的躯壳、恨的躯壳、忧愁的躯壳、压抑的躯壳，暴力和死亡的躯壳……

躯壳里的肉身和灵魂都被"我"这只孤独而可怕的蜘蛛所蚕食。

每一张网都缀满了一张张的脸，善良的脸、诚实的脸、狂热的脸、嘲弄的脸、虚伪的脸、奸诈的脸、淫荡的脸、专横的脸……

所有的脸都变化万千，你中有我，我中有你，你瞧着我，我瞧着你。

每一个人都离不开自己的网。这是他（她）的身体，他（她）的王国，他（她）的狩猎场，他（她）的陷阱。

离开网的人，他（她）的身体立即陷入另一张网的陷阱中，成为别人的猎物。而那张被遗弃的网，便会瞬间瓦解，掉落一地的躯壳和一张张僵硬的脸。

社会是一张看不见的网。它由无数张细小而精致的网连缀而成，无数只蜘蛛孤独地盘踞在自己的领地，像一只只黑暗而充满欲望的幽灵。

它们互相窥视着，防范着，诱惑着、设计着。一旦有一只蜘蛛从网上掉落，它们便会迅速地将其捕获，置之死地。偶尔，为了围剿一只更强大或更弱小的同类，两三只蜘蛛会共同编制一张巨大的网。它们先将猎物包围，然后一层层地编织、缩小，最后是你死我活的缠斗，至死方休。

正当每一只蜘蛛为了自己的领地摩拳擦掌、殊死搏斗之时，一只隐形的蜘蛛幽灵，张开了无边无际的网。它将所有的网和蜘蛛都包裹在内，静静地看着它们的诡计、争斗和死亡。每一只蜘蛛都是它的宠物，也是它的猎物。在欣赏完蜘蛛们的整个生命过程之后，幽灵蜘蛛才开始饱餐每一只蜘蛛的灵魂，它细细地品尝着战士们和阴谋家的灵魂，顺便品味着曾经被这些灵魂所吞噬的更多更小的灵魂。

窥　探

出于好奇，儿童的眼睛总是趴在窗台窥探。窗内的世界和窗外的世界，一样新鲜。纯真的眼睛自此烙上了美和丑、善良和罪恶、和平和暴力、华丽和苍凉的影子。

一双双透亮的眼睛，在长期的窥探中，习惯夜的黑、昼的白，用固定的姿势、固定的眼神和固定的心理，窥探这无法理解却又似乎明了的世界。

在或明或暗的窥视中，儿童的灵魂也变得世故而苍老起来。

出于无聊，一双双世故的眼睛窥探着大千世界。对面楼里无聊的晚餐、洗衣服的老女人、拉二胡的中年男人、做作业的孩子、玩游戏的年轻人，还有深夜的灯光、紧闭的窗帘、远处璀璨的高楼。

无聊的眼睛，窥见无聊的世界、无聊的人生。他们想寻找新奇和刺激，却永远也找不到。因为，城市里，新奇和刺激早已消失。

一双双无聊的眼睛睁着，白天和黑夜，窥不到人生的真相。

出于色情，一双双贪婪的眼睛，窥探着每个可疑的角落。隔壁阳台上粉红的内裤，对面窗内隐约的赤裸，昏暗的灯光，晃动的人影。色情的眼睛，窥见色情的世界。纵欲的世界，禁欲的世界。无聊的人们早就深谙情欲的黑眼。他们关上了灯，拉上了窗帘，黑乎乎的房间密不透风。偶尔，一双同样贪婪的眼睛，透过窗帘的缝隙，窥见对面阳台上绿色的眼睛。

最后，一双双贪欲的眼睛，互相窥探着，变成自慰的眼神。

出于监视，一双双警觉的眼睛，背负着神圣的使命，躲藏在城市的每一个角落。大街、小巷、地下通道、地上天桥，楼道甚至房间里。

上班族、家庭主妇、学生、流浪汉、疯子，在城市的各个角落出没。密探们不厌其烦地窥探着，看看那些人是否携带着罪恶的思想、致死的病毒、暴力的行为。一旦发现，一声哨响，所有的窥探者都探出了脑袋，捕捉着可疑的脸谱、可疑的眼睛。

然而，每个人都可疑。警察、便衣们、学生，上班族、中年妇女、流浪汉、疯子，你看着我，我看着你。

出于文明，城市装上了摄像头，每个人都在镜头前不知不觉演完了自己的一生。

城市的幽灵，操纵着所有的窥探行为。它们将神经末梢埋在城市的地下管道中，时刻传输着每个人的表情、行动甚至思想。

窥探，无处不在。

原来，每个人，都是窥探者，又都是被窥者。

任何窥探又都处在无数重的窥探之中。

楼层速写

一

南方。冬日。阳光绵软，缺乏夏的硬气。

婴儿的啼哭声从楼群的某个角落飘出，随即闪灭在曲曲折折的楼群拐角处。

低吟声、吵闹声、哼唱声、闲谈声，混杂着，一团团，晕散开，躲入白茫茫的阳光中。

2011 年 12 月 25 日。

时钟，仍在嗒嗒嗒嗒地走着，如重负的老马，气喘吁吁。那声响总让人觉得，老马颈后的缰绳已经绷到了临界点，颤颤悠悠，随时都会爆出凄厉的惨叫声。

但危险，只是一刹那。在晃动的危岩下，人们依然岌岌穿梭于一座座迷宫中。

嘟嘟，嘟嘟嘟，嘟嘟嘟都，嘟嘟……

冲击钻，时刻咬啮着僵硬的墙壁。粉尘弥漫。似乎没有火花，也难见灰蒙的脸上绽开纹路，灿烂如花。如墙般坚硬，灰白。无时无刻。

从楼群的深处传来。是顶楼？还是底层？谁也说不清楚。只是那颤动和着凿声，持续不断，又漫不经心，没有终点，让人绝望。

也许，日日处在这楼群之中，身体的某些部分已经萎缩死亡了。而某些器官却异常发达。也许，楼群只是一座座坟墓。那撞击声是盗墓者造访的前奏。

二

死一般地寂静，镇压了所有喷薄欲出的声音。

嘈杂的声音，像折断了的翅膀，如片片枯萎的叶子，坠落，坠落，到一个无底的深渊。一切都显得如此安静、如此和谐。

然而，那屈死的，那不甘寂寞的声音，却在深渊中酿成了一泓酒。一股股刚烈的气息，从深渊中逸出，从潮湿的废墟中漫出，从杂乱的残壁中渗出，从曲张的钢筋中腾起。那不屈的声音，如鬼魅，在可能的缝隙中现身、爆破。在一个沉寂的下午、在一间孤独的房间、在人潮汹涌的大街上，他们炸开了自己的身体。爆破，扯开这世间黏稠得令人恶心的专制、秩序、理性和日常生活。爆裂的声音，化为碎片，如折断了翅膀的蝴蝶，如点点火花，翻转、闪亮，然后熄灭、坠落。一瞬间，它们完成了辉煌的此生，重新沉入地底的深渊中，落入无声的黑暗中。

死一般地寂静，重新笼罩大地。

黑暗中，声音如一泓酒，酝酿着新的革命，演绎着绝世的风华。

三

清晨，酣梦连着酣梦在雾霾中绵延。

时间达达的马蹄早已催促着迟钝的肠胃。小孩尚未能适应这人世的韵律，独自嬉戏在天真的世界里。面对着大人的呼唤，小孩无动于衷。时间一分一秒偷偷溜走，孩子永远跟不上大人的节奏。一把二胡拖拽着沉重的马尾，让人心烦。

突然，碗碟破碎，筷子扔出几米远，桌上流淌着浓稠的米汤。骂声爆裂，和着二胡的呜咽。孩子的哭声尖锐、刺耳，冲破重重房间，钻进尚在睡梦中的耳膜。清晨，永远错杂着峻急和拖拉的声部，在满是雾霾的天空中冲撞、厮杀。

深夜，灯光隔着灯光，在高楼中瑟瑟颤抖。

　　一天的疲累、厌烦与屈辱在酒的浇灌中膨胀。眼神与眼神交锋着，言语与言语切割着，心与心碎裂着。咒骂在酒瓶的飞掷中爆破。哭喊声、争吵声，在无数个房间中爆炸。灯光逃逸，如囚犯夺路而逃。房间里的人，却无处可躲。这是他们的家，他们的牢。哭喊与争吵，宣泄着过剩的情绪，扭曲的脸、破碎的心，倒映在碎裂的玻璃和瓷片中，黯然消失。

情　色

一

春天，万物潮动。夜晚的内河边，明灭着无数个欲望的火舌。

几个女人散布在内河边，幢幢人影，在月色的笼罩下，如传说中诱人的美女蛇。

漫步的男人，吸着烟，有意无意地朝着女人走去。走近了，那美女蛇骚动着，笑声从暗处传来。没有灯光，男人们却能看出女人眼中喷射出绿色的、黄色的、红色的火焰。男人的烟、女人的眼神、明暗的模糊的两张脸，在黑暗的角落闪烁着。沿河是点点星光，倒影在熏臭浑浊的内河上，这是人间的天河。

一条条母蛇领着各自的猎物拐进了黑暗深处。

偶尔，一辆小车缓缓停靠路边。男人探出身，与女人交谈起来。

"我这什么女人都有……"

声音随着内河的臭味翻滚着，撞开了一扇扇潮动的心扉。

女人上了车，车拐进了黑暗的小巷。深处，朦胧的霓虹灯，不停旋转。

这条内河的另一端是一处灯火通明、人影错杂的夜市。廉价的商品激发购买的欲望，金钱的交易每时每刻都在发生。一波一波，逛夜市的人潮起起伏伏。

在夜市摊位的末端、横跨内河桥头，卖碟片的男人站在自行车旁边，朝着熟识的主顾推销着一张张赤裸的身体。画面上的女人，永远那么青春靓丽。妖娆的身体、赤裸裸的眼神勾引着，让你顿时感觉到春天的美好、温暖和幸福。精通此道的男人们快速翻拣着鲜嫩的身体；初入此道的年轻人，故作老练地在音乐和身体之间挑挑拣拣。快感，在身体的暗处开始涨潮，有的早已汹涌澎湃。

内河边上，每夜都摆上各种各样的商品，吸引着周遭的猎物者和猎艳者。这是狩猎者的天堂。

二

一长排的沙发上坐满了人。男男女女，或低头倾诉，或大声喧哗。满桌子的啤酒瓶，一杯杯满满的玻璃杯，倒映着一颗颗奇形怪状的心。爱情的歌曲冲荡着玻璃杯里迷离的心，震颤的、破碎的、复原的。忧伤的、纯情的歌从一张张充满酒气的喉咙里倾泻而出，美妙的声音、苍老的声音、宛转娇媚的声音、豪气霸道的声音。各种声音混合着，共同演绎压抑而扭曲的心声。

酒酣耳热。女人依偎在男人怀里，撩拨着；女人坐在男人的腿上，勾着肩。男人渴欲的手不停抚摸着女人的身体；肥胖的身体压着娇弱的身体。还有依然斗酒的人们，两个男人合谋着要灌醉千杯不倒的女人；一个女人百般殷勤地劝着大腹便便的男人，她要用莺声燕语撬开男人的嘴。

凌晨时分，男人们搂着女人的腰，走出辉煌的大堂，钻进了车子；两个男人架着一个步履艰难的女孩摸进了黑夜；光彩照人的妖娆女子扶着醉眼惺忪的男人，上了楼，刷开了房间。

夜深了，醉酒的人们，躲在房间里，继续进行一场场生死鏖战。

捕食文字

一　文字与世界

文字深深地嵌入生活。它们别开生面地描绘生活的诸多面相，创造着生活的细节，想象着不属于这个世界的完美形式。符号的世界，自成一体，自我完善；不断地复制与创造，修复与篡改，一个个残缺和完美的世界。

因为生活的平庸，人类要借助文字发掘与制造神奇。神奇的世界，隐藏在平庸生活粗糙的皮肤之下，只有文字才能掀开神奇的纹路。

文字力图修复和创造的世界，碎片或完整。它们发现了其中的秘密，邪恶与美好，善与恶永恒的搏斗。

文字的魔力，证明书写者是灵魂的召唤者，他们是一群巫师、一群恶魔和天使的混合体。他们召唤来了黑暗的地狱和光明的天堂，开启了现实的平庸和幻境的神奇。

文字，可以惊天地泣鬼神，因为它们来自地狱与天堂。文字，不属于这个世界，它们是这个世界的影子、这个世界的幽灵。所到之处，它们便使一切变得形迹可疑。当文字的意义真正展现，这个世界便开始颤抖，由缓慢到剧烈；最后平庸的世界瓦解了，就像原本牢固的建筑突然倒塌，砖块掉落、灰尘飞扬、钢筋扭曲，呐喊声、尖叫声和哀嚎声四处窜起。

一次次的写作，就是一次次救赎的尝试。绝处逢生的可能，在文字的闪现中亮出诱人的光芒。也许，仓颉，就是困顿于人世的无助、无聊、平庸与绝望，才创造了文字。他用文字来抵抗这庸俗的世界，用文字创造一个个神奇的国度。所以，天地与鬼神才为之动容，为之震颤。

然而，文字的魔力正在消失。它们逐渐堕落成简单明了却又煽动人心的标语、报告、广告、台词、新闻，它们深入庸众的肺腑，深得他们的宠爱，甚至

成为政治和商业的奴隶。于是，文字死亡的号角吹响了。这是一个文字沦陷的世纪。庸众的社会张开巨口，将曾经无比神奇的文字嚼碎，然后吐出。文字的尸骨散落遍野。只有一小撮书写者，仍在扮演巫师的角色，以其凄厉的呼号声，召唤文字的亡灵。

二　文字的法则

字与字之间充满了纹理，充满了各种声响。书写，是在召唤另一重世界，召唤心灵，召唤真相与虚幻。字的形象、音响以及节奏与韵律，不仅是一种艺术法则，还是一种人生境界、人生风格。每一文字都依照自己的法则重构了一个世界，正如现实中的建筑与街道。人们建造一座钢筋水泥的世界，身居其中，囚禁其中，游走、蠕动，最终各得其所直至不知所终。那一阵狂热、一阵骚动、一阵追逐，都在建筑与道路中演绎，它们遵循着建筑和道路的基本法则。文字建筑的世界，或奇形怪状或方正俨然，或潇洒飘逸或音韵铿锵，那重重的世界都在字的基本法则中苏醒或被召唤。

我在书写，这是现实，还是另一重梦境？也许，唯有书写，才能证明自己的存在。但，在梦中，不是也有绝妙完美的诗句和故事闪现，字句敦促我一定要把它们写下来，它们是如此完美。

一段段近乎完美的词句在脑中浮现、串流，如此迅速，如此清晰，如此完美。这是梦想家的梦，属于另一个世界。那个世界既是这个世界的倒影，也是一个缥缈不定的灵魂的自由地。词句成为影像，甚至声音，成为这两个世界共同的符号。他们串通好了，成为彼此的倒影和内应。到底哪个世界是真实，哪个世界更为完美？

三　文字与欲望

黏糊糊的，如腐烂的尸体。浓稠且恶臭，这或许就是现实的本质。争斗，陷害，设计，攻讦，谩骂，威逼利诱，阿谀奉承，冠冕堂皇……人类一切的丑行，都为这种恶心感涂抹上绚烂的色彩，如散发恶臭的斑斓尸身。多么美丽多么恐怖。

我们都活在黏乎乎的尸阵中。彼此联结，又彼此掩鼻排拒。阳光未能穿透那浓浊的恶臭。没有人见到阳光，也没有人得到救赎。

我们试图用文字凿开一条条通道，让阳光照射进来。可是我们凿开的是更为污浊的地狱。魑魅魍魉，跳踉横行；善恶美丑，混杂交媾。文字揭开出的世界如此不堪。现实的不堪才驱使文字幻化出无数影像，重重演绎，让一切丑的恶的原形毕露；而所有的丑陋和恶行，反而唤醒潜藏在人类心底更深处的欲望、仇恨、愤怒、爱和梦想。

这是真的智慧的启迪，还是善的力量的感召？抑或是美的光晕的眩惑？抑或仅仅是恶的促狭？

凡此种种，文字的世界都将冲破现实的重围。这是魔力也是神力。有魔力和神力的人，都将从凡人的扰攘世界中超脱。到达更高的所在、更深的地底，窥探人世的悲哀与欢乐。于是，重建之心起；于是，文字码出了一个奇幻的世界。每一个文字，都将是一颗颗璀璨的心，熠熠闪光。

四　语词与独裁

语词，涌来，如洪水。没顶，令人窒息。

独裁者，滔滔不绝，播撒语词。语词，变成一张巨大的网，网住所有。在洪水中沉浮。语词，变成了死亡之所，或者，仅仅是地狱之门。在黢黑的洞口，闪烁奇幻的光芒，让你迷醉，然后将你淹没。

语词，独裁者的游戏。语词，独裁者的梦工厂。语词，独裁者的诡辩术。语词，人的坟墓。

所有的语词，都幻化成独裁者奸邪的笑颜，在每个人面前绚烂绽放。每一个语词，都是这个世界的翻版，皇宫、枪炮、坟墓。每一个语词，都散射出奇幻之光，引诱你靠近，靠近，再靠近，然后让你彻底消失。所有的语词，都只是入口。是充满诱惑的权力之口，是充满死亡气息的地狱之口，是勇敢浪漫、诗意盎然的精神入口，是灵魂拷问、明暗难辨的世界入口。语词，让这个世界暗淡无光，也让这个世界光彩夺目。语词，已经改变了世界，改变了我们。

五　焦躁的语式

总是处在不安的焦躁之中，思维快速流动，眼神总在捕捉着什么。可那要捕捉的总不在眼前，它们躲藏在房间的某个角落。眼睛穿透灰尘，到达可能到达的地方。移动身体，双手紧张摆动，要掀开那灰尘铺满的地方，一探究竟。

处在焦灼之中，总是因为某物处在未知的状态：未知的角落、未知的形状、未知的内容和未知的意义。因为未知，让人不安，让人恐惧。

焦躁，让焦躁者的语式也变得急促了。急促的词汇捕捉对象，袒露对象，甚至解剖对象。让一切都在阳光底下纤毫毕现，赤裸裸的。然而，这种急切，这种焦虑，这种无着落处，却因为对象是空的而呈现出一种语义的未知和空白。语式的急促，正是语义的未名。急于逼现语义的内容，让一切以固定的形式呈现，这是形式的焦虑，也是意义缺失的焦虑。身体和神经的焦虑，幻化做言语的焦虑和不安，快速地转换。

六　文字们纷纷逃亡

文字，从我的视线中四散而去。就连标点也拔腿而起，不留下任何痕迹。空白，强烈的阳光下异常刺目。文字一旦逃亡，意义的巴别塔便开始摇摇欲坠。那原本紧紧相连，骨肉黏合的结构世界开始松动，砖石不安地颤抖着，泥土纷纷滑下，摔伤。大地开始摇晃，天空也在颤抖。鬼神哭泣了，天空倾斜了。人们随着文字逃亡的路途慌乱逃离。消失在天际。不知何往。

生　命

一

面对虚空，竟然慌乱起来，没有根底的慌乱。永远有看不清楚、却又迅疾奔来的道路，暗黑的、充满沙尘的，如鬼魅般扑来。不知前途是何景象，让人恐慌。

虚掷的生命，竟如此恣意、颓废。在惘惘的时间中，赖在泥潭之中窒息至死。虽不情愿，却毫无怨尤。只是那么固执地、消极地对抗时间和一切奔忙的事情。掠过的身影、躁动的脚步、粗重的喘息，都是别人的，与你无关。

生命竟如一张破损的上等宣纸。因为中间有了细细点点的破洞，已不适合写字或者作画，当成草稿纸又有些可惜；于是被遗落在一个角落，面对着墙壁兀自沉寂。时间长了，主人早就忘记了这张纸，宣纸上便落满了灰。终于有一天，主人将它小心翼翼地拎起，连同灰尘一起扔进了垃圾堆。

生命，充满诱惑。那诱惑的声音，躲藏在每一个角落，时不时闪身而过，远远招手，然后消失在黑暗之中。而你因了这一凄艳的姿势，痴迷，蠢动，慌张寻找，往往这只是一个梦魇，一个黑夜中蠢动的思绪，一处遥远的歌声。如此缥缈，却又让人无限感伤。

原来，生命竟然是一座无法重复的迷宫。那灯火辉煌的、那暗淡难辨的、那快乐铺张的、那艰困悲哀的，都只是迷宫的迷障。误入其中，在曲折迷幻的路途中探寻，将生命耗散在这弯曲和障碍之中；但似乎，墙面又是透明的，如镜子又似显示器，人生的诸般幻象都在这上面显现，诱惑着你，激怒着你，让你无法走出，让你在无法重来的迷宫中兀自感伤和愤怒。当这一切的情绪飘忽而过，你的生命的丧钟便吹响了；于是，惘惘然倒地，没有了前程，没有了哀伤。一切幻象都归入沉寂。

二

明亮的阳光让人感到莫名的悲哀。也许，过于透亮，眼前的世界特别清晰：白皙的脸孔、污浊的泥地、歪倒腐败的枯树、漫天的灰尘。万物难逃这清晰而平庸的世界。

是的，阳光，放大了平庸的面孔；阳光鼓荡着平庸，沉闷的空气四处流窜。杂乱的餐桌，围坐在一起的食客，咀嚼的动作和饱餐后的笑容，清醒时的虚伪与醉后的真诚，一切都纤毫毕现。

我们是否难逃这平庸的宿命？遛狗的，在叫喊着米黄色的小狗；拾垃圾的，拖着一袋瓶瓶罐罐，口中喃喃自语；还有我，穿着黑色的外套，拿着公文包，急急穿行在弯曲的街巷中，隐没在人群中……每个人都在日常生活的洪流中匆匆前行。我们享受这明亮的阳光，这还算蓝的天空。我们是否都在享受这平庸的生活？也许，我们只是无力地挣扎在生活的洪流中，气力耗尽，随波逐流？

在一个雨后新晴的正午，我看到了自己，一个平庸的发福的中年男人，拿着公文包快步前行。那拾荒的，看见我，嘟囔着什么，没听清。白发随风晃动。一个踩着三轮车的男人，用尽全力踩着踏板，身体剧烈地上下起伏。那背影，多么熟悉。每一个人都有自己的宿命和归宿。他们挣扎，他们抗争，最后每一个人都会无力地老死在自己的生活圈中。一只被车轮碾过的老鼠横躺在路中间，尸体扁平，连血迹都没有。

我也将老死，或者病死，以怎样的姿态？横躺着，趴着，站着，吊着？以什么样的身份？教师、学者、好人、盗贼、窥探者、嫖客、道德败坏的人、还是一件什么都不是的东西？

寂寞地躺在棺材里，阳光穿透冰棺，刺着我的眼。我看到了死后的自己。张开眼，我看见了苍老的自己，正站在冰棺前独自凭吊。

三

钻机发出沉重的突突声，从地的底部传导，再溢出墙体，鼓荡耳膜。吧嗒，吧嗒，细微的声响，像一只壁虎在钻进钻出。

躲在城市高空，用墙体包裹着，只有阳光才会肆无忌惮地窥探他的所在。对着粉白的墙，不时地咒骂着。脑子总是掠过那该诅咒的人和事。爆裂的声响，像一团黄色的烟雾，带着火光，骤然腾起，在哔哔啵啵、吧嗒吧嗒的墙体之间，来回冲撞。

怨气惊扰了一只肥大的苍蝇，向光的所在飞去，硬生生撞在透明玻璃上，发出沉闷的声响。笃……笃……笃，苍蝇调整脑袋的方向，但始终无法从开着的玻璃窗中夺路而出。

独处的男人，前额微秃，总是处于入神状态。不时发出咒骂声，对着虚空。男人的身体肥硕，黑眼圈说明他经常熬夜。

天空的云团总是灰沉沉的，似乎吸聚了太多的汽车尾气。男人的咒骂声或许也在其中，尾气、诅咒，在云团里追逐、咬啮；偶尔，停下来，浮在空中，看着灰暗的城市、高低相连的棋盘。

男人，想起了那些尴尬的时刻：为什么他们对我充满了敌意？可是，那不是我的错。我只是替他们说出口而已。那些虚伪的人……

男人的脑子不断地跳荡过往的细节。怨气，从记忆的断裂处蹦出。咒骂声又轰地腾起，撞击着四周墙壁。

一只飞蛾，在地板上艰难爬行，无力地拖着翅膀。曾经可以让它四处飞行的翅膀，现在竟是如此沉重。在接近生命终点的时刻，翅膀成为最重的负担。是的，让生命轻盈的翅膀，是最轻灵的，也是最沉重的。它扇动的，是生命的灵气；而当它无力垂下时，却成为最致命的重负。上苍赋予生命的轻盈之时，也赋予了它以重量。只有扛起重负，生命才能灵动；而无力为之，生命终将枯竭。

站在阳台，迎着阳光，男人低头看着垂死的飞蛾。多么沉重的结局。

死神的脚步，随着阴影，慢慢覆盖飞蛾的躯体。死神是不是也是这样接近我们，在一个沉闷的午后？

扭　　曲

平庸，像潮水，淹没我，时时透不过气来。那就溺毙吧。

在人行桥上，俯瞰车流，想象那是海，充满死亡的海，充满杀机，充满诱惑。只要那么一跃，多么优美，然后，世界就安静了。可是，扭曲，依然是这个世界的本质，死亡不能改变什么。那么悲伤吧。悲伤如海水，旋来即去，不留一丝痕迹。悲伤，竟如此轻巧，轻巧得如此可笑。

深夜，漫步在街头。路灯、景观灯、车灯，闪烁，晃眼。

好似悬浮在海水中，随着潮水摇摆，上下前后。胸部沉闷，没有呼吸。

我不是一条迷失在深夜都市里的鱼；而是一具掉落在海里的尸体，腐败、残缺，手脚零落，眼睛塞满了淤泥。虽然那颗心早已不在，脑袋也涨成一只大皮球；但我依然能看见，万花筒般的颜色在海面上漂浮、荡漾，构成一幅幅怪异绚烂的夜的图景。无数个拉长的、挤扁的、弯曲的人形和脑袋，挤挤挨挨，在夜的图景中不停变幻。他们正俯身探寻黑色波涛下浮动的影子。窃窃私语，穿透了绚丽的光圈，直抵我那被寄居蟹霸占的耳朵。新的主人似乎厌倦了人声，用屁股堵住了耳洞，顺便抛出了一团秽物。

烟，从嘴里吐出，污浊，乱。扭曲的世界。

诌笑，已经成习惯。孤傲，只在寂寞的时候。总是在悔恨，自己原来是这样的人。

其实，一直不想理会那些人、那些事。可是，我总是对他们诌笑，一直僵直地傻笑。笑容可掬！卑下的灵魂。孤独时，灵魂找不到一张自己的脸。

一个个漩涡，一个个扭曲的世界，不停地旋转，千万张笑脸在我面前快速转动。它们越转越快，最后竟然一起哈哈大笑起来。笑声如此宏壮，如此歇斯底里。它们一直这样笑下去，没有终了，似乎要将世间所有可笑的事全部笑尽。笑声们盘旋成一个个龙卷风，撕毁一张张卑污的面具，裹挟空洞的骷髅头，呼啸而去。

在夜的森林里，一栋栋高楼像一只只巨兽，漠然独立在夜的迷雾中。每一只巨兽的体内都盘踞着许多寄生虫。它们构筑工事，将有限的空间分割成几间彼此相连又各自独立的小房间。对于柔弱的躯体而言，房间是它们的堡垒，几乎坚不可摧。渐渐的，房间变成寄生虫的躯壳。寄生虫们涂抹着，用生命的体液勾画着最美好的图案。每一只寄生虫的一生，都在忙着营造自己的壳，华美的、苍白的、恐怖的、幽暗的。每一只壳都像螺壳一样，盘旋着，朝着一个微小的制高点凝结。最后，每一条寄生虫都背负着一个厚厚、尖尖的壳。也许是太挤了，寄生虫们摇摆着，挣扎着，吵闹着，甚至互相咬啮起来，它们试图挣脱这躯壳的束缚。然而，经过一生的折腾之后，那五彩缤纷的壳早已变得黯淡无光，躯壳上到处都是碰撞后的坑坑洼洼，有的已经破碎不堪，像一张破布。最后，寄生虫们衰老了，残喘着最后一口气，在莹白的灯光下化为一缕烟消散在巨兽的体内。高楼们依然挺立在黑暗中。靓丽的、暗淡的灯光在体内时亮时灭。那是一只又一只寄生虫正在经历一世又一世的轮回。

随笔四则

一　生活，宛如冰河

白茫茫的冰河，坚实、深厚、广袤，却处处是薄而脆的冰层，充满了气泡。气候转暖，冰层日渐脆薄，丝丝裂纹纵横交错，交织成一条条致命的裂缝。终于有一天，冰河断裂。无数条裂缝同时出现，无数个冰块从冰河中脱落。那个完整的世界瓦解了。到处是冰块撞击、摩擦、推挤的声响，从丝丝缕缕到哗然响然。很难想象，就在那裂缝决然撕裂之前，是一个多么安静的世界。寂静，竟是决裂和崩塌的前兆。

生活，宛如冰河。看似多么和睦的家，却同样充满了细小的裂缝和无数个气泡。小小的争执、习惯的差异、观念的悬殊，甚至，仅仅是举手投足与倏忽即逝的眼神，都会像一把把利剑，划开完整的肌肤，剖出一颗血淋淋的心，然后是歇斯底里的哀嚎、愤怒的咒骂与彻底的决裂。

每时每刻，我们都在感受着撕裂的疼痛。语言的、身体的、眼神的暴力，如一枚枚炸弹，在身体的每一寸肌肤上炸开。灼痛感，燃遍全身。或许，身体的神经系统早就麻木。我们只能凭借这一枚枚炸弹在神经末梢的枯林中炸响，方能感受到一丝丝残存着的活的气息。那时，应该有一丝丝快慰，一种灭亡的快感。多么可怜的人啊。只有在暴虐中，在刺痛中，才能获知活着的意义。

生活，宛如冰河，竟如此脆弱、不堪、残暴和荒芜。

二　在冰凌间穿行

虽然没有在一片冰的世界独自行走的经验，但在人群中，我深深体验到一股股刺骨的寒冷。这寒冷犹如尖刀不时刺进麻木的皮肤，划出一道道殷红的血痕。冷漠、虚假、自私、残酷、装腔作势、逢迎拍马、恃强凌弱……这些词在人与人之间、在整个社会中肆无忌惮地滑行。它们钻进社会的每一个角落，在人生的任何时刻露出狰狞的面孔。更可怕的是，不知什么时候，它们钻进你的躯体和灵魂，不经意间向世人宣告对你的占领。到那时，我们就名正言顺地成为它们的俘虏、它们的寄生体，堂而皇之地养育下一代，复制着这个比冰还冷的世界。

在这个冰凌丛生的世界，大部分人只能蜷缩着身子小心翼翼地走过。只有少部分勇士，不顾一切向前冲去，但最后大多落个血肉模糊的下场。这其中又只有极少数的人能够全副武装，摧毁无数冰凌，给后人开辟一条宽广的路。然而，这些披荆斩棘者的下场或被奉为神明，高高地供在香案之上；或被习惯了这个寒冷世界的人集体棒杀。供在香案上的人可悲之处在于他已经被冰冻，成为一尊新的冰凌，冠冕堂皇地横在后来者面前。他毫无知觉地成为这个寒冷世界的新成员。这或非他本意，但冰的世界里除了冰还能有什么？至于被棒杀的，他们的死尸成为一尊尊受难的塑像在冰壁的两旁陈列，用来警告后来者，这就是勇士的下场。

其实，人类的文明史就是一部英雄的受难史。

三　目光的战争

摇晃的头颅，近乎失控的身躯，在公交车上，挤挤挨挨。窗外是一晃而过的树影、建筑，还有连绵不绝的电线，将整座城连缀成一张密不透风的网。然而，车内是如此冷漠与孤寂。所有身躯都保持警惕的姿势，或怕跌倒，或怕碰到别的同样紧张的身体。我们在车上摇摆，如小舟起伏在汹涌的海面上，无法控制，听天由命。这是我们共同的命运。孤独的，却早已被无形的缰绳捆在一起。我们在都市之海中，奔赴一个共同的命运。

目光，逡巡着，对接、碰撞、交织、分拆；画面，不停地摇晃，组合、破碎、切割、分散。没有共同的聚焦，一切看似漫不经心，却经历了一场场惊心动魄的视觉战争。瞪视、羞赧、惭愧、漠然、爱慕、猎奇、征服与挑逗。瞬间，目光已历千万劫。没有硝烟，没有胜败。或许，一瞬间太短，枯寂的心灵

无法捕捉；或许，一瞬间无法承受太多的刺激，心灵早已自动关闭。在摇摆的都市之舟中，天荒地老与瞬间枯死，早已习以为常。我们只是时空的过客。过去与未来，已不重要。只在瞬间的搏斗纠缠中，才能体悟瞬间的永恒。既如点燃的烟，腾起无数的化身，轻飏、消散；也如白云苍狗，瞬间永劫。

四　可笑的声音

每一间教室都有一串声音在喋喋不休。

坐在讲台上的老师，是这种声音的制造者。每一间教室的声音都自成一体，有着各自的神情：有的闲散，有的峻刻，有的幽默，有的严肃，有的愤怒，有的哀伤。每一间教室的声音都有着无形的威严。对着黑压压的脑袋，对着深埋的人头，对着专注的目光，甚至对着教室顶层的虚空，教师的声音总是那么不容置疑。每个老师都在表达真理！那么多的真理在教室的上空飘荡、流窜。它们是天使和恶魔的混合体，高高在上，敲击着学生们的耳膜，钻进他们的脑袋中。

所有的学生们都保持沉默。尽管他们有的服从、有的无声抗辩，有的充耳不闻，甚至有的充满嘲讽的表情。然而，他们总是沉默。那声音的霸主总在自说自话，失去对手威胁的自信显得如此可笑。偶尔，教师们会强迫沉默的一群发表意见；然而，那沉默的早已习惯沉默，他们是如此胆怯，似乎永远也不会主动站起来，以决然的姿态与声音的霸主一较高下。于是，老师们更自信了，自信得得意忘形。

每一间教室的声音都在喋喋不休。那声响竟如一团密语、一串符咒，将学生催眠。

然而，当那自成一体又无比自信的声音窜到教室之外，遗落在路人的耳朵之时，这些声响竟突然失去了意义，并且显得滑稽可笑。它们变得零零落落，像无主的游魂、一团面目不清的怪物，在现实的人世中失魂落魄，流落街头。

照　　片

　　凝视自己的照片，总有种陌生与熟悉交融的混沌感。

　　是遗像吗？那冷峻的双眼让人感觉如此之远。还有左嘴边的酒窝，似乎就在拍摄者按下快门的那一刻，我感觉到一丝丝的快意？照片中的我，是人生无数种面目表情的一次瞬间定格。甚至，那不是定格，而是面部肌肉一次人为的暂停，是死亡与生长、衰亡与滋生诸种状态的瞬间集合。这一张照片是多种时态和生命状态的集合体。其实，快门的瞬间也不是一个固定的瞬间，它处于时光之流中。只不过，人类假借科学的精确，想凝固时间，想凝固生命容颜；殊不知，我们凝固的永远是人为的时间和错置的生命表情。

　　这张照片是在那天下午三点左右拍的，匆匆忙忙。在去的路上，路上的行人、咖啡馆里的外国人、穿裙子的美女，一一从我的眼前闪过。我在金银街、上海路的不同空间、不同人群、不同氛围、不同文化语境中穿梭。而这穿梭，给我什么样的感觉？无穷尽的彷徨还是忧伤，冷漠还是焦虑，羡慕还是嫉妒？无法言明。每时每刻，我都处在一种纠结状态，无法释怀。这就是我照相之前一刻钟的体验。

　　照相的那一瞬间，我的心同样在不同时空飘忽。我在回想，在想象，在愤怒，在忧愁。那定格的瞬间斩断了我的心理时空。那定格的我，将我从心理之流中骤然抽出，无数种心理瞬间聚合成一种模糊的表情。照相术，或者原本就是虚幻术。它像一把科学之剑，将人、事、物以及背后的心理、氛围、群落从现实之流中斩断，加以聚焦、裁切、凸显；将活生生的个体组接成一个单一的画面，将立体裁成平面，将深度拉成画面；于是，一张似是而非的照片堂而皇之地摆在你的面前，告诉你这就是某个时刻的你，千真万确。这是人们自欺欺人的魔幻术。人们无法把握住过去，无法把握住现在，无法把握住立体的生命和瞬间万化的心理、记忆和想象，于是强求科学变魔术般将人生定格成一帧帧画面。这不真实的画面，安慰着人们：那些都是你们曾经拥有的，只不过现在

已经失去的东西。这是一种心灵的深度催眠。

如今，爷爷的遗照仍挂在老屋的墙壁上。爷爷的遗照，是他老人家去世之前照的，眼神总有莫名的忧伤和痛苦。那炯炯的眼神，盯着你会让你感到不安。然而，遗照中的爷爷又不是我记忆中的爷爷。或者，记忆中的爷爷根本就不是一个完整的真实而准确的存在。爷爷一辈子从没穿过西装，也没打过领带；可遗照中，爷爷西装领带，精神抖擞，这让我很不舒服。记忆中爷爷的脸庞是那么瘦削、那么枯槁；可遗照中，那个人却那般光鲜。这些都完全违反我的记忆拼图。遗照是那么霸道地盘踞在我的视觉中心。慢慢地，它竟然变成一种近乎真实的东西。如今，我的记忆已经模糊，我无法再自信地拼接起爷爷临终时塌陷的面部结构。可悲的是，现在我只能凭借遗照来想象我的爷爷。这是一件多么讽刺的事。

照片存在着视觉影像上的权力和合法问题。作为遗照，他是一个人一生最后的意象，或者是被家属认可，在葬礼上被群体认可的照片。遗照在送葬的队伍中被高高抬起。它告诉送葬的人，这就是那个死者。它也最终成为后辈子孙所能见到的唯一影像。然而，在亲证爷爷临终容颜的我看来，遗照只是一种视觉的篡夺者。它篡改了我的记忆，甚至强迫我从它的构图中追忆爷爷的容颜。由此看来，照相术只不过是一种欺骗术、视觉的强暴术。

散文诗二首

一 理性与疯狂

这是个正常的城市，也是个疯狂的城市。

每条路都铺上黑色的沥青，人们循规蹈矩奔行其上，追逐着梦想与希望。

每条路又都堆满了黑色的欲望，驱使人们释放贪婪的兽，死死咬住权力、地位和金钱的尾巴。

城市的每个角落都在理性的规划中变得整洁、明亮，秩序井然。

每一个角落，又都盘旋着欲望的呼吸。欲望的体臭疯狂地席卷整座城市，疯狂的细菌蚕食每一具躯体。

正常的城市走向文明，疯狂的城市奔向深渊。

这是个正常的社会，也是个疯狂的社会。

理性的算计与程序使社会有条不紊，而疯狂的欲望却在其中肆意横生。

每一个人，都是一个正常的人。每一个人，又都是一个疯狂的人。

人们匍匐在理性、秩序和道德的准绳之下，却时时骚动着一颗贪婪、野蛮、暴力与反抗的心。

枷锁捆得越紧，欲望却越勃大。

绳索越勒进人的身体，灵魂也越分裂。

每个人，都像一条多头的蛇。每个头都牵扯着其他的头，它们互相咬啮，直至死亡。

这是个向上爬的人生，也是个向下坠的人生。

人生的道路，竟由一级级台阶铺成。

那通向光所在的地方，是天堂；伸向黑暗深渊的，是地狱。

向上爬的人，未必进得了天堂。因为，他将后继者残忍地踩在脚下，踩他们的头，踩他们的手。通往权力、地位和金钱的台阶上，尸体盈阶，血迹斑斑。

那向下坠的人，未必会进地狱。因为，他在坠落的过程中看见了残忍和阴谋，也看见了善良和爱。

不顾一切向上爬的人，即使到达了权力和地位的顶峰，上帝也会将他推向地狱。

那无辜下坠的，即使落到了地上。上帝也会让他飞升，进入光的世界。因为，他用善良和爱照亮了这悲惨的人生。

这是个伟大的事业，也是个卑贱的事业。

正义、平等、自由和民主，理性的大旗摇晃着人类美好的未来。

多少人为之慷慨赴死。那些理想的、单纯的、高尚的和不幸的人。

阴谋诡计和屠刀却躲在旗帜的背后，敞开贪婪的眼睛、黑色的心、猩红的嘴。

那些庞然大物们，威严地站起，大声地宣告："我就是你们的未来。"

人们热泪盈眶，前仆后继。

痴狂的人啊，竟然将伟大的事业踩在脚下。

这是颗理性的灵魂，也是颗疯狂的灵魂。

理性的灵魂，在白昼出没。告诫人们如何循着理性的沟壑，经营人生这座白色的王宫。

疯狂的灵魂，在夜晚潜行。拆毁王宫的基石、柱子和坚固的墙壁。

在子夜临界的时刻，白昼驱赶着黑夜，理性征伐着疯狂。

理性胜利了，迎着阳光，冠冕出行。

却不料黑色的疯狂偷偷地跟在背后，潜入了王宫的阴影。

疯狂，在理性的灵魂中，生根发芽，将黑色的触须缠绕，再缠绕。

理性建成的宫殿爬满了疯狂的根须。

二　世界

这是一个正常的世界。

特权和官僚阶层，永远是这个世界最显贵的徽章。

权力、金钱和性的交易，最神秘也是最公开、最高贵也是最肮脏。

高高在上的人总是一脸的正直与慈祥，背后却如一匹贪婪、嗜血、刻毒的狼。

弱小如群蚁的人，满脸写着愁苦和不满，仇恨时时闪过那一双双浑浊的眼睛。

那少得可怜的抗争者，只能以鲜血编织生命的璀璨之花。

这是一个光明的世界。

黑洞吸卷所有的光。

无处不在的幽灵，向世界庄严地宣布："要有光。"

谄媚的光就从幽灵的羽翼下溢出，色彩斑斓。

然而，那虚无缥缈的光，一瞬间就化为虚有。

幽灵磔磔的笑声，从黑洞的深处传来。

这是一个荣耀的世界。

当一匹野狼被群狼咬死。

群蚁看见了复仇的希望，如一匹匹疯狂的狼。

带着一颗颗仇恨似火的心，步调一致地攻占了狼的尸身，摇旗呐喊：

"这是人民的胜利。"

在它们忙着咬啮，忙着分尸，忙着搬运的时刻，一匹巨大的狼，正轻蔑地看着群蚁的嗜血盛宴。

这是一个美丽的世界。

一条蛇从伊甸园中逃出，幻化成无数个美女，摇摆地走向辉煌的殿堂。

美酒如猩红的血，狂饮；葡萄如璀璨的宝石，吞咽。

妖娆的身体缠住至高无上的印章，流下甜蜜的笑。

国王离开了宝座，匍匐在女神的脚下；群臣丢弃了尊严，趴在妓女的裙边。

醉人的歌声一起唱响，高潮和死亡彼此纠缠。

这是一个高尚的世界。

知识堆成了官阶，让人仰望。

智慧套上了枷锁，关入潮湿的牢房。

学者们坐在宽大的书房，构想一场场你死我活的阴谋；

学子们，一边学着自由与正义，一边窥探权力和金钱的美色。

人们高唱：

这是最好的世界，也是最坏的世界。

这是最干净的世界，也是最肮脏的世界。

这是最自由的世界，也是最禁锢的世界。

这是最平等的世界，也是最不平等的世界。

这是最公正的世界，也是最不公正的世界。

……

总之，这是一个正常的世界。

第三辑 纪实与虚构

起　厝

题　记

所写的这一切，都是在告别。告别叛逆的青春，告别岁月中的苦痛与辛酸，告别一家人团结抗争的岁月，告别我已经无法进入的乡村世界。

一　村庄剪影

一厝厝四层楼别墅错乱地矗立在荒芜的田畴间，几只白鹭日复一日地在荒地里悠闲觅食，偶尔停在驻足的老牛身上，享受着夕阳余晖。

时间在这片土地酣眠。刚修筑的水泥路虽然引起一时的喧哗，但很快的，它也融入了村庄生活的节奏。咆哮的车声惊不起沉寂得近乎死去的村庄。偶有老人去世，这才让好事的村里人梦醒似的瞧瞧周遭人事的代谢。或者，一两栋漂亮的别墅落成，鞭炮声提醒附近的村民，该去贺喜了。

"咦？林家的孩子盖了一座别墅？这才几年啊？"

"四五年了，真快啊！"

时间在人们的惊叹声中翻了下身，便迅速地沉入梦乡。

位于福建东南一隅的这个侨乡，每个村落都有一半以上的年轻人偷渡到国外。他们大部分老实本分地在外打工，每个月寄一两万回家，养着老婆孩子。一小部分不安分的，去偷去抢，被外国人憎恨、辱骂，甚至被别的帮派杀害。有些被遣送回来的，还要想方设法出去。待在国内的，自然也有些不安分，他们偷鸡摸狗，甚至杀人越货。至今，村里还躲藏着一两个人杀人犯。

好多村落已经很难看到年轻男人了。村里绝大部分的田地已经荒芜。老年人只能在几块地上种上花生、地瓜，自给自足。那些年轻的女人虽然小时候插

过秧、割过稻、种过花生，吃了点苦头；可是现在，她们专等着男人寄钱回来。

村里的每一栋别墅都静悄悄的。但你别以为每家每户都和和睦睦，相亲相爱。婆媳之间的矛盾总是千年不变。婆婆觉得儿子远在国外，自己和老伴便是家里的主心骨，凡事都得听他们的，况且儿媳妇年轻，经不起诱惑，还要时时防着她出轨；但儿媳妇觉得，出外赚钱的是自己的丈夫，自己才是一家之主，而且自己手上握有大把大把的钞票，更应理直气壮，寸步不让。在钱这个事上，婆婆总是有说不出的委屈。自己辛辛苦苦拉扯大的儿子，到头来，儿子却将赚的钱寄给了另一个女人，更让他们郁闷的是大多数儿子都不会主动寄钱给父母。于是，你防着我，我看着你，矛盾自然就像每日的油盐酱醋，总得上几道。闹得凶的，你不睬我不理你，冷冰冰地过着日子。到了晚上，各自跟自己的儿子（丈夫）诉苦。孤身海外的男子听着家里乱七八糟的芝麻小事，一面忙着灭火，一面也更加苦闷、烦躁。于是，禁不住诱惑和孤独，往往在外面找一个同样孤独寂寞的女人过日子。双双都瞒着家里人。做得严实的，平平安安地做了几年的夫妻。要回国了，各自回各自的家，谁也不去找谁；也有东窗事发的，家里鸡飞狗跳。受委屈的一方要死要活地要离婚，也有只是吓唬吓唬那不安分的，等事情过后，自然还要等那个人回来继续一世的夫妻。村里的女人见过太多这种事情，于是她们只能紧紧抓住唯一一根救命稻草，那就是钱。把钱攥得牢牢的，即使男人要离婚，她也无后顾之忧。所以，看上去极为平静的家庭，却时是酝酿惊涛骇浪，那斜风细雨自然是每日都要领受的。

二三十年过去了，村里的女人似乎是养在深闺，越活越滋润。唯一能够明显看出时间飞逝的，便是村中那一栋栋陡然耸立的别墅了。这个村落原来盛产稻米、花生、番薯，绿油油的农田将村落围在中间。村里盖房子的土地有限，新盖的别墅只能一步步向村外挪，耕地的防线被一点点蚕食。一户、两户，欧式别墅像细胞一样在村外复制，慢慢地，村中心的房子就显得特别破落，那些都是几十年前盖的土房子。有些老人受不了儿媳妇的气，情愿住在破落的土房子里，过着冬暖夏凉的日子。而那别墅则装修得特别豪气，红木沙发、落地窗帘、五六十吋的液晶电视，成套音响、卡拉 OK，该有的都有了。

这个村落似乎天生具有一种向外探险的勇气，世界各地的钱总会源源不断地流入村中；而村落又永远赶着城市快要退潮的时髦，腰缠万贯地走向一个不知所之的时代。

二　砸厝

对于农民而言，起厝是一件大事。他们一生奋斗的目标就是盖一栋房子。以前，单靠田里和打工的收入，起厝是一个遥不可及的梦想。现在，每家每户终于踏在实现梦想的路上，心里都铆足了劲。

起厝是一件复杂的工程。不光是要自己采买石头、水泥，还要处理好一系列的人际关系，比如跟邻居、跟村委会、跟镇政府的村建办。

林老汉一生忠厚老实，但他只会埋头苦干，跟别人也是直来直去，得罪了不少人。这种性格似乎跟他的职业大有关系，他的大半生都跟石头打交道。锤子、铁錾和石头，你锤着我，我敲着你，不是我磨钝了你的头，就是你粉身碎骨。这是一个硬邦邦的世界。然而，人心岂是硬邦邦的？

刚开始挖地基的头几天，林老汉就遇上了麻烦。

有一天，一辆工具车停在路口，从工具车上下来几个穿着保安制服的人。他们一个个漫不经心地走向林老汉的宅基地。

"村建办来了。"何群英眼尖，紧张地警告老伴。

一个有点秃头的人走到了田边，冷冷地问道："谁在起厝？"

林老汉小跑到秃头男人身边，躬着身，小声地说："我，我。"

"停工，不准建，这是耕地，不准建。"秃头男人抽出了一根烟。

林老汉机敏地掏出打火机，为秃头男人点上，顺手将一包中华塞进秃头男人的上衣口袋中。秃头男人，竟然什么都没感觉到，若无其事地抽着烟。

"好，好，好。"林老汉赔笑着。

"下次再被我们发现，我们就不客气了。"秃头男人漫不经心地转过身，走向工具车。那几个穿着邋遢制服的人慢悠悠地踱着步。林老汉示意老伴，何群英便敏捷地掏出几包烟，一包包塞进几个宽大的口袋里。红色，中华。

为了保护耕地，国家的政策是在耕地上划红线，红线之内不准许盖房子。但是，村里早就没有盖房子的空地了。除非将自己的老屋推掉盖新房。但那

样，不仅新房子的面积小，老辈传下来的老屋也没了。于是大多数村民都选择在村里分给自家的宅基地上盖新房。然而，在盖新房之前，要先向村委会、镇政府缴纳一定金额的建设费，这是一条不成文的规定。凡是交钱的，就可以在任何一块耕地上盖，没有人会去管你。那些要在自家老房子的宅基地上盖新房的人，同样要交钱。不交钱的，自然会受到村建办的特别关照：不是缴工具，就是扒掉围墙；更有甚者，推倒两三层的土坯房。每天，村建办的人都会坐上工具车到辖地巡逻，一发现有违规建房的，就下车警告。等那些盖房子的户主老老实实地交上钱，村建办的人就对他们熟视无睹了。懂规矩的农民，为了避免惹麻烦，都主动地去缴费。镇政府给他们开一张条子，上面写着："某某某支持乡村道路建设，捐款人民币叁万伍仟元。"这张条子就算是准予盖房的许可证了。这几年，镇里出国的人多，新房也一栋栋气派地矗立在田间地头，成为当地的新气象。据说，中央某领导曾经来视察，一度表扬过地方建设社会主义新农村卓有成效。因此，这种捐钱盖房的不成文规定就堂而皇之地延续下来。

林老汉知道要起厝先交钱的规定，他也主动向村委会缴了三千块钱。但是镇政府的三万五千元，对他而言，实在太多了。他舍不得一下子捧出这么多钱交给那些横行乡里的干部。林老汉似乎永远是个不识时务的人。他不主动到镇政府去缴钱，还有自己的小算盘。他一厢情愿地认为：也许拖着，拖着，时间一长，政策一变，村建办的人就忘记了。他一直相信，一旦让他安安全全地盖上了房子，村建办的人就拿他没办法。所以，这次村建办的人来警告他，林老汉百般讨好，希望给他们留下一丝好的印象。他们下回再来时，还会顾着一点点情面，讲一点点交情。

可是，林老汉错了。镇政府永远都不会跟他这个无官无势的人讲情面。只要他一天不交钱，村建办的人每天都会去找他麻烦。

第二天下午，两辆黑色的工具车从斜坡上冲了下来。几个黑衣人跳下车，围住林老汉的宅基地。

"不要建了，听到没有！叫你不要建，你还建！"又是那个秃头男人，这回眼冒凶光，震慑着全场。

几个抬石头、挖土的工人呆呆地站在原地，注视着。这种场面，他们看太多了。

"缴了，缴了！把工具都缴了！"秃头男人指挥手下从地里收缴铁锹、锄头、簸箕。

林老汉见状，脸上淌着汗，赔着笑脸，慌忙跑到秃头男人身边，差点摔了一跤。

"领导，领导，别收工具，别收工具，我们这就停工。"说着，林老汉掏出一根烟，向秃头男人递去。

秃头男人不耐烦地推开林老汉沾满泥土的手，根本不理林老汉低声下气的请求。

"缴了，缴了。快点。叫你们不要建，你们还建！"秃头男人口气强硬。

手下们纷纷拿着一两样工具，走向工具车。

"还给我，还给我。"老伴何群英跑上去抢被缴的工具。

"放手，听见了没有。"剔着平头的黑衣人恶狠狠地推了下何群英。

何群英跌倒在地上，号啕大哭。

"还给我，还给我。你们这帮土匪！"何群英不顾一切地谩骂着。

"走走走，别理他。"秃头男人径自走向工具车。

"下回再让我看见你们在建，就不是收工具了。听见没有？！"秃头男人回过头来大声威胁着。

林老汉呆呆地站在田间，看着老伴在太阳底下号啕大哭，汗水浸透全身。

等工具车开走，何群英从地上爬起来，哭着走回田间。她骂起老伴来："你死人啊。他们抢东西，你都不会去抢回来啊？"

"抢？抢什么抢？你能抢得过他们吗？"林老汉有气无处发，只能冲着老伴，将手里的烟重重地甩了出去，"去你妈的。"

这回工具被收，是第二次警告。显然，这次警告是来真的。下回会怎么样，谁都不知道。

林老汉愤愤不平地走回老屋。正好，儿子文法在家。老汉便将工具被缴的事情跟儿子说了。

"妈的，这帮土匪。"刚毕业的文法第一次听到这种事情，愤怒地骂着。

"爸，他们把工具运到哪里去？"

"镇政府。"

"我们去把工具要回来。"文法提出一个大胆的想法。

"怎么要?"林老汉一向对乡镇干部多有畏惧。

"跟他们理论,他们是违法的。"文法读的是文学,根本不懂法律。也许,是书读多了。对任何欺压百姓的事情,都有一种本能的反感。更何况,刚从大学毕业,根本不了解社会是个什么东西。他有的只是满腔的愤怒和打抱不平的意气。

"这能行吗?"林老汉还在犹豫。

"怎么不行?"老伴何群英不知什么时候也回到家,"我当时就抢。要是人多,跟他抢,他也抢不走。只有你爸,死死地站在那里。"

"你干吗不去抢?"文法逼视着胆小的父亲。文法像母亲,鲁莽,大胆。

看着义正词严的儿子,林老汉似乎受到前所未有的鼓舞。他一直对儿子抱有很大的期望。希望他能够入党,再踏入仕途,自己也能够在村干部面前挺直腰杆说话。现在,儿子大学毕业了,儿子说的话也许是对的。

"那好吧。我们现在就去镇政府。"

林老汉发动了自己骑了近十年的建设牌摩托车,载着文法驶向镇中心。

镇政府在镇里的中心大街上。摩托车在错杂的人流中缓慢移动。林老汉对镇政府太熟悉了。就在前几年,他的大儿子未到法定年龄结婚生子。他就被计生办的人抓到镇政府,在尿桶边闻了一夜的臭尿。最后,家里交了一万八的罚款,镇政府才把他放出来。镇政府大门像一张巨口,尽管有些破落,却依然令他胆寒。文法对镇政府只有一个模糊的印象。当年考上市重点中学,自己曾跟着村里的文书到镇政府办户口迁移手续。如今,多少年过去了……

摩托车突突地拐进了镇政府的大门。两辆黑色的工具车停在大院角落。院里面没人,空荡荡的。午后的阳光熏得人发慌。

文法领着父亲,找到村建办公室。屋子静悄悄的,两个人埋头看着什么。

文法看了看父亲,问道:"是不是这里?"

林老汉点了点头:"就是伊。"父亲指着指一个秃头男人。

文法快步踏入,直接走到那个穿着白衬衫的秃头男人面前。

"把我家的工具还给我。"对着一颗光亮的脑袋,文法硬生生地说。

那个人像是被这突然闯入了人影和生硬的声音吓到了，猛然抬起头，看到一个学生样的年轻人站在面前。

"领导，领导，这是我儿子。"林老汉赶紧踱过来，躬着身，赔笑道。

秃头男人瞥了下林老汉，这才明白这个乳臭未干的年轻人是来干什么的。

"你违法乱建，还想要工具？"秃头男人不理不睬着，慢悠悠地点上一根烟。烟雾腾起，秃头男人眯着眼，觑着这个来历不明的年轻人。

"我爸在自家的宅基地上盖房子，怎么算违法乱建？哪条法律说不能在自家的宅基地上起厝？你拿出来给我看。你们凭什么缴我家的工具？"文法虽然不懂法律，但他大胆料定村建办的这帮人肯定也不懂，于是就搬出法律来。

秃头男人静静地呆在一片烟气中，若有所思地抽着烟。显然，他对法律是不太了解的。他的工作只是村建办工作的历史性延续。他只负责每日下乡巡逻，凡是有新盖的房子，他们都可以去收缴工具，甚至是砸房子。当然，他们会掌握好分寸。他们的工作只是吓唬吓唬那些村民，让他们乖乖地把钱缴上来。这样，他们的工作就算完成了。至于法律嘛，谁懂？

"你爸在耕地红线上盖房子，还不违法？"秃头男人并没有被镇住。工作这么多年，他至少知道，耕地红线是怎么一回事。

但是，文法显然不懂耕地红线这回事。他依然抗争着："你们乱缴工具，不是违法是什么？"

"你乱建，我们就有权收缴工具！"秃头男人被惹怒了，声音也大起来。

"我是读法律的，你把法律条文拿出来。"文法叫嚷着。

"你讲什么普通话？你会讲平话吗？你在这里讲什么普通话？你装什么款？"秃头男人恼羞成怒，叫嚣着。

原来，文法一直用普通话，而秃头男人一直用方言。也许是听到"法律条文"这个词，让秃头男人突然意识到这个词竟然这么陌生、这么突兀。于是，他觉得在跟这个年轻人对话时，自己处在弱势地位，受到某种侮辱。语言上的弱势，让他觉得说话都有点力不从心。这种感觉他从来没有过。要知道，在平时，乡下巡逻的时候，就连他的咳嗽声都能吓得那些违建农民心惊胆战，更不用说他发号施令、颐指气使的那种威风了。

"怎么？普通话不能讲吗？怎么不能讲？"文法穷追不舍，依然用普通话。

然而，文法的心里也有点虚。多少年了，在学校一直用普通话，方言都用得不利索。好些话用方言都讲不出来。这让他觉得他与土生土长的乡村有了隔阂。而那个世界也像是关上了大门，他已经不属于那个世界了。秃头男人近乎毫无理由的质问，让文法突然意识到，这是乡村世界，有着乡村的逻辑、乡村的语言、乡村的权力、乡村的野蛮和乡村的无法无天。

"领导，领导。我儿子一直在学校读书。平话已经讲不好了。"林老汉见缝插针地分辩道。看着村建办的干部跟自己的儿子冲突越来越激烈，他担心自己的儿子吃亏。毕竟，村建办背后是镇政府，镇政府里面是看不见的镇长、书记，还有派出所、警察。对林老汉而言，镇政府永远不是说理的地方。你只能屈服，不能反抗。当年，他被计生办的人带走，他甚至都没想过逃跑，更不用说反抗。他只是老老实实地被他们推上了车，然后让家里人乖乖地缴上罚款。

办公室争吵的声音惊醒了沉睡中的镇政府大楼。镇政府上班的人三三两两、有意无意地走过村建办的门口。有些人直接站在了门口，低头接耳。

"这是谁？"

"一个学生，来要工具。"

"怎么？"

"他爸起厝，工具被缴了。"

"啧啧。胆子这么大，还敢来要工具。"

"是啊，听说读法律的。"

"读法律的？讲普通话？装什么款！"

……

消息似乎传得很快。一个夹着公文包穿着白衬衫的中年男人走过。他只是往里瞟一下，就走了。没一会儿，有人把秃头男人叫走了。

村建办里，只剩下文法和他的父亲，还有一个女人，始终低头看着数据表。静静的阳光照进来，灰尘在光线中浮动。一切又归入沉寂，死一般的沉寂。

几分钟后，秃头男人回来了。脸色阴沉。

"你们走吧。领导发话了，工具不会还给你们。你们胆敢来镇政府闹事，无法无天。"秃头男人的责备中带着些许的委屈，显然是被某位领导批了一顿。

"走，快走。"林老汉知道这样闹下去结果只能更糟。他赶紧扯着儿子的手快步离开。

文法虽然不情愿，但也只能识趣地走开。他知道，这时候已经不是秃头男人说得算的。镇政府里更大的领导没有露面，他们才是真正的拍板人。其实，对于这些幕后的干部，文法还是有些畏惧的。尽管，他在大四那年当过实习记者，曾经想尽办法去找真正的领导。但那些人总是藏在暗处，从来未显露真身。越有权力的人越神秘，他们像一颗颗阴鸷的灵魂，无处找寻，影响力却无处不在。他们牢牢地掌握着事态的进程、掌握着某个事件的机密。你想揭开真相，总会遇到底下人设下的种种障碍；就像一个人走进了迷雾中，找不到出口。挫败感和压抑感，让人无法释怀。这是一种令人恐惧的权力体验。文法对之恨之入骨，虽然他并不真正懂得权力游戏。

到镇政府闹事，显然是件胆大妄为的事。多少年来，还没有一个人敢来镇政府要工具。后来，林老汉才从文书那听说，镇政府的人觉得受到挑衅，而这个挑衅竟然来自一个大学毕业生，这更让他们觉得是奇耻大辱。他们会想方设法找回面子，让对方付出更惨重的代价。因为，不要说是一个农民和农民的儿子，就是跟全村的人斗，镇政府都从来没输过。

经过这么一闹，事态似乎平息了。林老汉家的房子很快就砌好地基，安上了模板，灌上了水泥。然而，这是暴风雨来临前的平静。那些神出鬼没的村建办巡逻队故意绕道他处，耀武扬威。他们不是怕林老汉和他的儿子。他们在更高一级的领导策划下，谋划着更大的反攻。他们压抑着报复的冲动，静静地等待着那一个即将到来的时刻。

在林老汉地基上的水泥还没有干透的一天上午，两辆黑色的工具车幽灵般出现在宅基地旁边。林老汉沉浸在筛细沙的乐趣中，甚至都没有听到工具车发动机的声音。

"你还在建。砸了，都砸了。"

林老汉似乎听到了一声炸雷，浑身本能地颤动着。这是一个温暖的上午，汗水浸透了他的衣服，他原本很幸福地幻想着即将矗立起来的新房。

嘭，嘭，嘭。大锤砸在水泥模板的声音，从地基的四周传来，此起彼伏。啪，啪，啪，哗啦，哗啦。大锤砸在未干透的水泥块上发出沉闷的声响。泥块

纷纷溃散，掉落。

林老汉还没反应过来这是怎么一回事。只见十来个穿制服的黑衣人，正使劲地抡起大锤向模板和水泥砸去。等林老汉抬起头来，抹去睫毛上的汗珠时，他才发现他浇灌的地基模板已经被大举进攻，几近砸烂。

林老汉这才慌了神，他扔下筛子，冲到黑衣人身边，用长满老茧的双手扯着黑衣人高高抡起了大锤，然而，那黑衣人太使劲了，林老汉根本拦不住。林老汉扯着这个，这个黑衣人动作慢了点，扯扯那个，这边的黑衣人又抡起了大锤。十几个人啊，怎么能拦得住？林老汉扯了几个，见都拦不住，只好着急地四下寻找那个秃头男人。那个人正悠闲地站在田畦上，叼着烟，欣赏着这场大快人心的报复行动。他要让这个不识时务的老人和他的儿子见识见识，斗胆反抗他们的人会有什么结果。

林老汉连跑带爬地赶到秃头男人身边，气喘吁吁地哀求着："领导，领导。您大人有大量，放我一马。别砸，别砸啊。"

秃头男人僵硬着站在那里，目不斜视地注视手下的壮举。他的脸部没有表情，像一块黑沉沉的水泥块，冰冷，生硬。

"领导，别砸啊，别砸啊，我的基础……"林老汉哭诉着。

嘭嘭嘭，啪啪啪，哗啦，哗啦……

哀求声夹杂着砸烂声，随着上午的阳光传得很远很远。马路对面的村里人，有的站在阳台上，有的站在自家的门口，静静地观看这一切。

十几个黑衣人只卖力砸了十来分钟，林老汉浇灌不久的水泥模块已经面目全非。模板被撬起，扯下，散落一地。浇铸好的水泥块被砸得零零碎碎，变成一道道稀巴烂的土堆。原本还挺直的钢筋，已经被拗弯，像枯萎的枝叶被人乱踩过一样。

毁了，一切都毁了。

林老汉无力地蹲在田埂上呜咽着，眼泪和汗珠在眼光中闪射着点点亮光，口中兀自喃喃自语着什么。

"行了。走！"声音从林老汉的头顶传来。

"下次再建我看看！"秃头男人威胁着，掉头而去。

十几个黑衣人扛着大锤，走向工具车。他们把大锤扔进了工具车的后斗，跳上了车。

轰——工具车扬长而去。

等这帮黑衣人消失得无影无踪，林老汉的宅基地才出现几个村里人。他们看着七零八落的战场，各怀心思。有的幸灾乐祸，有的同情，有的愤怒。只不过，他们谁到不言语。所有的话都埋在他们的心里，像一口口幽深的井。黑暗与阳光在其中缠绕，井里的鱼吐着一口口泡沫。浮起，破了。

早有人将地基被砸的事情告诉了何群英。但等何群英火急火燎地骑着自行车赶到现场时，只有一片狼藉让她心悸。她一下子就哭了，怒骂着："这群没良心的哟，这群良心被狗咬的哟，这群土匪啊，我的基础啊……"何群英瘫坐在地上，哭诉着。

"蓝蓝的天上，白云飘。白云下面马儿跑……"一辆发出巨大音响的摩托车从马路上滑过。

"三嫂，别哭了。快快的，整理下，去叫水泥工，赶紧再钉模板。这批人走了，不会这么快回来，快快做，还能盖上。"何群英老屋的邻居提醒着。

不知过了多久，林老汉和何群英像是听见一条绝妙的计策，慢慢地从悲伤中转醒过来。他们抹干了眼泪，慢慢地站了起来。在一片婆娑泪眼中，林老汉和他的老伴无声地收拾着被四处丢弃的模板。这些模板有些已被砸断，有的从中间裂开，有的断了一角。损失较重的是那些快干透的水泥基础。一条条水泥基础已经被砸得面目全非，它们必须被撬掉重新灌注。

望着残破的基础，林老汉又一次体会到镇政府、村建办的残暴和野蛮。在炎热的阳光中，林老汉回想起多年前，也是这么一个温热的上午。他用十来年采石头攒下来的钱，在老屋后头搭了两间房。就在落成的那一天，村建办的人来了，几个黑衣人围住他的房子，说是要推倒他的新房。他是求爷爷告奶奶，差点就要跪下了，答应他们马上到村建办去缴钱，这才制止那些已经蠢蠢欲动的手臂。多少年过去了，村建办的人换了一批又一批，可他们的做法依然如此，跟土匪强盗没有多大区别。林老汉觉得憋屈，这个狗娘养的世道。无权无势的人永远被这些狗崽子欺负，毫无道理可言。他非常羡慕隔壁村的林世光。由于他弟弟林世辉在市检察院还是法院当什么院长，世光起厝的时候，那般狗崽子曾经不知天高地厚地威胁说要拆房子，世光只报出弟弟林世辉的名头，这

般狗崽子像见了鬼一样，一个个悄无声息地钻进车子，溜之大吉。这是他亲眼所见。有权有势，在哪里都不会受欺负。所以他一直希望自己的儿子能够考上公务员，当上官，这样他才不会再受欺负。可是啊，哎。林老汉想着，摇了摇头。这个儿子，虽然读了大学，似乎天生与当官的过不去，在大学也不入党，大学毕业也不考公务员，一心要去当什么记者。记者有什么用？还不是照样被人欺负？林老汉越想越憋闷，越想越气。气不争气的儿子，气那些狗娘养的，气这个无法讲理的社会。

整个上午，林老汉黝黑的身影都在宅基地上徘徊。他这边瞧瞧，那边摸摸。林老汉不会想不通，他这一辈子被村干部、镇政府的人欺负的还少吗？不差这一回。每一次被欺负，林老汉都是想尽办法，托人找关系，卑躬屈膝，争取一点点回转的余地。这回也一样。不过，他还是不想这么快地交那三万五。村里好几户在盖房子的都还没交，自己更不会主动去；更何况，用这三万五还能盖上一层毛坯呢。大儿子在国外赚钱不容易。屈指算算，离家也快十年了。本来大儿子想早点回来办厂。现在这几十万用来起厝，大儿子还得在外面呆上几年，甚至又一个十年。十年啊，小孙子已经十几岁了。快得很，人也老得快。

思来想去，林老汉觉得上次不该听老伴和儿子的话去镇政府要工具。这回被抓了一个典型。镇政府那班人还不往死里整？自己无官无势，没有背景，以后盖房子的日子就更难过了，还是得赶紧想个法子。

这天中午，他找到村文书林振龙。振龙这个人，说坏也不坏，你找他帮忙他也会帮，只不过他总是不冷不热的，他要看办的事对他有没有好处。

"振龙，我的厝被村建办砸了……"

"我知道。"文书早就知道这事，早在砸房子之前他就从镇政府里听到了什么，不过他不会主动跟林老汉讲，讲了对自己也没啥好处。

"有没办法让村建办不来砸房子？"林老汉试探着。

"现在起厝，都得缴钱。这是肯定的。再说，前一段，你跟你儿子跑到村建办那么一闹，整个镇政府的人都知道，他们讲你们看不起镇政府。这回村建办来砸也是肯定的。"振龙站在自家新盖不久的别墅门口，意味深长地说。

"我就说不能去，我家里的骂我，我才去。现在有没办法调解下？"林老汉辩解着。

文书点上一根烟，眯缝着眼，想了想。

"这样吧。你拿两千块钱给我，我去请村建办的人吃饭，到时候你一起来。坐在一起讲讲，我帮你说说话。"

"好好好。"林老汉得救似的赶忙应承着。能有机会跟村建办的人搭上关系，这是他求之不得的事情。多少次，他到镇里办事想认识一下办事的干部，遇到的都是一张张臭臭的脸。

"我这两天跟村建办主任联系下，看他什么态度。到时候你再把钱拿给我。"文书似乎深谙此道。

"好好好。感谢，感谢。"林老汉点着头，笑眯眯地离开。

文书的话让林老汉看到了希望，他甚至得到了某种满足。那就是向权力靠拢、向施暴者拉关系的满足感。大半辈子了，他都没有这个机会；现在，终于有这个机会。他自以为是地感觉到自己找到了靠山。

回家后，林老汉不无兴奋地向老伴和儿媳妇说起要请村建办的人吃饭的事。老伴以她天生所具有的不屑、怀疑和不妥协的语气，说道："哼。村建办就像土匪，吃了你的饭，谁知道伊还认得你是谁？"

儿媳妇算了算，说："请他们吃饭，还不如把三万五交了。省下两千块，他们也不会来砸。"

老伴的泼冷水和儿媳妇的算计，让林老汉清醒了一下。按说，儿媳妇算得对。村建办的人不就是想要钱吗？干脆给他得了，一了百了，他们可以安安心心起厝。但是，林老汉就是舍不得这个钱。对他而言，三万五还是笔大数目，说不定哪天，政策一变，都不要缴了，那不是省了？他就吃过这样的哑巴亏。儿子早婚早育，孙子被罚了一万八；没两年，孙女又出来，超生，也被罚了一万八。两个人合起来三万六，全落了镇政府的腰包。可没过几年，国家明令禁止罚款了，后来早婚早育的、超生的都不用罚钱。自己老老实实交了，白白亏了这些血汗钱。现在，要学乖一点，能拖就拖，拖到最后没办法了再去缴。再说，这两千块钱，也能缓和一下自己跟村建办的关系，毕竟自己和儿子不知天高地厚跑去闹，得罪了那些人，他们才会下此煞手。

起厝的事由林老汉一手操办，他决定先拿两千块钱试一下。老伴和儿媳妇

虽有意见，究竟也毫无办法，就由着主事人去处理吧。

没两天，文书给林老汉打电话。

"振兴，我跟村建办主任联系过了，他们刚开始坚决不去，我好说歹说他们才勉强同意。不过，你最好不要去，你去了，他们一个都不会去。再说，你坐在中间，这饭没法吃。"

听着电话那头阴阳怪气的声音，林老汉的心像被针刺了一下。不过，他马上就反应过来："好好好。那我就不去了，去了我也没话讲。就请你帮我讲一讲，你多操心点。今晚，我就把钱拿过去。"

挂完电话，林老汉觉得自己又一次被人欺负了。他们既要吃你的，还不想见到你，明摆着是要白吃你的，不给你留下任何讲交情的机会。想着这帮人到酒店喝着酒，还讥笑、嘲弄着自己，林老汉的心跳得厉害。不过，事已至此，已经没有办法了。钱是照样得出，他们来不来，什么时候来，怎么个砸法，还要看他们是否还有一点点良心。不过，趁着这个机会，赶紧联系建筑队来，把地基打上，再砌上砖，才是正经。

果然，此后村建办有一两个月没来了。其实，村建办的巡逻车每天都经过他们家的路口，只不过车是径直开下去的。他们就像幽灵一样，静静地观察着你，揣度着你。什么时候时机成熟了，他们又会凶神恶煞般冒出来，冲向毫无防备的你。

林老汉的房子已经盖完了一层。他在新房子的大门口立了两根石柱。这两根石柱，林老汉花了大几千块买的。林老汉大半生跟石头做伴，他深知石头有多么坚硬、多么完美。两根石柱符合他对新房子的构想。有了这两根石柱，这栋房子像是找到了魂，傲岸地挺立在一片绿油油的农田中间。望着这两根石柱，林老汉觉得舒坦，他的新房子马上就能从图纸变成现实了。

正当林老汉觉得村建办似乎放过他了，正当他陶醉在新房子的梦想时，一个炎热的上午，两辆工具车再一次幽灵般停在他的房子旁。

又是十几个黑衣人。

他们抡起了大锤朝石柱砸去，朝刚砌上不久的砖墙砸去，朝一切他们想砸的地方砸去。石柱挨了几个大锤，掉下几块碎石。那石柱不再是圆溜溜的光洁可爱了，它们变得残缺不全，像受伤的战士，哀吟着。刺眼的光线故意逗弄着石柱，让它纤毫毕现。石柱，竟然如此丑陋，像扭曲的残废的身体。几面窗户边的砖头也已经被砸得支离破碎。由于被砸得太厉害，一面墙塌了只剩下一半的墙头。

对于这突如其来的袭击，林老汉又一次愣住了。他似乎不知道这帮人是什么人，他们在干什么？他呆呆地看着他们，好像他们干的事情与自己无关。然而，当他从哗啦的倾塌声中苏醒过来时，一切都太晚了。

可怜巴巴的老人突然跪了下来，舂米似的不停地用头撞着沙土地，哀求着：

"我求求你们，别砸啊，别砸啊。我求求你们。我都快六十了，一辈子都没作过孽。我求求你们，放过我，放过我吧……"

林老汉的哭声让人感觉那不是人的声音。那声音像一匹衰老的野兽，拼出全身最后的力气嘶吼。那个声音沙哑、沉顿，在曲曲折折纵横交错的阡陌中传不了多远，就被风吹散了。

林老汉的前额与大地剧烈地撞击着，好像越用劲越能表明他的心迹。只磕那么几下，林老汉的前额已经渗出血迹，那血迹黏住了一层沙。一个满额沙、浑身泥土的怪物匍匐在沙地上，捣蒜般磕着头。

建筑工们静静地站在房子的周围，三三两两。他们谁都不会也不敢主动去拦村建办的人。他们跟东家、跟这栋房子没关系。他们只是静静地围观着，像看一出表演、一出悲剧。

黑衣人依然不闻不问地砸着。时间似乎过得特别漫长。

也许是太阳太毒了，晒了人皮肤烫得厉害。秃头男人的声音响起：

"行了。先砸这么多。别再起了，再起，你知道后果。"

后果？后果，就是他们叫来勾机，把一层楼扒平。这事他们不止干过一回。

不知在什么时候，黑衣人消失了。

不知过了多久，林老汉才跌跌跄跄地爬起来，看着被砸了破碎的柱子、一面半塌的墙，他静悄悄地坐在台阶上，坐在散落着的石块碎片中间。

林老汉一语不发，似乎已经哭累了，求累了。他呆呆地盯着地上，一动不动。

"东家，不要这样，下次再来跟他拼了。"也许是好心，也许是挑拨，工头过来劝慰着。

"哎，可惜了这两根柱子，好几千啊。"工头兀自感喟着。

等何群英和儿媳妇赶到工地时，建筑队已经散了，只剩下林老汉靠着柱子发呆。头上的血迹已经干了，但沙粒还黏在额头上。林老汉那双狭小的眼珠茫然地盯着地上。

看到残破的房子，何群英又一次号啕大哭："作孽啊。你们不得好死！没良心啊……"

何群英的哭声又一次引来村里人。熟悉的乡邻赶紧叫老人的儿媳妇用清水把老人额头上的血迹擦掉，再给他喂几口水。

喝完水的林老汉，从喉咙里咕噜噜吐出一口痰。他似乎恢复了力气，眼里射着仇恨的光芒："你们这几只狗！我跟你们拼了！你们这些土匪！我盖房子也犯法？你们这些狗！我告你去！"

老人发泄着，他从来不会当众骂村建办，如今他已经豁出去了。

三　赔礼道歉

房子被砸的当天晚上，文书就给林老汉打来电话。

"振兴，村建办主任要你跟你儿子到镇政府赔礼道歉。他们说你们上次那么闹……"

"伊娘我 X，赔礼道歉？他们砸了我的房子，差点被他们砸塌了，这怎么算？哼！"

"你起厝本来就要缴三万五，别人都缴了，你为什么不缴？被砸是肯定的。村建办主任讲，这次砸还算轻的，你要是不去赔礼道歉，他们就要叫勾机过来勾。"

"……"

"你自己算算看，哪一种合算？再说了，赔礼道歉完，他们也可能放你一马。等你把房子盖上去了，缴钱的事以后再说。"

"……"

"要是去赔礼道歉，你再打电话给我。"文书算是仁至义尽了。

接完电话，林老汉陷入了沉思。早上的屈辱还不够，还要再一次受到侮辱，还要带上自己的儿子。这真是个欺负人的社会，无法无天的社会。然而，不去赔礼道歉，又能怎么办呢？政府从来不会输给平民百姓。不去赔礼道歉，那帮狗东西只会砸得更凶，到时候一切都完了。林老汉在村里生活了大半辈子，见过不少跟镇政府对抗最后闹得家毁人亡的事情。前一段，文华村不是有一栋被村建办勾塌了两层楼的房子，人还被打得不轻。不去赔礼道歉是不行的，自己这张老脸反正也不值钱。但儿子还在外面当见习记者，叫他去赔礼道歉，这不是让他抬不起头？而且他那股牛脾气，搞不好弄出什么事情来。

一整个晚上，林老汉时而躺在床上，辗转反侧；时而绕着墙根走走。他又开始抽烟了。这个烟，他戒了十年。晚上他一连抽了七八根，有点受不了，想吐，又只能干呕着，嘴巴苦得出奇。

第二天，林老汉还是给儿子打了电话，告诉他房子被砸、镇政府要他们去赔礼道歉的事。

听着父亲无奈的倾诉和叹息，文法既痛恨镇政府、村建办横行乡里的暴力行为，也为日渐年迈的父亲和母亲担心。父母这把年纪了，为了这栋房子操碎了心。现在又遇上这样的事情，自己不能再躲得远远的，让所有的苦再由父母去承担。文法觉得自己应该站出来，自己已经长大成人，应该负起应有的责任，何况这事跟自己的鲁莽也有关系。

文法异乎平常的沉默。这几个月的见习也让他睁开眼睛看到了这个千疮百孔的社会。这个社会到处都是权力的胡作非为，权势者的蛮横、狡诈，弱小者的哭告无门。无权无势的人很难以对抗的方式争取自己的权利。

"弟——，有没有办法找人帮我们说说？"父亲小心地探问着。

父亲的话无意中点醒了处于愤慨和觉得自己百般无用的文法。是啊，什么人可以帮他，帮他可怜的父母？很多人的影子在文法的脑中闪过。然而，对这些闪过的人影，文法有着本能的反感。他一向很讨厌那些掌权者，那些所谓的领导。一副大腹便便、鱼肉百姓、高高在上却又装得堂堂正正的领导们。在文法的印象中，这些人才是真正的幕后黑手。正是因为他们的贪婪、他们的分赃、他们的纵容、他们的共谋、他们的默许，才让那些狗腿子在乡里为非作歹。然而，无奈的是，只有找到那些领导中的某一个才能摆平镇政府的人。文法有着百般的不情愿，但事已至此，不去找他们又能去找谁？

"林世辉的儿子是不是跟你是高中同学？能不能找他爸？"父亲提醒着。

林世辉？是啊，镇里出的最高的官了。在市里，他说的话最有影响力，谁敢不听？然而，他是自己同学林正平的父亲。高中时候，虽说是同乡，他跟林正平并没有什么交往。林正平永远是那种不屑一顾屌屌的样子。他看不惯。而且，高中的同学中，城里的孩子有自己的圈子，乡下的孩子有乡下孩子的圈子。各个圈子虽有所交集，却总是有着某种若有若无的隔阂。现在，再让自己去找林世辉，再通过他找他爸，这不是主动向林世辉他们认输服软吗？文法觉得找林正平，自己就会低他一等，好像违逆了自己的个性，背叛了自己孤傲的青春。

文法没有直接回答，只说自己想想看。其实，他心里明白，只能找他的同学了。这个社会，除了同学他爸，他还能与哪个有头有脸的人物搭上关系？这似乎是命中注定的事。高中时期，你可以叛逆，你可以不屑，你可以远远地避开；但成年后，你永远也躲不过那些人，那些事，你必须向他们屈服，甚至逢迎拍马。这是成人的世界，你必须服从成人世界中所有的规则，尽管你是多么地不喜欢。这几个月的社会历练让文法慢慢学会了屈服。这是一件值得高兴的事，还是一件令人悲伤的事？文法苦笑着。

通过一个同学，文法要到了林正平的电话。

"喂。"一个成熟老练的声音。

"喂。正平，是我，林文法，还记得吧？你的高中同学。"文法的声音有点急促。

"噢。文法啊。是你。怎么样，最近？"正平客气地问。

"好啊，你呢？"

"我啊，一般般。"

"有件事，能不能请你帮帮忙？"文法直截了当地问。他不想跟老同学套近乎，这样让他觉得自己特别虚伪、特别庸俗、特别谄媚。直截了当让文法有种豁出去的勇气。

文法很快就把事情的经过说了个大概。

听完文法的叙述，正平说道："这事怎么办我也不清楚。这样吧，这个周末，我们会回老家，你直接到我家来，找我爸，看他怎么说。"

"好好好。"文法第一次对林正平产生了一丝丝好感。想不到林正平这么干脆。去正平家见他父亲，这意味着这件事有了转机。这将是文法第一次直面手握权力的市领导。文法有点兴奋，又有点不安、胆怯。他一直对领导有着某种畏惧，包括对镇政府的领导。那次去镇政府闹，他也只敢找村建办的人，对于隐藏在镇政府大楼某一处的镇领导，他是绝对不敢造次的。

挂完电话，文法将要去见林世辉的事告诉了父亲。父亲听完，开心地笑了。文法可以想象父亲的笑是多么地畅快，多么地如释重负，就像一个即将溺毙的人突然抓住了岸边的铁栏杆，绝望中得到牢靠的生机。父亲咧开他那干瘪的嘴巴，朝着虚空，朝着再一次给他转机的命运，笑了。他对接近权力是如此渴望，就是委曲求全的接近也让他感觉到充实，感觉到有了靠山般的踏实。为着父亲的笑，文法也获得片刻的轻松。自己真的可以让日渐年迈的双亲得到一丝丝的安慰、一丝丝的援助，尽管这是以违背自己意愿的方式获得的。

没两天，约定的时间到了。文法提前一天回到家，跟父母商量着要带什么东西去找同学他爸。

"兔子吧。自家养的，城里人都喜欢。"母亲建议着。

文法觉得，送兔子虽然有点不上台面，但兔子是个好东西。同学正平的家在城里，应该很少回老家，吃吃土产也不错。他爸是高官，上档次的东西肯定不少，鲜活又滋补的兔子比较合适。文法的眼前显现着正平的身影。一个高大、壮硕的身体。他一直是学校的运动健将，校运会百米冠军，有着惊人的爆发力。他父亲就他这么个孩子，对他疼得要命，平时肯定给他吃了不少滋补品。相比之下，自己一直是个干瘦、矮小的小人物。上学时，正平那高大壮硕的身影、运动场上快速奔跑的影子一直是个不小的阴影。那阴影压着他，甚至让他有点喘不过气来。这也是他故意躲着正平的原因，他有点自卑。不，应该很自卑。为出身，为身材，为学业，为交往的圈子……那阴暗的高中三年。现在真的要去见正平了，要去给同学送礼，这是第一次。文法暗自鼓动着自己，这是你踏上社会的第一步，这是你征服卑怯的自己、勇敢向权力靠拢的第一步。从前一天晚上一直到第二天早上，文法都有点忐忑不安，有点焦虑。整个晚上他迷迷糊糊，睡得不踏实。

父亲的摩托车再次突突地响起。这是多么熟悉的声音。小时候，父亲的摩

托车总在清晨响起，在他的晨梦中隐去。那是多么惬意多么让人感到安全而舒适的声音啊。现在，这个声音竟然这么突兀，伴随着心跳声，奏响着向艰难的人生挑战和妥协的号角。

正平的老家离自己的家其实不远。就在隔壁村。摩托车很快就穿过绵延的田畴抵达那扇敞开的大门。院子里停着一辆黑色的轿车。父亲将摩托车停在大门口，提着装着兔子的篮子。文法跨下车，鼓起勇气领着父亲朝着大门走去。院子里没人，大厅里有声音。绕过轿车，文法看见正平的后背，虎背熊腰的后背。正平正坐在凳子上吃着什么。两旁沙发上坐满了人。沙发上的人早就看见站在门口的父子俩，他们不冷不热地盯着。那些眼神让文法的小腿有点痉挛。快步走进，文法叫了声："正平。"声音故意带点中气，又有点漏气似的颤抖着。正平转过身，还是那双大大的、充满自信、又有点不屑一顾的眼睛。

"哦，文法来了。"正平应着，没有站起来，他掉过头去，朝着沙发上一个穿着白衬衫的中年男人说道："爸，这就是我跟你说的同学，林文法。"

"进来，进来。"沙发上的一个人说着。正平的父亲只是点点头。不知是谁搬了两条凳子。文法哈着身，说了声谢谢，顺势坐了下来。坐下来，让文法感觉到一丝丝的平等。父亲也将篮子放在脚边，坐在文法身边。

"正在吃饭啊。呵。"父亲识时务地问着。

"嗯。"正平应着。

"你家起厝，怎么了？"正平的父亲问道，用方言。

文法这才认真地望着那个中年男人。脸型中正，身子微胖，典型的当官人模样。

"我家盖房子，村建办三番五次地来砸。"文法用普通话。

"你有没去缴钱？"中年人似乎很熟悉这其中的玄机。

"没。"父亲赶紧插话。

"哦。"

"钱还是要去缴的。"中年人沉默了片刻，说道。

"是是是。钱，我们肯定会去缴。现在起厝，家里的钱等着用，抽不出来。"父亲惨然地咧开他的嘴，笑了笑。

"村建办要你们做什么？"

看来，正平已经讲事情的经过跟他父亲讲了。

"嘿嘿。"父亲不好意思地笑着，"有一次，村建办来缴工具，我俩跑去要工具，得罪了村建办。"

……

"工具缴了就缴了，能值几个钱？"正平的父亲不动声色地问着。

"是是是，农村人做事情，不知天高地厚。"父亲谄笑着。

"这样吧，我给镇长打个电话。你俩直接去找他，跟他说清楚，就行了。"

"好好好。"

"但是，钱缴得起，还是去缴。不必要自找麻烦。懂吗？"中年人意味深长地说。

"行行行。"

整个对话，文法和父亲都是笑着脸，父亲不停地点头。正平自顾自地吞咽着碗里的肉。也许是天气太热了，正平旁边坐着的女人，帮他不停地扇扇子。而文法也是满脸的汗，不停地抹着。

得到这样的回复。文法和父亲觉得事情已经有了结果。既然正平的父亲愿意帮他们说说话，那就表明到镇政府赔礼道歉的事不会坏到哪里去。不过去还是要去。这样也好，见见镇长，底下的人以后就不敢太过分。

满屋子的人静悄悄着听着整个谈话。文法坐得有点不自在。

"那就这样吧。"正平的父亲说。

"好好好，谢谢，谢谢。"父亲躬着身站了起来。兔子依然趴伏在篮子里。似乎没有人看到它。

"正平，那我走了。谢谢啊，再联系。"文法向着转过脸来的正平说着。

"行。再联系，再联系。"正平热忱地回应着，也站了起来。

父子俩从大厅里出来，外面是上午炽热的阳光。他们绕过车，跨上摩托车。伴着突突的摩托车声，文法瞧了瞧敞开的大门，没有人的院子，有种无法言喻的威严。

一路上，父亲比较高兴。

"有林世辉帮我们说说话，镇政府也不敢太怎么样。我还怕到了镇政府会被关在里头。"父亲兀自说着。

"关，他们还不敢。"文法有一点沮丧。不是因为得到这样的结果，而是因为，整个过程，正平几乎都是在埋头吃东西，而正平的父亲总是那种不冷不热的样子。文法感觉自己受到了冷遇。当官毕竟有当官的架子，何况你什么都不是。文法自己安慰着自己，只是林正平那副看似热忱实则冷漠的模样，让他有点受不了。

一路上，文法默不作声。父亲用了十年的摩托车在费力而缓慢地爬坡，突突的闷响声越过田野，在每一个沟壑中冲折往返。

第二天上午，文法跟着父亲又一次来到镇政府。到镇中心大街上，文法特意到茶叶店买了一斤五百块钱的铁观音，并用一个上档次的礼盒包装。见习以来，文法跟着报社的记者上过几次茶馆，也慢慢懂得喝铁观音。他也知道，找人做事情必须带上相应分量的礼品。比如茶叶和中华烟。这回，自己要买茶送人还是头一遭，这让他有点心虚，心虚中还拌杂着一点点的胆量和豪气。给镇长送茶，自然不能送一两百的茶，必须要点好的。文法咨询了下店老板。店老板精通此道，说很多人到他店里买茶送给镇领导，这款五百块的茶卖得比较好。文法尝了一下，就匆匆买了下来。对于茶，他也只懂得个大概。上档次的茶到底好在哪里，他也说不出来。反正送礼，就是送面子，几百块的茶，对于一个小镇而言，已经是上档次的了。更何况，这回是赔礼道歉，送礼总是要过得去的。

然而，一斤五百块钱的茶，对于林老汉而言，还是贵得吓人。自家平时喝的茶，都是老伴上山割些草，回来晒晒，煮煮就可以喝。一大壶的茶水清凉解渴，还有股清甜的味道。干活干累了，仰起头来咕噜咕噜大口灌下，别提多畅快。而五百块的茶，怎么能够喝得下去？那都是血汗钱啊。以前，自己一天才赚几十块，还要在毒日头下拼命地打石头，五百块要干多少天，流多少汗？而这茶却要供给那些高高在上的领导。哎，真是作孽！

依然是那个有点残破的大门。大院里空荡荡的，两辆黑色的工具车不见了，想是开到乡下巡逻去了。院子里静得吓人，阳光直直地照射满是污渍的水泥地板上，散发出灼人的热气。文法领着父亲悄无声息地走过。进得大楼，往左是村建办的办公室；右边有一个楼梯转向二楼。文法朝左瞄了下空空的走廊，而后快速地踏上了水泥台阶。他从没上过这个大楼的二楼。镇领导的办公室就在这二楼的某个角落。它就像这个镇的大脑，每日都从这里发出千百条指令，控制着镇里所有的一切，生产的与破坏的、光明的与黑暗的、冠冕堂皇的与弄虚作假的。镇长就神秘地隐身在这个大脑的某个神经中枢上，编制一个个命令，制定一项项制度，再签上自己的名字，盖上自己的图章。随即，镇里面便到处都是他签署的命令、他苦心设计的种种制度。

到了二楼，同样是空荡荡的，安静得出奇。这种空荡荡的安静，有着一种震慑人心的威严。笔直的楼道地板、耸立的墙壁，竟然在大热天里无一不透着一股寒意。文法觉得自己好像小了好多，双手也冷了起来。手掌洇湿着一层汗，冷冰冰的。

正当文法父子探头探脑地寻找镇长办公室时，一个穿白衬衫的青年人不知从哪个房间冒出来，径直朝他们走来。他逼视着他们，严肃地问道："你们干什么！"这个年轻人比文法大不了多少，只不过他看起来比文法老练得多，而且有着某种咄咄逼人的眼神和语调。文法有一种被质问的感觉，好像自己和父亲不该来这个地方。那个年轻人的潜台词就是：这可是镇政府的办公要地，不是你们随便能来的地方。然而，越是有这种感觉，文法越有一股反抗的勇气，他甚至有种不屑感。他挺了挺肩膀，答道："市领导让我来找镇长，有事情。"把市领导这个名号抬出来，果然见效。那个年轻人的眼睛闪过一丝怀疑，但很快，那眼睛里就有种惯常的漠然。他领着文法走过长长的走廊，在一间办公室门口停了下来。推开暗红色的门，里面是一间普通的办公室，正对着门摆着一张普通的办公桌，桌上垒着一堆文件，桌旁没有人。年轻人绕过这张办公桌朝里走去。文法父子疑惑着跟着。原来，在办公室的尽头，右边的墙壁上又有一扇暗红色的门。年轻人敲了敲那扇门。"进来。"一个低沉的声音从门里传出来。年轻人轻轻地旋转把手。门启处，一间比外间宽敞几倍的办公室展现在眼前。这间四四方方的办公室里，右边靠墙摆着一套宽大的沙发，茶几上整整齐齐地叠着一套白瓷茶具。左边靠窗的地方，一张巨大的办公桌安放在一片阳光中。桌上，小小的五星红旗和党旗交叉插着，特别醒目。由于逆光，文法只能看见一个明暗交织的人影坐在办公桌后面的老板椅上。那个人的脑袋，在阳光的照射下，后脑勺和右边的半边脸异常光亮，甚至有一层光晕；而左边的脸则处在阴影之中，较为模糊。文法费力地觑着，只能看到一张国字脸的轮廓，而

脸部的细节则无法看清。

"书记，有人找。"中年人说完，看了看文法他们，就静悄悄地走了出去。

"书记，你好。市领导林世辉叫我来找您。"文法壮着胆子说，声音有点颤抖。

父亲静静地站在身后，提着茶叶礼盒。

"什么事？"书记若无其事地问道，用方言。

"我爸起厝被村建办砸了……"文法试着用方言回答。

"你俩就是前一回来要工具的？"书记冷冷地问。看来他依然记得这件事。虽然他不是当事人，也不在场，但他清清楚楚知道这件事，而且印象深刻。

"嘿嘿。正是。正是。"文法父子同时发出嘿嘿的笑声。灰尘在书记背后的阳光中飞舞。

"你俩胆很大。"书记平静地说道。

文法父子的谄笑僵在那里。脸好像失忆一样，忘记怎么将笑收回去。

"书记，我俩不懂道理，会来要工具。对不住，对不住，你大人有大量。"快六十的父亲，阅历毕竟比初出茅庐的文法多些，马上躬着身，道起歉来。

"做事情不是这种做法，要按规矩来。"书记严厉地说。

"是是是。"

"上回，你儿子说伊是念法律的，要村建办拿法律出来。我问你，在耕地上起厝是不是违法？嗯？"书记质问道。

"是是是。"房间异常地冷。文法头上冒出豆大的汗珠，全身也冒着汗，双手冰凉。父亲也是满脸满身的汗。他还在不停地躬着身，点着头。

"我跟你讲，你这回要不来赔礼道歉，我就叫人去你单位找你领导。"书记威胁着。

"对不住，对不住。书记。我儿子还是小孩，学校刚毕业，什么都不懂。"

"都不懂？都不懂读到大学毕业？"书记发着淫威。那张明暗交织的脸，在阳光中晃动着，像一只满脸长毛的野兽，蠢蠢欲动。

……

"这次就这么算。你要起厝，就按规矩来。听懂没？"书记下了最后一次通牒。

"是是是。"

"行了，走吧。"说完，书记埋头看起文件来，全身隐没在黑暗中。

文法父子俩遭人如此训斥，还是头一次。更何况，这个人是镇长，是书记，是镇里说一不二的人，这种训斥有着无形的压力。它是一种道德审判、一种行为戒饬、一次最后的警告和威胁。文法父子俩全身冒着冷汗，浑身软弱无力。在那间宽大的办公室中，他们的身体越来越轻，越来越小，最后就像一帧人影纸片一样，轻轻地漂浮着。他们像影子一般悄悄地踅出房间，轻轻地合上门。外间的办公室阳光灿烂，灰尘在光线中杂乱地舞动。

文法不知道是如何走出镇政府的办公大楼，走出那个空荡荡的大院。当父亲的摩托车声再次突突响起的时候，他才意识到事情终于要了结了，而自己则彻彻底底地输了。尽管他找到了林世辉，尽管他见到了镇长，但自己还是一次次地受到了羞辱，来自当权者的羞辱。长这么大，文法还从未如此折节屈从过。这让他颇有些愤愤不平。然而，他只能将这一切硬生生地吞下，让所有的愤怒、屈辱、不平，甚至仇恨，都种在心里。文法想，总有一天我会将这一切加倍地奉还。

林老汉也是寒着一张黝黑的脸。起厝至今，村建办抢砸的点点滴滴都在他的脑中闪过。这帮仗势欺人的土匪，抢我的，吃我的，拿我的，最后还要羞辱我。这是什么世道？然而，你能拿它怎么样呢？这个社会就是吃人的社会，有钱人的社会，当官人的社会，他就是明白地欺负你，你能怎么样？谁叫你没有一官半职说话有分量的亲戚当靠山？谁叫你是个采石匠，是个农民，是个一无是处的老百姓？

上午十点钟的太阳最是毒辣，晒得人皮肤生疼。林老汉早已习惯了，他关心地问了问儿子："热吗？"

"不热。"文法漫不经心地应着。这回，他深切地体会到父亲的苦辛，大半生的屈辱和委曲求全，以及对他莫大的期望。以前，他对谨小慎微的父亲多有不屑，对父亲对官的崇拜多有不满，甚至故意违逆；现如今，他只能默认父亲的梦想，因为他深切地感受到受人欺辱的辛酸。

父子俩垂头丧气地回到家。老伴见到他们这般神情，什么话都没说。

经过一夜的思量，林老汉还是决定把三万五缴了。事情已经没有任何转圜

的余地了。缴了钱，所有的麻烦和屈辱都不会找上门。

四　结局

一年过去了，林老汉的房子也盖好了。两根石柱经过修补，依然傲岸地挺立在大门口。没有仔细观察，是看不到石柱上修补后留下的疤痕。

村建办的车依然每日行经村边大路。村建办的人也许换了一批，也许还是那些人。他们大概不记得曾在这个地方做过什么事。

桃园散记

题　记

往昔，总是不期然地闯入我的脑海。一次又一次，让我见证死的神秘和罪的痛苦。想不到，童年的经验和记忆成为此生永远无法排拒的噩梦。更令人神伤的是，当我身边的亲人一个个离我远去，我才发现死亡已经从童年的幽暗记忆遽然走出，庞然大物般占据我现在的生活和今后的生命。在死神的催逼下，哀伤和思念变成一粒粒种子，在我的内心深处生根发芽，让我在梦中经历无数次的重逢，惊喜、哭诉、思念和忏悔成为黑夜中最隐秘、也是最真实的存在。我多么希望，时光能够倒流，让我不再一次次见证死亡，让死亡从我的童年经验中、从我的生命中彻底消失。然而，亲人的离去，成为永远的事实。我的思念和忏悔，也成为我今生无法摆脱的重负。冥冥之中，大学时光对死亡的书写，竟成为坟墓上一根根灵幡，随时摇晃着，让我惊惧。原来，死神早已潜入我的身体和意识之中；只不过，他是如此狡黠、如此刻毒，在他的捉弄中，我不得不重蹈一次次人间至痛。

留下这些文字，以告我无望和无尽的思念与忏悔。

一　海边·夕阳·牧牛

海边的黄昏总是让人心醉。

金黄色的落日高悬天际，像一个慈祥的老人，宁静、淡泊。浑朴的夕晖洒在海面上，荡起粼粼波光，总让人以为鱼儿正舒展着皎白的身躯。远处，浑白的海水环绕着几座海岛，好似仙境。经常驻足海边，假想着自己驾一叶扁舟，在浩渺的海面荡漾，去追寻那镕金夕晖中的神仙居所。

　　吱呀——吱呀，海湾中的渔船，点着朱红的双眼，在海风的吹拂中轻轻摇曳。跳上小船，拿起长篙，学着外公的模样，轻点泥滩，动咯！渔船在浅湾中轻摆，却似在海面上劈波斩浪。

　　划累了，坐在船沿上，看着湾边的滩涂。一群黄牛，星星点点散开，或低头啃草，或仰首远眺。豪放的，干脆在泥滩中翻滚，黏上湿湿的泥土，然后，静静趴着，享受夕阳的轻抚。不一会，那湿湿的泥变成一副坚硬的盔甲，牛儿变成了战无不胜的勇士，雄赳赳气昂昂，任凭苍蝇们嘤嘤骚扰。

　　总是在那一刻，一个老人，扬起长鞭，在空中一甩，啪的一声，那撑着肚皮兀自玩耍的牛儿便缓缓聚拢，星星点点汇聚成生龙活虎的牛群。偶尔有一两只小牛犊奔远了，母牛会哞的一声长叫，小牛犊撒蹄奔来，闯入缓缓挪动的队伍中。牛群沿着海滩行进，一簇簇蹄印开在黑黑的泥滩上，或紧凑、或松散，画出一幅斑斓的牧牛归园图。

　　小林喜欢跟着这一队牛群回到外婆家。一头老牛领头，牛绳盘在牛角，威风凛凛。后面跟着几十只黄牛，或踱着方步，或追逐厮闹，动气的，还会抵角争斗。放牛的老人总是不慌不忙，吁吁几声，轻点长鞭，那牛儿也就老实起来。十几只牛儿，挤挤挨挨，扑沓沓开过狭窄的路口，扬起漫天灰尘。

　　外婆家的黄昏总是在牛背中来临。每当小林独自站在黝黑的胡同口，看着牛群留下的漫天尘埃，总有种惋惜之情。大概是因为村里的黄牛没有这种闲散自在的缘故吧。距离海滩几里之外，便是绵延起伏的山脊，几座似连似断的村庄落座在山脚下，小林的家便隐伏其中。靠着山地，村里自然以耕田为主。也许是因为地势的崎岖、山路的狭窄，村里的黄牛从未像海滩上那一群一样，过着放达的群居生活。它们总是独自上山，给人孤清苦寂之感。经常可见，晨曦未明，迷雾轻漾，困居一夜的黄牛踩着露水上山，村口白白的窄土路带着人和牛消失在山头。到了绿草肥嫩之地，主人随地一摆，牛儿便在牛绳所及之处兀自咀嚼徘徊。孤零零的，偶尔破空长哞，也显得空旷辽远。

　　正当小林在外婆家门口独自凝思之时，一团红色的影子会在不远处的水井边出现。娇小的身影浮动着，像一朵云。有时，小林会在海边碰到那朵红云。黑而秀的长脸蛋，乌亮的眼睛，长长的睫毛，浓密的头发随风飘起。

　　"妹，稻割完么？"外婆问。

"阿姆，没有呢，还有四块。"

"送饭去吧?"

"嗯。"

小林呆呆地看着，好像看见如水的眼睛闪过一丝波澜。

外婆家，午后的阳光总是让小林痴迷。懒洋洋地躺在床上，看着白白的阳光照着窗玻璃，反射到白墙上。海风轻摇着窗户，嘎吱——嘎吱，墙上的光有节律地来回晃动。

小林经常和那一片红云躺在床上，四只小脚相对贴着踩水车，"车水车水，起恰恰，车水车水，起恰恰"，好像水真的从水塘里哗——哗地流向田里。看到这一对两小无猜的表兄妹，姨总会拿小林与表妹开玩笑。

"外甥，把你的小公鸡割下，种在姨的花盆里。等你长大了，表妹子送你做老婆，要不?"

"哈哈……对呀，外甥，鸡角先捉来劁了。"闲谈的邻居应和着，放肆地笑了。

遇到这种言语的调戏，小林总是又羞又怒，每次都慌忙跑开，可不知为什么，心里却有种暖洋洋的感觉。

小姨照结婚照的时候，母亲带着小林和表妹、表弟一起到镇里去凑热闹。照相馆里，大人提议让小孩子也照一张。那时，照相是一件稀罕得让人觉得无比荣耀的事。小林和表妹欣喜地坐在长凳上，可照相师要求小林把手搭在表妹肩上。小林和表妹忸怩着。

"外甥，快点搭上，抱着小老婆，真美。"

禁不住催促，小林真的把手搭在表妹娇柔的肩上。凝神照相的时候，小林能感觉到表妹细细的喘息声。

二　原罪

"吁……吁……"

猪圈里爆出猪的惨叫声。

猪的前后蹄被捆，倒在黑石板上，两只大眼睛充血，恐惧中带着疯狂。劁

猪的从布带里拿出尖刀，随手一划，在猪的白肚皮上划开一条小缝，鲜血便在白净的肚皮上绽开了花。劁猪人若无其事地将拇指和食指探进猪那因疼痛、恐惧而兀自战栗的身体，吁……吁……吁……猪疯狂地叫着。劁猪人熟练地捏住一段莹白什物，用细线扎上，然后爽利削下，扔了出去。那东西晶莹剔透，在阳光中舒展开来，划出一道瑰丽的彩虹，最后噗的一声滚进了尘土中。公鸡们飞奔过去，雨点般啄下。一只公鸡骤然扬起脖子反身蹿出，尖喙中叼着一团血泥模糊的东西。混战中的公鸡们纷纷向那只公鸡扑过去。咯咯咯……撕扯在一起。

吁吁吁……母猪叫得筋疲力尽，号叫变成了呻吟。

劁猪人熟练地将伤口缝上，涂上膏药，接了钱就走。两把尖刀有节奏地敲着，清脆的声音在村中响起，久久回荡。

村里的孩子都见过他劁猪。听到尖刀的敲击声会自动围拢过来，惊瑟瑟地看他那一套阉割术。他成了母亲们吓唬孩子的法宝。

"还哭？叫人捉去劁了。"

孩子吓了只能咽下震天的哭声，在那抽咽。

三婶经常逗小林：

"弟弟，怕不怕？抓去劁了。"

小林吓了只能把头埋进母亲的怀里，惹得三婶一阵大笑，露出一颗金黄的假牙。

乡邻们渐渐不养猪了，孩子们也慢慢长大，劁猪人来的次数越来越少。不知从什么时候起，人们已经听不见两片刀具发出的沉闷之声了。然而，几年下来，观看劁猪时所产生的恐惧、神秘甚至诱惑的心理悄悄在小林身上烙下痕迹。随着年龄的增长，这种搅和着欲望、死亡和刑法的心理变成一口晦暗不明的深井，原始生物在其中萌生，蠢蠢欲动。

一日，外婆和阿姨们全都外出，一只黑猫静静地蹲在墙角，蠕动着它的髭须。午后的阳光温暖透亮，似乎形成了一团粉红的水汽。原始的情愫在小林和表妹的心中蒸腾，荡漾。窗外的风拂弄壁上的阳光，嘎吱——嘎吱。时间在快乐和恐惧中流逝。

"外甥……"

小姨尖锐而悠长的喊声从窗户传来，粉红色的梦瞬间破碎。

"姨——"

墙壁上阳光颤抖着，随着窗玻璃来回摇晃。

自此以后，小林不断地做着同一样的梦：

一座桃园，在去外婆家的路上。旁边有座中学，课后，学生们踩着余晖在稀疏的桃树间散步。粉红花苞缀在嫩嫩的绿叶间。忽然，一条蛇昂起丑陋的头，得意地吐着信子，引起一片惊叫，一场骚乱。顷刻间，桃园周边的马尾松长高了，阴森森地圈住桃园。桃园里的观音草疯长，没过了膝盖。坍塌的坟墓露出腐败的棺木。一阵凉风刮来，似乎掠走了人的气息。学校顿时变得空荡荡的。一扇铁门洞开，邋遢的女人坐在台阶上揪下一绺绺的白发。门内不远处，三三两两，坐着同一个女人，揪着白发，露出神经质的笑。

梦醒时分，阴森的笑容依然在小林的脑中盘旋，和着炫目的阳光在窗外恣意跳荡，如一片片桃花飞舞，化成火海。

三 桃园

那一片桃园并非只是小林的梦，它真的存在小林的村边。

原先，桃园那一带是一片荒地。为了增加村里的收入，生产队决定将这片荒地开垦为桃园。栽桃树，村里的女人们兴致颇高。在和煦的春风中，她们挖出几十个土坑，栽上幼苗。黑黝黝的土膏点缀着嫩绿的草地，与蓝天白云相映成趣。那是一个近乎节日般欢快的日子。女人们爱打趣，嘻嘻哈哈的玩笑惹得空荡荡的荒地溢满温暖的阳光。

"补鼎，你的铜盆补好没?"

"嗨。越补越大。"

哈哈哈……

"五叔公，昨晚又吃醉了?"

"无，就吃几瓶，后来还在'解放军'店里打牌。伊娘的，又输了好几块钱。"

"你儿媳妇没去拖你回?"

"伊敢！我自己输完就回了。"

女人们抿着嘴笑，五叔公的儿媳妇在远处锄草。一只鸟从她的脚下蹿起。

一只野兔从锄头下跳起，奔蹿。

"野兔。野兔。"

周围的人乱成一团。好几个人都扑了个空，只有一个黑黝黝的身影，迅捷地猫下腰，把野兔揽在怀里。

"阿牛，这只野兔真肥。啧啧。"

"把它烤着吃，喷香，当中饭吧。怎么样？"

"是呀，来来来，起火。"大家一起起哄。

阿牛是个傻子，只会傻笑，每天到山上放牛。他把兔子抱得死死，勒得兔子呲呲乱叫。

"阿牛，还不把兔子抱回家？你妈又要打死你！"

隔壁阿婶打圆场。阿牛便从人缝中钻出去，一溜烟消失了。众人虽意犹未尽，却也不无同情。后来，有人陆续捉到野兔和山鸡，荒地上一片喧腾。

笑骂声中，桃园栽上了几十株桃树苗子。赭红的土绕着树苗围成一圈，像个小小的城堡，错落有致。

一场春雨过后，稀稀疏疏的草从土里探出，铺成绿茵。

桃树长大了，但只结出很小很涩的青桃。大人们不爱吃，桃子也没人摘，更卖不出去。被冷落的桃园渐渐又变成了荒地，观音草将一株株桃树团团围住。但那桃园因为靠近一所中学，却逐渐成为放牛娃和少男少女们的乐园。桃花盛开的时候，朵朵花苞缀在滚圆的枝头，红的红，粉的粉，白的白，惹得少男少女们颊边绯红。有的女生还自诩为桃仙或桃痴，依傍着桃枝在绿叶中浮想联翩。顽童可不管三七二十一，见到灿烂的桃花就哧溜溜爬上，吧嗒吧嗒折下鲜嫩柔脆的桃枝，得意地含在嘴边、夹在胳肢窝上，肆意玩弄。

一阵阵欢呼声惊起沉睡的布谷鸟。

桃园是放牛的最佳场地。把牛撂在那，让牛儿信步由缰，一路踏过。有的随意将绳子绑在桃树上，让牛儿径自围着桃树转。黄牛们或躺或站，在烈日和黄昏中休憩、反刍，偶尔长长地哞一声，会震下点点桃花。

十几年过去了，桃树长成了两三米高的大树，茂密的枝叶遮天蔽日。桃树下，观音草长了枯，枯了长，一丛丛，成了动物们自由穿行的天堂。蛇、黄鼠狼、山鸡、布谷……应有尽有。黄牛踏进，前头的观音草丛便会嗖嗖晃动。

桃树枯死大半后，桃园成了村里的坟地。不知从何年起，桃园四周种上马尾松。马尾松长得快，把桃园团团围住，桃园更像一座阴森的城堡。渐渐地，除了阿牛外，没有什么人敢独自一人踏进这座布满坟墓的桃园。

二十几岁的阿牛，整日在山上放牛，身上溢满着一股牛骚味。他总是肚子饿，经常偷拔生产队的花生，躲到桃园的某个角落畅快地吃。阿牛又会吸烟，手上不时有别人丢给他的半截残烟。后来，听说，阿牛躺在床上吸烟，稀里糊涂睡了过去，烟蒂点燃了棉被，把阿牛烧成焦炭。后娘用一张草席裹着阿牛焦黑的尸体，把他埋进了桃园。

阿牛死了很多年以后，一个神经失常的女人赤身裸体地躺在桃园边。被人找到时，她神经兮兮地说看见一个男人对着她哭。说完，痴痴地笑。

四　葬兔

很长一段时间，小林都不敢到外婆家，甚至连听到姨夫的笑声都会感到恐惧。他害怕姨夫发现了他跟表妹之间的秘密。上小学三四年级时，小林总有点抑郁、提心吊胆。但父母亲并没有发现小林的变化。在他们眼里，小林每天早上到菜田拔草、傍晚放学上山牵羊回家，再正常不过了。

小林家养了几十只兔子。拔草喂兔子是小林上学之外最重要的任务。兔子自然也成为小林最忠实的伙伴。不过兔子不会言语，小林经常是手里拿着鲜草，呆呆地看着一只只兔子擎长着耳朵快速地咬啮。除了兔子发出细细的哐哐声外，房间安静极了，晕黄的夕晖透过铁窗照在小林的背上，斜斜的光束中飘荡着灰尘和细毛，房间溢满兔粪的臭味。小林在这个房间里感到安全、温暖和舒适。

兔子们有着柔顺绵密的绒毛、修长的耳朵、还有红宝石般的眼睛。它们时常眯缝着眼睛，嘴巴动个不停。有时，它们将长长的耳朵伏在身上，有时又将它们警觉地竖起，阳光照在一对对耳朵上，泛出鲜红的光亮，兔耳上的血管清晰可见。这些兔子，从乱蹬着纤细小脚钻进母兔肚下喝奶到长出绒毛温顺地趴

在手掌上，诸事都由小林照料。在那段惊惧的岁月中，小林从喂养兔子的生活中获得一种安慰。

农村人家养兔子，出于最纯粹的功利目的——吃和卖。此前的精心照料和最后的冷酷与血腥是如此合理地存在着，永世不变。直到小林看到自己一手养大的兔子惨死在母亲和自己手里的时候，他才隐约感觉到一种不忍、无助、悔恨和冷漠。那天，母亲提起兔子的长耳朵，兔子象征性地踢腾了两下。母亲蹲下，用一只脚踩住兔子的后腿，一只手抓住兔子的前爪，另一只手将兔子的头摁到水盆里。脑袋浸在水盆里的兔子，睁大着眼睛，盯着小林看，嘴里咕咕咕咕不停地冒着水泡，身子使劲挣扎着、痉挛着，然而一切都是徒劳。没过多久，兔子安静下来，身子重新舒展，柔软异常。它的头浸在水盆，几颗水泡还停留在兔嘴绒毛和胡须上，身子无力地悬在水盆外，绒毛光滑密致。圆睁着的眼睛，死白无神，兔子的恐惧还未曾从黑眼珠中褪去。小林呆呆地看着母亲那顺理成章、训练有素的动作。接下来，母亲迅速地将兔子的全身浸在刚烧沸的开水中，快速地揪起兔毛；时而提提兔子的耳朵，在开水中翻转它的躯体，以便拔下另一侧的毛。一撮撮兔毛，被轻松揪下，湿答答地堆在水盆边。母亲亲切地招呼小林："弟——过来一起拔。"旁观者的不忍竟然变成谋杀者大胆的好奇。小林伸手揪下一撮兔毛。兔毛烫人，小林本能地将兔毛甩进冒着热气的水里。被迅速拔光绒毛的兔子变得异常白皙、干瘦。它龇着牙，眼睛暴突，面目狰狞，似一只从未见过的恐怖怪兽。也许是因为兔头看得让人难受，母亲挥刀剁下了它，把它扔进了一堆兔毛堆中。失去脑袋的兔子突然变成了一张干瘪的尸体，虚张着，沦落为被人类随意剖割砍剁的鲜肉，就像猪肉摊上的一块块新鲜猪肉一样。买猪肉的不会想到猪是如何被活活杀死，最后变成让人具有购买欲的排骨、瘦肉和肥肉的。不过，无头的兔子尸身，还是会让许多人作呕、惊叫、并远远逃开。

生活在农村，小林还不至于有这种矫情的身体反应。但残酷的杀戮让小林无法释怀，它像一粒种子在小林心里扎下根，变成一棵盘根错节的树。这棵树上，每一片叶子都纠缠着爱和杀戮、美味与呕吐的生理反应。很多年以后，当年老的外婆像垂死的兔子一样躺卧在床上嗷嗷乱叫时，小林无助地感觉到自己参与了这场对外婆的一次残忍谋杀。

让所有人都没想到的是，家里的兔子竟会在一夜之间惨遭灭顶。

一天晚上，小林家后头的祖屋有场闽剧演出。鞭炮声、锣鼓声，震荡着黑暗中的村庄。但第二天早上，睡梦中的小林便听见母亲的惊呼声。

"快来哟，兔子都死了！"

母亲的声音洪亮、尖锐，硬生生地扎入小林的梦境。小林近乎本能地一跃而起，三四步便跳到兔栏前。好几只兔子已经僵硬地侧卧在熏臭的兔粪中。它们腹部干瘪，尾部粘满稀稀的粪便。父母神情冷峻地站着，研究兔子死因。从昨天喂的草到喝的水，一项项排除，竟然毫无头绪。

"会不会是昨晚敲锣打鼓，吓死了兔子？"小林突然想起，正热播的《白蛇传》中，兔精最怕的就是锣声。

小林的联想竟让父母恍然大悟。肯定是这个原因，要不然，为何隔壁几家的兔子也遭到同样的厄运？

此后的几天里，村里人家的兔子大多相继死去。每天早上，总有三两个人手里提着几只早已僵硬的兔尸走向村西路口的大粪坑。初夏的阳光充满了热力，地里的花生伸出嫩绿鲜芽，而粪坑中堆积的兔尸早已爬满了蛆虫。一股股难闻的尸臭味随着热风在村里流窜。

在这场死亡中，大人们痛心自己的财产损失，而小林则看到兔子在死亡边上无望的挣扎。许多兔子在闽剧演完的第二天依然活着，但明显失去了往日活蹦乱跳的精神劲。接下来的两三天中，它们开始不停地拉稀，渐渐无法进食，最后身体瘫软在一堆腥臭的粪便中，半睁着眼死去。持续两三天的死亡，特别是那些刚刚长出白色绒毛的小兔子，也在死亡行列，这让小林开始觉得自己养兔其实是造孽：平白无故让那么多的小兔子在死亡边缘痛苦挣扎，这难道不是自己一手造成的吗？更何况，即使这些兔子顺利长大，不也毫无例外地遭到贩卖、宰杀的命运？

小林觉得自己应该为那些垂死的兔子做些什么，尽早结束它们无法挣脱的命运。当小林看到又一只小兔子奄奄一息时，他捧起它，走到了村口河边。天上，白云随风流荡，瞬息万变。太阳照在脸上，烫得生疼。小林用树枝挖了一个浅坑，然后捧着小兔，看着那娇小眼珠散射出冰冷光芒。小林将兔子放进了坑里，掩上土，小兔还在土里吱吱怪叫，就像兔子被杀时发出的垂死叫声。一

只翠鸟从河边飞起，射向落日。小林举起土块，狠命砸下。吱——无声无息。小林呆立在河边，泪流满面。

安息吧，可爱的兔子。希望你迅速死去。你会责怪我吗？不，你不会。兔子，我是多么爱你，但你病得要死，躺在笼里挣扎。你的眼光是恐惧的，我知道。我不能让你等死。我给你喂草你不吃，你的嘴巴流出湿漉漉的胆汁，你要死了，还这么小。你大了也是要死的。父母要养你们去卖，一只八十。母亲喜滋滋的，摸我的头，夸我懂事，因为每天都是我去拔野草喂你们。现在你要死了。我不能让你痛苦。你是我的伙伴。你喜欢安静。我给你选了河边，这里有水、有草、有阳光，你会喜欢的。早上可以起来唱歌，吱吱——吱吱。还可以跳舞，看啦，多漂亮，一团白，你跳起舞来就像一团火。只有我知道你住在这里。没有人会来骚扰你，要吃你的肉。你还会养一大群小兔子。立正，排好队。一二一、一二一，你们昂首挺胸，沐浴在阳光中。你们茁壮成长，生老病死，但没有人可以吃你们的肉。我得意地笑了。不行，是我害死了你。你不想死呀。你还小。你躺在那，只是因为肚子疼。你休息一会儿就能站起来，然后蹦蹦跳跳。母亲还要给你喝菜油治你的病。可我一个人在家。我不知道菜油放在哪里。我找呀，找遍整个屋都不知道那该死的菜油放在哪。我看着你冰冷、黯淡眼神。你不能死呀。你的眼光好像熄灭，像一盏燃尽的蜡烛。你要等母亲回来呀。我用脸贴着你的绒毛，蓬松蓬松的，好温暖。你不会的。你要等呀。可我看见你在哀求。你很痛苦。再等一会儿，宝贝。妈妈马上就回来了。一分钟、两分钟、三分钟……妈妈，你去哪儿了呀。我们的小兔子要死了，快回来呀。小兔子你别死呀。你看你的伙伴在角落里咔嚓咔嚓地吃着呢。你吃呀你吃呀。你冰冷的眼神在命令我？你真的受不了了？我把你捧在手心。你耷拉着小脑袋。你的脑袋是多么地小呀。你的耳朵在阳光下是透明的，你的脏脏的小爪经常都处抓，咔咔。你想挖洞呀。墙壁很厚的，你挖不了洞。我给你放生。走，我现在给你自由。我把你带到河边。你躺着，静静地躺着。我用小手给你做个窝，你躺下吧。你会化成小草在阳光中歌唱。露珠会在你的眼睛里闪射晶莹的光芒。你喜欢这个地方吗。你睡吧。我可爱的小兔子。你还不能死？你在土里挣扎？你在土里挣扎会不会比在笼里拉稀痛苦？我不能再让你痛苦。我给你自由。你原谅我吧。我的兔子。

五　古厝

兔子的集体死亡似乎冲淡了一直困扰小林的噩梦，但这并不意味着一种解脱。死亡，不经意间夺走了你最熟悉、最亲密的动物，而且永远地，你将再也见不到它们，这让小林疑惑不解又心生恐惧。

小林家背后的古厝，是村里人办丧事的地方，也是临时的停尸间。村里一有人死去，尸体就会被抬到古厝里。那里整年都没有阳光照入，阴森森的，村里人不会随便跨入，只有那些牛圈还在古厝某个角落的老人，会在日暮和黎明时分摸进古厝，将自家黄牛牵进牵出。

关于古厝，在成为办丧事的地方之前，小林还有依稀的印象。那是一座有着好几进纵深的夯土房。外墙用粗糙的沙砾和石灰涂抹，年深日久，日晒雨淋，原本灰白的外墙变成苍黑色。好动的小孩路过时，喜欢用手涂抹，一层黑色粉末就会齐刷刷往下掉。

村里有好几座这样的古厝。它们一进对开两间，两座灶台，两进之间有个四方形的天井，那里采光充足，第二进也是有同样的格局，如此一明一暗，可以多到七八进。二十世纪五六十年代，古厝里住过不少人。那时候，一家五六口挤在一间长方形的屋里，屋里只朝南开了个小窗户。稍微有钱的，就用几根杉木将房间隔成上下两层，上层当卧室，下层放桌子、农具、水缸等。其时，大人们跟着生产队到山上赚工分，在家的不外是小孩、老人，村里极安静。不过，因为饥饿和疾病，古厝里倒发生过不少事。

小林的奶奶就是在古厝中上吊自杀的。据说，那时候，奶奶得了绝症，无钱医治，爷爷又跟生产队到远方修水渠，几个月未回。疼痛难忍的奶奶乏人照料，就将草绳挂在堂屋梁上，径自死去。等日暮时分，父亲放学，才发现堂屋中吊死了自己的母亲。不光是奶奶，这一片古厝，死过不少人。一个疯癫的儿子用枪担扎死了自己的母亲。一对年轻夫妇，因为口角，女的喝农药死了，留下一个五六岁的女儿。

阿巴婆家，在古厝西头。早些时，家里阴暗的角落放了口木棺，准备阿巴婆百年用。每次走进阿巴婆家，小林总觉得怪怪的。有次，小林还梦见阿巴婆

从棺材里爬出来。七八十岁的阿巴婆，耳不聋眼不花，总是坐在家门口做针线。有一年，阿巴婆的独子，五十几的一叔不知生了什么病。一嫂叫小林和几个小孩到田里抓蜥蜴，然后将它们剥皮炖汤，让一叔吃，骗他是鸡汤。为犒劳小林，一嫂顺手给他一块。小林尝了尝，味道挺鲜。没熬过一两年，一叔走了，他得了癌症。那时村里人很少得这病的。阿巴婆先是送走了儿子，后来又送走了孙子，那具棺木不知什么时候消失了。在古厝中，阿巴婆活得最老，也住得最久。阿巴婆成了古厝中的一个老怪物。

很多人搬离了古厝，古厝就变得阴森可怖了。经常从玩伴口中听到古厝闹鬼的事。不过，谁也未曾真正见到鬼，但吊死、喝农药的死法却像幽灵一样，在村里人的心底徘徊。隔几年，小林就会听说某某某上吊或者喝农药自杀。

六　情死

小林倒真的见过隔壁四叔公喝农药死的场景。

那一年夏天，天气很热，水田龟裂，枯草连畴。羊儿在腥黄的土地上仰首哀告。

人们在酷热中挨着。很多老人在闷热中死去。

白色丧服、红色棺木、干枯的哭泣与噼啪鞭炮声。时有丧葬队在泥路上迤逦前行。喧天的哀号和锣鼓声在空中荡漾，久久不绝。

午夜时分，屋后古厝里骤然响起号啕之声。

"哎呀，可能四婶走了。"母亲走到后窗窥探着。

黑夜里，哭声凄厉。

一个肥大的身影在小林的脑中闪现：

穿着老旧青衫的老人揪着一撮灰白的短发，费力地将稀疏的头发盘在后脑勺。嘴巴叼着一根红线，用力咬着。两只小眼珠紧紧盯着一个地方。

站在自家后门，小林还曾看见昏暗的古厝灶间老太婆正埋首撕咬着什么。等他慢慢挪近，那老太婆警觉地猛然回头，恶狠狠地盯着闯入者，黄嫩的小鸡还在嘴里咔嚓咬着，略带血腥的黄油延嘴角滴下，拉着长长的唾液。

从那天起，小林知道，老太婆会将没有孵出来的鸡蛋埋在灰烬里，让余火慢慢烤熟，然后吃那已经成形，但不知什么原因没有破壳而出的小鸡仔。

办丧事的那天，太阳炙烤滚烫的黄土。沉闷在每一户屋檐下蔓延。喧闹只在古厝的大堂上翻滚。白花花的花圈沿墙摆开。执事者臂挽白布，在黑魆魆的过道里进进出出，巨大的"奠"字在过道后面异常鲜亮。哭声不时荡出，悠扬而有节奏。尸体停在古厝堂屋的正中间。灵魂在古厝房间里游荡。

一切都在有条不紊地进行。

然而，傍晚时分，四叔公被人架了回来。他已经口吐白沫，全身抽搐。三叔、三婶们哭喊着，撬开老人的嘴巴，想灌下一碗蛋清，但老人的喉咙已经吞不下任何东西，蛋清和白沫顺着嘴角淌下。发现老人的村里人说，他在村西头一片马尾松下，看见老人正在喝东西，原以为他在喝闷酒，想不到竟然在喝乐果。等他一把抢下，老人已经将一大瓶乐果喝完。两天之内，两个老人接连死去，二叔、三叔他们正经受着常人难以想象的悲恸。

那时候，小林呆呆地立在古厝大门口，就像当时偷看四婶婆偷吃鸡子一样。不知什么原因，小林竟然神使鬼差地走进古厝堂屋。他看见老人躺在门板上全身痉挛，而不远处就是露出一双穿着黑色布鞋的脚。

屋内，嚎啕声撕裂着闷热的空气，空气中飘荡着一股腐烂的败草味。

看得痴呆的小林，竟然发现一只蚂蚁爬上了四叔公的手臂。它在布满黏腻汗水的手臂上左突右转，似乎想找到一个出路。小林甚至想起，就是这只手，曾经探入古厝墙壁间的裂缝，捉出几只哇哇乱叫的乌鸦；也是这只手，握着三粒骰子，往微黄的大碗里扔。小林似乎还看到四叔公的这只手正握着四婶婆的一绺灰白发。四叔公正在帮四婶婆梳头呢。小林呆呆地立着，母亲的一声断喝让他突然从幻想中惊醒。他错愕地看着母亲，逃之夭夭。

七　往事

无意间撞见四叔公的死亡，小林并不感到恐惧。他反而觉得奇怪，四叔公和四婶婆怎么会那么恩爱，恩爱到情愿一起死。这在农村是非常少见的。

在小林眼里，四婶婆是个令人嫌恶的家伙，因为她偷吃死鸡子，因为她梳头的时候牙齿总咬着一根细细的红头绳，眼睛乜斜着，露出眼白。为何她有这

么大的魅力，让极为精明的四叔公如此体贴？

四叔公的意外死亡，自然让主事的叔伯叔公们更加忙碌。几位老人围坐在方桌上，叼着烟，小声商议着。再派什么人到山上挖墓穴、到镇上买棺材，请村里的哪几个中年男子抬棺木，这些都在青白的烟圈中决定下来。被派遣差事的伯叔们左手臂挽着黄布条，行色匆忙而且神秘。

停灵第一天早上，乐队就已经开始演奏了。小林听到《世上只有妈妈好》就觉得奇怪，怎么乐队演奏的歌曲不是让人悲伤的？不过乐队里的男男女女穿着整齐的白制服，看上去非常精神。小林喜欢看，小伙伴们也是。总是有几个小孩围着乐队转。

灰埕上，摆着两个大方桌，堆满白布、白麻。村里几个上年纪的老人围着，低头缝制孝服，不时窃窃私语。

"哎！四哥怎么这么傻？！"

"伊不是傻。伊心铁。"

……

"想不到！四哥对四嫂真好。每天早上都帮伊梳头发。"

"真的。"

……

"你觑，你觑。就是那个人。"三婶婆低低地带着老花镜，黑眼珠越过镜框瞧着一个人。

"哪个？"几个老人抬头去找。

"就是四嫂的头一个儿子。今天也来。"

"哦。就是大定房那个？！"

"是啊。像四嫂。"

几个老婶婆没有留意小林正蹲在古厝墙边石头上玩弹珠。小林瞧见一个中年人，瘦高个，手长脚长，眉目之间像四叔公的几个儿子。小林从没见过这个人。四婶婆有五个儿子。怎么又多了这一个？

"嘟——嘟——嘟。"

乐队奏完了一支曲，长号接着吹起了《十五的月亮》。

中午时分，几个人拉着亮红色的棺材来了。斜上翘的棺材头，看着有点诡异。伯叔们把棺材抬了进去。祖堂里，人影晃动，青烟缭绕，呜呜的哭声幽幽地流出。小林偷偷往里瞧，二叔、三叔、四叔、五叔、六叔，还有那个中年男人，背对着大门，站在停放尸体的两张木板床边。

小林隐约感到，祖堂是另一重自己无法明白的世界，就像四叔公和四婶婆、爷爷和奶奶那一代令人费解的关系。

多年以后，小林才从母亲那里探听到一点细节。原来，四婶婆先是嫁给大定房一户人家。没过多久，丈夫病死，留下四婶婆和遗腹子。那正是闹饥荒的年代。四婶婆辗转嫁给了四叔公，把儿子留给夫家。四婶婆嫁过来没两年，小林的奶奶也因为病痛和饥饿上吊自杀。

八　叫魂

四婶婆无疾而终，而且高寿，原是喜丧。但四叔公是喝农药死的，村里人觉得这种死法，灵魂是有罪的，死后会入地狱。于是，村里纷纷传言，四叔公是被魔鬼诱惑，一时鬼迷心窍，上山了断。处在悲恸的几个儿子曾经去找卖农药给四叔公的邻村店铺。那店主无辜地说："伊自己笑嘻嘻地跳进店里，问有没有农药卖，说是花生田里长了很多虫，要去打药。"村里也有人说，曾见四叔公提着一个红塑料袋，神情呆滞地走在村西马路上，跟他打招呼他都不理。各种传言都指向四叔公是被死神拐去的。于是，婶婆们纷纷劝说四叔公的几个儿媳要为死者做忏，做一次赎罪道场。

对于鬼神，村里一向有两种倾向。一是信鬼，一是信基督。信鬼的一拨人在祖堂旁建了一间小庙，逢年过节，烧香焚纸，酬神演剧。遇到鬼节，凌晨时分还要敲锣打铙，一队人马在漆黑的夜里走到村南半山腰处，焚烧冥纸。那半山处正是烧死人衣物的地方。信基督的，礼拜日齐集教堂，听讲道，唱圣诗，也闲聊。四叔公的二媳妇、三媳妇迷信，四媳妇、五媳妇信基督，而六媳妇平时在城里，似乎什么都不信。听到有关公公死的传闻，二媳妇、三媳妇有意要做忏，四媳妇、五媳妇、六媳妇也不反对。鬼神这种事，宁可信其有，免得死人下地狱受罪，活人活着也不安心。按规格，做一次忏，少则几千，多则一两万，钱自然由几个儿子一同出。两个儿媳请人联系了做忏的道士。接头的道士

穿着白衬衫、西裤，微胖，跟村里人穿得差不多。他问明了四叔公的生辰、忌日，掐指算了算，时间就定下了。

做忏前一天，一辆车拉来了几捆竹竿、竹篾、蓝白各色纸。随车来的几个妇人，就在祖堂屋里扎起了纸房子、纸人、纸马。半天工夫，细竹竿就搭起了三层华厦，两排各四间的店铺。虽然古厝祖堂里刚刚停过死人，但此时，村里迷信的女人都来帮忙，也来看热闹。开着白亮的灯泡，祖堂也不显得阴郁恐怖。小林的家在祖堂前面，看到祖堂里花花绿绿的纸房子、纸人，就钻进去看。母亲看到他也没理他，任他看去。扎纸房子的女人真细心，那三层高楼里还有车库、车库里有小汽车、摩托车。纸房间里还有穿着绿衣服的丫鬟。

"啧啧。真——"前来帮忙的女人对着三婶说。不知是感叹四叔公的死，还是称赞纸房子的华丽。

"三婶，有了这些别墅、店铺，四叔、四婶在下面就不会穷，也不会被小鬼欺负。"村里的神婆对三婶说，像是宽慰。

"真——做得很好。"围观的女人纷纷称道。

三婶默默地点点头。

扎纸房子，裁切纸张，糊上，诸事完备，几个女人用了一天。

第二天早上正式做忏。三个道士，穿着金黄道袍，摇起了铃，敲起了铙。其中一个嘴巴含糊地唱着经文。二叔、二婶、三婶，神情呆滞，跪在神案前。一个时辰后，三个道士领头，二叔捧着一炷香，大伙跟着，来到四叔公喝药的地方。二叔见到地上还留着乐果的瓶子，嘿嘿地哭了起来，继而号啕大哭，引得围观的人纷纷垂泪。

"爸！你有听见没？跟我回去。你有听见没？"二叔对着旷野喊。

道士幽幽地唱着经文，摇铃，击铙。

"爸！你有听见没？跟我回去。你有听见没？"二叔对着一片马尾松喊，呜呜地哭着。

道士给二叔两片铜钱。掷下。阴阳两面。

"好了。伊听见了，会跟我们走。"道士说。

"爸。咱们现在回家。你听见没？咱们现在回家。呜呜……"二叔捧着一炷香，哽咽着说。

一行人离了那片山脊地。天下起了小雨。

"爸，跟我走，前面有桥。呜呜……爸，前面有坡，跟我走，有听见没？呜呜……"二叔一路喊回来，好像四叔公真的跟在他后头。

一行人，黄衣，白裳，伴着二叔的哭喊声和三婶、四婶的呜咽。

回到祖堂，插上香，四叔公的幽魂回到了家，他不会是山上的孤魂野鬼了。

道士们在祖堂中间摆上一个大竹笋，中间放只木架，横插一杆秤，竹笋四周插上描画地狱场景的纸片。

丁零零，道士领头，吟唱。二叔牵着秤尾，带着三婶、四婶，绕着竹笋转圈。每转一圈，描画地狱的图片就被拿掉一幅。

丁零零，丁零零。道士幽幽地唱。图片一张张拿掉，二叔带着四叔公走过了地狱诸种审判和刑罚。

九　遗忘

在此后的成长岁月里，小林渐渐遗忘了曾经隐伏心头的恐惧。表妹出国后，嫁给了同在异乡的本村人。但不知为何，表妹怀孕后被丈夫逐出了家门。遭到遗弃的表妹只好流产。回国后，整日待在娘家别墅的三层楼里。时常疑神疑鬼，窃窃私语。有一天，偷偷溜出房门，赤身裸体跑到桃园，躺在一片马尾松的路边。被发现后，总对着人痴痴地笑。

外婆也在某一个炎热的夏天，如一只被遗弃的野兽，在养老院里死去。

在小林的童年印象中，外婆似乎永远是笑意连连，像荡着涟漪的一潭清池。然而，时日流转，小林渐渐懂得，那清池下竟有着多么深地愁苦、悲痛、无奈和绝望。

外婆一生生了八个小孩，七女一男，中间一胎双胞胎，但其中一个是死胎，另一个也近乎痴傻。外婆接连不断地生小孩，只为生个男孩，尽管最后如愿，但在极度贫苦的年代，饥肠辘辘时刻考验这一家。他们吃糠、吃番薯叶，直至无东西可吃；无奈之中，外公外婆决定将其中一个女孩送人。从二十世纪五十年代到八十年代，这一家历经多少艰难岁月，其中滋味难以为小林所知。

不过，小林曾看见过外婆的胸脯。外婆只有一只乳房。那只乳房干瘪瑟缩，与它相连的，竟是一条凹凸不平的斜长疤痕。那疤痕唤起的疼痛感让小林神经惊颤。外婆看到小林恐惧的样子，淡淡地笑了下，说："嬷嬷生完阿舅，没几年奶就生癌，每日每夜地疼，最后拿去割，就变成这样了。毋惊。"外婆边说，边套上贴身内衣。外婆又正常如初了，平平的胸脯，抹去了创痛。

外婆的晚年遭受过更大地折磨。九十年代，外婆家盖起了二层小楼，舅舅也娶了媳妇；但外婆却厄运连连，直至死去。先是得了胃癌，切除了半个胃。手术后，生活尚能自理，但毕竟年迈，身体遭此巨创，元气早已大伤。渐渐地，手脚无力，外婆经常摔倒，头破血流是常事。最后她只能躺在床上，哼哼戚戚。自此以后，外婆性情大变，哼哼戚戚变成一刻不停地哀号，哀号中还夹杂怒声詈骂。亏得那个痴傻女儿经常回家照料，百般怒骂都不以为意。三四年过去了，外婆身体异常臃肿，手脚却渐渐萎缩，不能自如控制，连舌头都变成一团死肉，兀自蠕动着，再也没有人听得懂外婆的怪叫。外婆成了瘫痪在床的怪物。阿舅将外婆送入镇里的养老院。年近九旬的外公，疯疯癫癫地说："伊有去无回，伊有去无回。"在养老院中，外婆已经神志不清，她没有骂，也没有哭，整日只是呜呜地叫。躺在床上的外婆，唯一的动作就是不停地撕扯一卷卷纸巾。阿舅和阿姨们不时去看外婆，但他们各有家累，已经无能为力。

外婆临死前几天，她一直嗷嗷乱叫。同屋的老人嫌弃她，护工更是不管不顾，只有等到屎尿满身、臭味满屋时，护工才会恶狠狠地剥掉外婆的衣裤。外婆死时，上身侧躺，手里还攥着一团纸巾，一只脚悬在床外。

后　记

写写删删，这本小书成了这个样子。

有太多的话，写了删了。有太多的事，记起了，但不愿示人。留下的，只是因为有道不尽的忏悔、悲伤、痛苦与愤怒。这些都深深地烙在我的身体里，无法排遣。

感谢我的写作启蒙老师，潘新和教授。

感谢福建师大汪文顶副校长，文学院郑家建院长、李小荣教授、吕若涵教授、余岱宗教授、何君老师。

感谢我的家人。

2015 年 7 月记于文科楼